L'Archonte

Catherine Fisher

Tome II

Traduit de l'anglais par Frédérique Fraisse

POCKET
jeunesse

Titre original :
The Archon

Publié pour la première fois en 2004
par Hodder Children's Books, Londres.

Loi n° 49 956 du 16 juillet 1949 sur les publications
destinées à la jeunesse : février 2006.

ISBN 2-266-15617-9

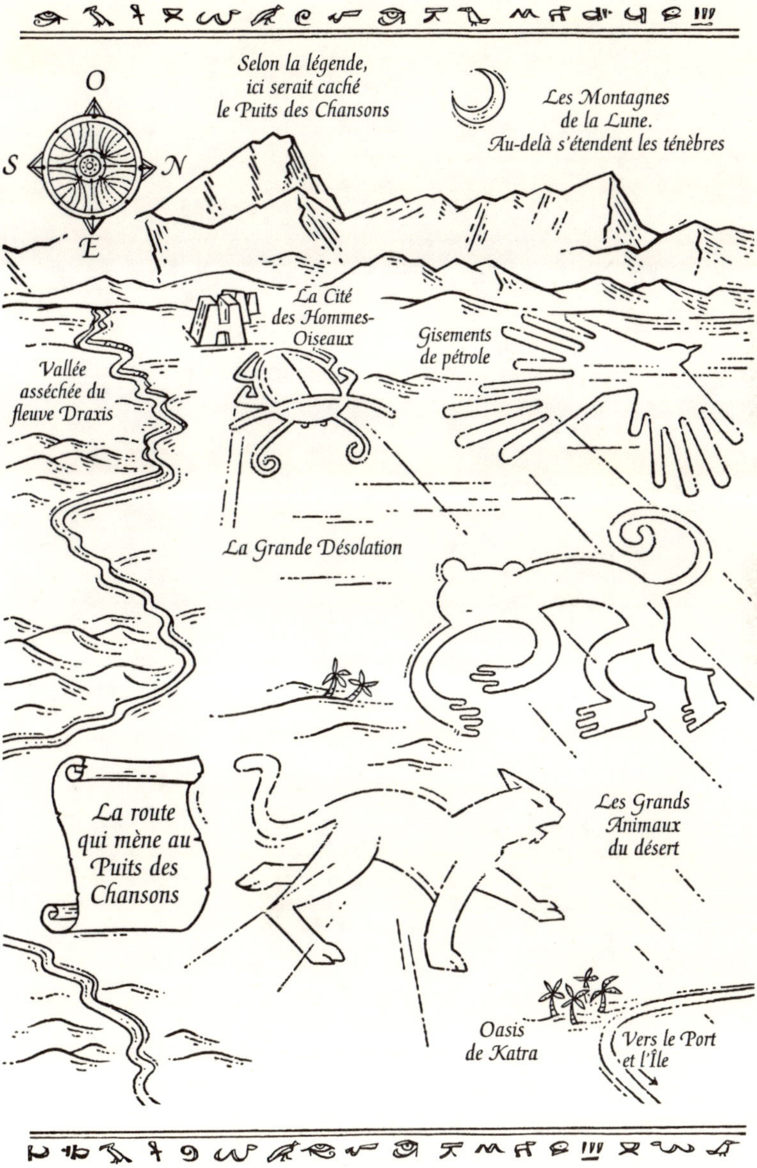

Selon la légende,
ici serait caché
le Puits des Chansons
O
S
N
E
Les Montagnes
de la Lune.
Au-delà s'étendent les ténèbres
La Cité
des Hommes-
Oiseaux
Gisements
de pétrole
Vallée
asséchée du
fleuve Draxis
La Grande Désolation
La route
qui mène au
Puits des
Chansons
Les Grands
Animaux
du désert
Oasis
de Katra
Vers le Port
et l'Île

PREMIÈRE OFFRANDE

Les perles

La nuit dernière, je suis devenu un poisson dans l'océan.

Je nageais dans les profondeurs, mon corps ondulait, frémissait. Les longs barbillons autour de ma gueule étroite flottaient et me chatouillaient.

Au-dessus de moi, la lune était grosse et blanche. Au-dessous, les coquilles d'huîtres à demi ouvertes respiraient. Et à l'intérieur, j'ai vu des perles, petites et brillantes, dans lesquelles scintillait mon reflet.

Au plus profond des mers, la beauté est faite de douleur.

C'est un phénomène que les dieux devraient étudier.

Elle voit des mots sur la lune

Ainsi les rumeurs disaient vrai. Ces animaux étaient des éléphants.

Leur corps immense impressionnait Mirany. Dans la chaleur du soir, ils se tenaient en demi-cercle – douze bêtes qui balançaient la queue, et dont les larges oreilles agacées par les mouches ondulaient sans cesse. Sur leur dos, ils portaient des tours en bois aux couleurs criardes. Derrière les portes et les fenêtres, des marchands à la peau noire étaient assis sur des palanquins ornés de pierres précieuses et de pompons en or. Depuis son siège sur le Pont, à la gauche de la Porte-Parole, Mirany observait les animaux dans la lumière du soir. La pleine lune était suspendue au-dessus de leur tête, énorme miroir parfait de la Reine des Pluies. Son éclat sinistre miroitait sur l'immensité désertique, les feux disposés le long de la route, les remparts sombres de la Cité des Morts. Une brise souleva la manche de son manteau. Les minces bracelets en argent d'une autre prêtresse cliquetèrent. Seul le fracas continu de la mer contre les rochers en contrebas brisait le silence.

Soudain, l'éléphant du milieu s'avança d'un pas lourd. Ses grosses pattes garnies de gourmettes faisaient un bruit sourd sur le sable mou. La masse de chaînes en argent qui ondoyait autour de son cou et à ses oreilles brillait au clair de lune. Il portait un harnais écarlate agrémenté de petites clochettes et d'énormes perles dont la plus grosse pendait entre ses yeux. De la taille d'un poing, cette sphère n'avait pas de prix.

Derrière son masque, Mirany lécha la sueur sur ses lèvres. Même si les fentes limitaient son champ de vision, elle voyait Hermia, la Porte-Parole, et toutes les autres parmi les Neuf. À la vue de l'immense animal qui s'approchait, ses compagnes semblaient pétrifiées par la peur, alors que leurs masques en bronze arboraient un sourire serein. À ses côtés sur la rangée, Rhetia ne tenait plus en place. La grande jeune fille, les sens en alerte, observait la foule. Aussi légers qu'un nuage de poussière, ses doigts effleurèrent le poignet de Mirany.

« Il te cherche », chuchota-t-elle.

Sur son cheval pâle, Argelin aurait dû être facilement reconnaissable. Vêtu de son armure flamboyante, il préférait se tenir dans l'ombre. Depuis peu, il s'entourait de seize gardes du corps armés jusqu'aux dents qui ne le quittaient pas d'une semelle. Amère, Mirany sourit. Il avait dû poster d'autres soldats dans l'assistance. Le Général ne prenait pas de risques. Sentant ses yeux braqués dans sa direction, Mirany eut l'impression d'être exposée, sans protection ; pourtant, ces temps-ci, elle était autant en sécurité ici qu'ailleurs.

Hermia se leva. En toute hâte, Mirany et les autres Neuf l'imitèrent. Et, tandis que l'éléphant avançait sur le sable frais, les masques souriants étincelaient sous leurs coiffes en plumes et pierres précieuses, décolorées par la lumière nacrée.

Quand il atteignit le Pont, le formidable animal baissa la tête. Son odeur était chaude et rance – mélange de crottin et de parfum. Mirany constata que sa peau poussiéreuse formait une myriade de plis et de rides, que son ventre pendait quand il se baissait. Elle retint son souffle, car l'éléphant s'inclinait devant la Porte-Parole. Lorsqu'il s'agenouilla avec maladresse, le choc de ses grands membres sur le sol fit vibrer le pont en bois. Son cornac, caché derrière sa grande coiffe, leva la main et prit la parole. L'animal émit un terrible grondement métallique, glaçant dans la nuit.

Hermia ne bougea pas un cil, alors que l'une des Neuf – probablement Chryse – poussa un gémissement terrorisé. Nerveux, le cheval d'Argelin sursauta. L'éléphant scruta les Neuf disposées en arc de cercle. Son œil s'arrêta sur Mirany.

Il t'a reconnue, chuchota le dieu à son oreille.

« Reconnue ? »

En tant qu'amie. Ces animaux ont la réputation d'être très intelligents, Mirany. Leurs souvenirs sont plus anciens que ceux de n'importe quelle autre créature.

Il avait de si petits yeux, enfoncés dans son crâne et vifs. Tandis qu'elle répondait à mi-voix, elle avait presque l'impression de s'adresser au pachyderme.

« Où te cachais-tu ? Cela fait si longtemps. J'ai cru que jamais plus je ne t'entendrais. »

Les dieux ont un monde à régir. J'étais occupé.

« Nous avons besoin de toi ! Les choses vont au plus mal. »

Depuis le siège en bois disposé sur le dos de l'éléphant, une échelle fut déployée et un homme en descendit. Grand, barbu, il portait une tunique blanche, brodée de fils d'or et de tant de perles qu'elle semblait presque rigide. Il joignit les mains et fit la révérence.

« Qu'êtes-vous venus chercher ici ? » demanda Hermia.

Sa voix résonna dans l'immensité désertique.

« Je recherche la Sagesse de l'Oracle. Je souhaite entendre les mots du dieu.

— De quel pays venez-vous ? »

La réponse fut solennelle et mesurée.

« De l'orient, du pays où le soleil se lève. Des îles de Perle et de Miel, par-delà la mer profonde. Nous apportons des cadeaux et une requête de l'Empereur, l'Exalté, le Sage, au dieu de l'Oracle, Notre Lumière. »

Le visage masqué acquiesça.

« Comment vous êtes-vous préparés ?

— Jeûne, lustration, purification. Trois jours de méditation. Trois bains dans le bassin argenté.

— Quel est votre nom ?

— Jamil, Prince d'Askelon, Compagnon du Trône du Paon. »

Hermia leva ses mains manucurées. Des cristaux brillaient sur ses ongles.

« La Sagesse du dieu est infinie, déclara-t-elle. Le jour est propice, l'heure sacrée. Entrez dans l'enceinte du Dieu-Souris. »

Une fois ces formalités terminées, le Prince se retourna et fit un signe de la main. Deux hommes aussi richement vêtus que lui descendirent de leur éléphant et le rejoignirent. La rangée de soldats d'Argelin se referma sur eux.

Les marchands de perles dégainèrent leurs épées au pommeau incrusté de pierres et, d'un geste grave, ils les jetèrent dans le sable avant de s'avancer sur le Pont. Sans un mot, Hermia fit volte-face et conduisit les Neuf ainsi que les trois étrangers sur l'Île. Leur flotte avait appareillé une semaine plus tôt. À présent, les grandes caravelles étaient ancrées dans le Port, le bloquant presque. Les épouses des marchands portaient des étoffes aux couleurs chatoyantes, leurs enfants des bracelets de perles. Depuis plusieurs jours, toute la population portuaire grouillait sur les quais, touchait les balles contenant des habits, des vivres, des pierres précieuses, de l'ivoire, des fruits exotiques. La populace troquait, volait, marchandait, goûtait. Alors qu'elle se trouvait sur l'Île, le sommeil de Mirany avait été troublé par les barrissements étranges des éléphants, à la fois terribles et fascinants.

Tandis qu'elle marchait sous le clair de lune, elle parla au dieu à l'intérieur de sa tête :

« Sais-tu ce qu'ils te veulent ? »

Je sais.

« Leur donnera-t-elle la bonne réponse ? »

Il rit doucement.

Le Palais est rempli de tant de merveilles, Mirany, et elles me sont toutes destinées. Musique, plateaux de jeu en argent, nourriture – que des douceurs ! Et ces minuscules poissons dans les mares du jardin, à la gueule hérissée de moustaches !

Pendant un instant, sa voix fut celle d'un gamin enchanté. Atterrée, Mirany secoua la tête.

« Écoute-moi ! Ne sais-tu donc pas qu'Oblek a disparu ! »

Ils avaient atteint le portique en pierre qui penchait vers la gauche du chemin. Au-delà, dans l'obscurité où voletaient des papillons de nuit, luisaient les marches qui conduisaient à l'Oracle. La Procession stoppa, la Porte-Parole se retourna.

« La Porteuse du dieu me prêtera assistance. »

Mirany passa la langue sur ses lèvres et sortit du rang. Pendant une seconde, Hermia et elle se dévisagèrent. Derrière son masque à la bouche ouverte, le regard étincelant de la Porte-Parole avait des reflets haineux. Alors qu'elles commençaient leur ascension, suivies par les trois étrangers, les autres durent attendre sur le sentier. L'accès à l'Oracle leur était interdit, Argelin compris. Tandis qu'elles s'éloignaient, Mirany surprit le regard que le Général échangeait avec Hermia.

Vieilles et érodées par endroits, les marches serpentaient à travers le thym, l'armoise et les buissons de myrte. Dans la pénombre, quelques scarabées s'aventuraient sur les pierres chaudes. Une chouette hulula quelque part sur le toit du Temple. Sous son masque, Mirany transpirait et peinait à respirer. À l'arrière, les trois hommes avançaient avec difficulté, car leurs lourdes tuniques entravaient leurs pas. Le dernier transportait une boîte en bois de santal qui sentait bon et attirait des nuées de phalènes.

« M'accompagnes-tu toujours ? » pensa Mirany.

Elle fronça les sourcils en l'absence de réponse. Elle avait dû l'offenser. Pourtant, elle savait à quel point il était susceptible.

Dès qu'ils arrivèrent sur la plate-forme, elle apprécia l'éternelle brise venue de la mer. L'air marin agita sa robe légère et la toge d'Hermia. Reconnaissante, Mirany inspira à pleins poumons et aperçut la surface noire et agitée des vagues sur lesquelles la lune se reflétait.

« Hommes des Perles. Voici l'Oracle », déclara Hermia d'une voix paisible.

Comme fatigués, ils se tenaient côte à côte sans bouger. Les rayons de lune faisaient briller leurs toges raides. Nerveux, le Prince Jamil examinait la terrasse dallée et la fosse obscure, à peine visible derrière le vieil arbre. Il avança d'un pas.

« Un instant, intervint Mirany, mal à l'aise. Vous devez attendre que la Porte-Parole soit prête. »

Hermia écarta les bras. Postée derrière elle, Mirany l'aida à ôter sa toge bleue dans laquelle étaient incrustés les cristaux de la Reine des Pluies. Dessous, Hermia portait une simple robe blanche ceinturée à la taille. Les pieds nus, elle se tourna vers les hommes et enleva son masque.

Pendant quelques secondes, alors que Mirany cherchait le flacon contenant le Nectar de Vision dans son panier et le lui tendait, elle sentit la haine de Hermia la brûler, tel un basilic au regard pétrifiant. Lorsque leurs yeux se croisèrent, Mirany sut qu'elle ne pouvait échapper à cette horrible pétrification, à cette stupide peur qui l'assaillait, la rapetissait, la rendait fébrile et maladroite.

Hermia but le liquide avant de remettre son masque. Le magnifique visage en or lui sourit à nouveau.

Elle fit un pas en arrière, frigorifiée.

Hermia traversa la plate-forme. De la brume et des volutes de vapeur s'élevèrent entre les hommes et elle. À ses pieds, noyé dans l'obscurité, se trouvait l'Oracle.

De la fumée s'élevait du gouffre, masquant l'Invisible. Sur ses bords, des croûtes de soufre sombres aux facettes de basalte s'étaient formées. Le trou s'enfonçait dans les entrailles de la Terre. C'était la bouche par laquelle communiquait le dieu. Tandis qu'elle regardait Hermia s'agenouiller et se pencher au-dessus du vide, Mirany esquissa un sourire derrière son masque. Elle pensait au royaume qui s'étendait sous eux, l'antre de l'Ombre du dieu, meublé de copies des richesses du monde. Seth lui avait décrit ce lieu.

À la pensée de Seth, elle se renfrogna. Elle n'avait pas vu le jeune scribe depuis des semaines. Depuis qu'il avait eu sa promotion.

Il a peut-être d'autres préoccupations à présent.

La voix semblait amusée. Mirany renifla.

« Qui l'intéresse, à part lui-même ? »

Elle était injuste, elle le savait.

Hermia émit un halètement. Les étranges ondulations de son corps cessèrent. Elle rejeta la tête en arrière et poussa un hurlement si effroyable et si sauvage que Mirany en tressaillit. Les marchands s'agenouillèrent en hâte. Celui qui tenait la boîte posa son front contre le sol.

Prise de convulsions, la Porte-Parole chancela et tomba à genoux. Soudain, elle poussa un cri barbare chargé de courroux à destination des ténèbres. Les mains à plat sur les dalles brûlantes, tête baissée, elle se mit à trembler et à frissonner.

Doucement, Mirany se tourna vers les hommes.

« C'est maintenant que vous devez donner votre offrande. Ne vous approchez pas trop. Pas de geste brusque. »

Après l'avoir dévisagée, le marchand s'adressa à ses compagnons dans un langage brutal. L'homme à la boîte s'empressa de l'ouvrir. Une bouffée de santal et de lavande embauma l'air. Le Prince en retira un présent avant de s'approcher de l'Oracle.

Il marchait avec une lenteur et une circonspection exagérées. Lorsqu'il s'agenouilla, sa toge raidie par les incrustations de perles se plissa. Les riches broderies raclèrent les dalles, brisant le silence. Des papillons de nuit dansaient dans les émanations du gouffre, comme ivres.

Le Prince tendit les mains sous le regard attentif de Mirany.

En équilibre sur ses paumes tendues, une sphère parfaite les éblouit par sa beauté d'argent poli. Des lignes étaient ciselées à sa surface, ainsi que des formules, des symboles et une écriture inconnue – lettres étranges et denses composant de petits blocs de texte que Mirany ne parvint pas à déchiffrer. Elle évoquait l'astre lunaire et, dans les mains du Prince, sous la lumière pâle, elle ressemblait à un globe tout droit descendu du ciel. Au moment où il la souleva, Mirany perçut son poids, sa compacité et son prix inestimable.

« Pour toi, Notre Lumière ! Nous t'offrons la Sphère des Secrets, extraite de l'ancien Trésor des Empereurs. »

Avec mille précautions, il avança les mains au-dessus des miasmes du gouffre et, avec une réticence partagée par Mirany, il lâcha l'objet. La sphère tomba, telle une étoile filante. Au loin, sous leurs pieds, ils entendirent des cliquetis et des tintements. Puis un grand silence.

Hermia leva la tête. Elle transpirait.

« Posez votre question à l'Oracle, Seigneur Jamil ! » clama-t-elle d'une voix rauque.

L'homme s'accroupit et dit ces mots :

« Les Hommes des Perles demandent au dieu la permission de traverser ses terres. Nous souhaitons envoyer une expédition dans les Montagnes de la Lune. »

La Porte-Parole vacilla, murmura des mots sans queue ni tête.

« Dans quel but ? cracha-t-elle enfin.

— Les montagnes recèlent des mines d'argent. Il y a très longtemps, avant l'ère de l'Archonte [1] Rasselon, il existait un traité permettant à notre peuple de les exploiter et de transporter le métal jusqu'au Port à dos de chameau. Ce travail est dangereux, le désert est sauvage, mais nous désirons effectuer à nouveau ce commerce. Nous paierons ce que le dieu exigera, pour son Temple et la faveur accordée. »

Silence.

---

1. Haut magistrat dans l'Antiquité grecque. *(N.d.T.)*

Prise de tremblements, Hermia s'accroupit. Lorsqu'elle siffla tel un serpent, le marchand se releva avec peine et recula, serein.

Derrière son masque, Mirany rit jaune. Elle devait l'admettre, la prestation de Hermia était impressionnante. Surtout quand on savait que le Nectar de Vision n'était que du vin. Mirany l'avait goûté. Hermia essayait de gagner du temps, calculant à toute vitesse combien elle pouvait demander. De fortes sommes étaient exigées lors de tout accord commercial. Taxes portuaires, pots-de-vin... Argelin et le Temple s'enrichiraient.

« Qu'attend-elle ? »

La voix du dieu fut sinistre.

Pas mes mots en tout cas. Et pourtant, elle vient juste de les voir. Vous les avez tous vus.

« Où ? »

Gravés sur le globe en argent.

Hermia était prête. Frémissante, en nage, les cheveux défaits, elle souleva lentement son masque d'or. Une voix chuintante, distordue, méconnaissable s'éleva. Les mots sortaient avec difficulté, comme s'ils lui blessaient la bouche, comme s'ils venaient des profondeurs de son être.

« J'ai entendu. Voilà. Le désert m'appartient. Il est interdit d'y pénétrer. Quiconque s'aventurera en ces lieux sera brûlé par mon courroux. Car les veines de la Terre sont sacrées, les sommets de la Lune, saints. Personne d'autre que moi ne les foulera. Les pas de l'homme ne sont que maladie et malédiction. »

Le corps de Hermia fut traversé de spasmes soudains. Elle grelotta de la tête aux pieds avant de s'effondrer par terre. Pendant que les marchands ébranlés se relevaient, horrifiés, Mirany se précipita vers la Porte-Parole qu'elle emmitoufla dans sa toge bleue.

« L'Oracle a parlé, déclara Mirany, qui cachait tant bien que mal son étonnement. Vous devez partir. La Porte-Parole a besoin de repos, maintenant. »

L'homme à la barbe noire montra ses paumes en signe d'incompréhension.

« Nous ne pouvons nous attendre à rien d'autre ?

— Cela me semble clair. Le dieu a refusé.

— Mais... » Il secoua la tête, il maîtrisait sa colère. « Nous espérions... Le dieu reconsidérera peut-être...

— Je l'ignore. »

Mirany parlait avec froideur. Tout à coup, elle se détesta d'être là, de participer à cette mascarade. Elle voulait leur avouer que le dieu n'avait rien dit de tel, que seule Hermia leur avait répondu. Mais Mirany courait déjà un grand danger. Et tout soupçon de trahison risquait de déclencher une guerre.

Le marchand la dévisagea de ses grands yeux noirs. Puis il s'inclina à peine, fit volte-face et descendit les marches, suivi de près par ses compagnons, la démarche raide. Dès qu'elle fut assurée de leur départ, Mirany poussa un soupir de soulagement. Quand elle ôta son masque, la brise qui effleura son visage lui donna la chair de poule. Elle se retourna.

Hermia était assise, les cheveux en bataille, ses traits anguleux assombris par la lune. Elle tenait le masque de Porte-Parole entre ses mains. Les disques dorés étaient emmêlés dans les plumes d'ibis, la bouche ouverte n'était qu'un trou obscur.

« Avez-vous encore besoin de moi ? marmonna Mirany.

— Besoin de toi ? » Hermia prit un air triomphant. « Si cela ne tenait qu'à moi, tu aurais été enterrée une deuxième fois vivante dans le tombeau, loi ou pas. Va-t'en. Envoie-moi Chryse. »

À sa grande surprise, Mirany ne bougea pas.

« Je m'attendais à ce que... le dieu leur accorde sa faveur.

— Vraiment ? Eh bien, le dieu me parle. » Hermia la regarda droit dans les yeux. « Il ne s'adresse pas à toi. Tu n'es que Porteuse, Mirany. Et cela ne durera pas longtemps, puisque le dieu te tuera bientôt. Telle est son habitude. » Elle écarta avec soin une mèche de ses cheveux. « En attendant, tu peux supporter de m'entendre répéter ses paroles. Sachant que ton pauvre petit Archonte t'a fait faux bond... »

Assaillie par le désespoir, Mirany descendit les marches d'un pas enragé, sa robe frôlant les buissons de thym d'où s'échappaient une odeur fétide et des nuées de moucherons.

« Écoute-la un peu ! Que dois-je faire ? Rien n'a changé après ce que nous avons accompli... L'Oracle continue d'être trahi. Pourquoi les a-t-elle déboutés ? »

Un serpent zigzagua en travers du chemin, ce qui la fit sursauter. Il la regarda et dit :

Peut-être que d'autres personnes sont intéressées par les Montagnes de la Lune ?

« D'autres personnes ! Qui ? »

Sans répondre, le serpent se glissa sous les broussailles, dans la nuit silencieuse.

Mirany ne bougea pas. Loin en contrebas, la mer clapotait sur les rochers au pied de la falaise. Un chœur nocturne de cigales stridulait. Elle croisa les bras et prit une profonde inspiration. Elle pouvait faire quelque chose. Si les mots du dieu étaient gravés sur la sphère argentée, elle devait les lire, même s'ils se trouvaient dans les profondeurs obscures de la Terre, dans les grottes et les tunnels appartenant à l'Ombre du dieu.

Cela signifiait parler à Seth, ou retrouver Oblek.

Elle se renfrogna. L'un serait trop occupé à commander sa centaine de scribes. Et l'autre serait ivre.

Elle vit au milieu des échardes et des épines

Le soleil se pencha tôt au-dessus de la Maison Haute. Une heure à peine après l'aube, alors que le Rituel était terminé et le petit déjeuner servi, sa chaleur commençait à se répandre sur la terrasse ombragée, sous l'auvent qui claquait dans l'air marin.

Là-haut, dans la loggia, Mirany sortit de sa chambre et regarda en contrebas. Elle entendit deux voix. Peut-être trois. Elle fut soulagée de reconnaître celle de Rhetia. Elle longea le couloir en marbre, passa devant les magnifiques statues des anciennes Porte-Parole et descendit les marches menant à la cour. Rhetia leva les yeux. La grande fille portait une robe noire et un collier en argent et turquoise. Mirany savait qu'il provenait des marchands. Ils avaient expédié des produits de toutes sortes sur l'Île : parfums, bijoux, robes... destinés aux Neuf. Ce geste des Hommes des Perles n'avait pas servi à grand-chose. Alors qu'elle s'asseyait à table, Mirany songea au refus de Hermia. Pourquoi leur interdire l'accès aux Montagnes de la Lune ? Personne n'y allait jamais. Le désert était une vraie fournaise, les collines étaient mornes et nues. Mais si elles recelaient des mines d'argent, il était possible qu'Argelin ait d'autres projets en tête.

Sur les tables étaient disposés des oranges, des figues, des petits pains briochés, du vin pâle coupé d'eau en provenance d'Alenos. Mirany choisit une orange qu'elle coupa avec un couteau au manche serti de perles. Une odeur acidulée de fruit mûr s'éleva quand le jus gicla.

« Où est Chryse ? murmura-t-elle à Rhetia.

— Avec la Porte-Parole. Où veux-tu qu'elle soit ? »

Mirany hocha la tête. Depuis que les Neuf avaient découvert que Chryse, jeune fille aux cheveux blonds qui gloussait tout le temps, espionnait pour le compte de Hermia, depuis cette nuit terrible de l'Ombre et la venue du nouvel Archonte, deux clans s'étaient formés dans l'Enceinte Sacrée. Sept contre deux. Personne ne parlait plus à Chryse à moins d'y être obligée. Elle faisait la moue, avait des accès de colère, nageait seule dans le bassin et les évitait toutes. Mirany ignorait si son ancienne amie avait honte ou s'en fichait simplement. Autrefois, elle avait cru la connaître. Grande avait été son erreur.

Rhetia jeta un coup d'œil aux deux autres filles et baissa d'un ton.

« Alors, qu'est-ce qu'ils voulaient, les marchands ?

— Extraire de l'argent quelque part dans les montagnes.

— Pas mal. Je pense que la Porte-Parole a bondi de joie à cette idée. »

Mirany avala un quartier d'orange.

« Au contraire. Elle a refusé de leur accorder le droit de passage.

— Pourquoi ? demanda la grande fille avec un regard inquisiteur.

— Aucune idée. À moins que...

— À moins qu'Argelin ne veuille s'en charger lui-même. Bizarre... Pourquoi ne pas attendre que les Hommes des Perles effectuent tout le travail, fournissent esclaves, chameaux, navires ? Il n'aurait couru aucun risque et aurait empoché tous les bénéfices. »

Rhetia était une jeune femme intelligente et sûre d'elle, souvent arrogante. Mirany s'était habituée à se sentir petite et terne à ses côtés, même si cette impression était moins pesante qu'à son arrivée. De temps à autre, ce sentiment d'infériorité la déprimait encore. Maigre consolation : Rhetia éprouvait malgré elle une sorte de respect à son égard. Pourtant, après tout ce qui était arrivé, elles ne deviendraient jamais de vraies amies. Rhetia n'était pas Chryse.

Elle prit du pain. Aussitôt, Rhetia fit signe à la servante qui se tenait derrière sa chaise de s'approcher.

« Goûte ceci pour la Porteuse.

— Ce n'est pas nécessaire, marmonna Mirany.

— Ne sois pas ridicule. Donne-le-lui. »

Le petit pain était frais et brioché. Bien qu'elle se détestât de se montrer aussi faible, Mirany le tendit à la servante – une femme mince et desséchée prénommée Kamli, sans doute l'esclave de Rhetia. Les mains de la femme étaient calleuses et fortes. D'un geste assuré, elle s'empara du pain, en rompit un morceau et le mâchonna. Ses yeux croisèrent ceux de Mirany.

Le rouge aux joues, la jeune prêtresse détourna le regard.

« Il me semble bon, Votre Sainteté, déclara la servante en rendant le pain à une Mirany piteuse.

— Merci », murmura cette dernière.

La menace était réelle, elle le savait. Hermia avait juré sa perte et, malgré la loi qui exigeait que personne ne portât atteinte à l'intégrité des Neuf, comment prouver un empoisonnement secret ? Quelques mois s'étaient écoulés depuis sa réintégration, et, à ce jour encore, Mirany osait à peine toucher à sa nourriture. Comme elle ne mangeait que des fruits, elle avait maigri à vue d'œil. D'ailleurs, Oblek s'était empressé de plaisanter à ce sujet et même l'Archonte avait levé les yeux de son dernier animal de compagnie pour remarquer : « Mirany, tu m'as l'air bien pâle. »

Cependant, la jeune fille ne supportait pas de risquer la vie de quelqu'un d'autre. Lasse, elle mâchouilla le petit pain. Il avait un goût de cendres. Que se passait-il ? Rien n'avait changé ! Alexos était Archonte, oui, mais jamais elle n'avait couru un tel danger. Et Oblek... Où était passé Oblek ?

Elle se leva en hâte.

« Je me rends au Palais. »

Rhetia ouvrit un abricot.

« Prends une litière. Et quelques gardes. » Puis elle ajouta sur un ton badin : « On pourrait se servir de lui.

— De qui ?

— Du Prince Jamil. »

D'un geste vif, Rhetia fit signe à son esclave de s'éloigner, posa le fruit et attira Mirany à l'écart, dans une pièce fraîche et blanche donnant sur la mer. Elle ferma la porte d'un coup de pied et s'adressa à Mirany d'une voix résolue.

« Ne comprends-tu pas ? Nous pourrions lui expliquer que Hermia trahit l'Oracle. Tu pourrais lui répéter les vraies paroles du dieu, lui dire que Hermia et Argelin complotent.

— Je ne... » commença Mirany, consternée.

Rhetia l'ignora.

« Il n'y a qu'un problème : nous ne possédons aucun pouvoir. Grâce à ses soldats, Argelin peut agir à sa guise. Nous n'avons personne pour le contrer. Par contre, l'Empereur, lui, est puissant. Il dirige de gigantesques armées – cavaliers, hoplites [1], éléphants... Penses-y, Mirany ! Ils pourraient détruire Argelin, Hermia n'aurait plus d'appui et nous l'évincerions. Une nouvelle Porte-Parole... Une vraie Porte-Parole ! »

Mirany s'était approchée de la fenêtre.

« Toi, bien sûr.

— Oui, moi ! Pourquoi pas ! »

Mirany secoua la tête. Elle n'en croyait pas ses oreilles.

« Tu déclencherais une guerre ! Délibérément ?

— Il faut que nous nous débarrassions d'Argelin. Ne sois pas si collet monté, Mirany. Je doute qu'il y ait des combats. La menace suffira.

— Comment peux-tu le savoir ? Des gens vont mourir !

1. Fantassin lourdement équipé. *(N.d.T.)*

— Des esclaves, répliqua Rhetia avec un haussement d'épaules. Des soldats. Personne d'important. »

Dehors, une mouette ricana en plein ciel bleu, tel un sinistre présage. Mirany joignit les mains pour les empêcher de trembler sous l'effet de la colère. Elle était atterrée, mais aussi très effrayée.

« Tu es sérieuse ? » demanda-t-elle.

Rhetia arpentait la pièce de long en large. L'ourlet noir et plissé de sa robe chassait des volutes de poussière mêlée de sable. Elle semblait consumée par une excitation empreinte de triomphe. Soudain, elle fixa Mirany et reprit d'un ton courroucé.

« Bien entendu. Parfois, quelques morts sont nécessaires. Quand j'étais petite, ma grand-mère était prêtresse elle aussi. Le savais-tu ? À l'époque de l'Archonte Horeb. Elle avait une ennemie nommée Alanta, une femme issue d'une bonne maison située sur la même île. Comme une seule d'entre elles pouvait venir ici, elles se sont battues pour obtenir ce privilège.

— Elles se sont battues ?

— Avec une lance et un bouclier.

— Jusqu'à ce que mort s'ensuive ?

— Bien sûr ! s'impatienta Rhetia. Il arrive qu'il faille prendre sa vie en main, Mirany ! Le dieu nous impose des défis, et si nous mourons, nous mourons. Notre cause, elle, au moins, est bonne. Tu le sais mieux que quiconque. Et tu n'ignores pas non plus que la situation actuelle ne peut pas durer. Nous devons agir, ou nous mourrons empoisonnées. S'il faut une menace de guerre pour restaurer l'Oracle, je la lancerai. Cela ne me fait pas peur. »

Mirany se retourna pour observer la mer. Les flots bleus et profonds paraissaient si sûrs. Elle désira tout à coup plonger dans l'immensité et nager loin de là, peu importait la direction. Rassemblant ses forces, elle s'obligea à dévisager Rhetia.

« Écoute-moi. » Elle parlait d'une voix douce, mais ferme. « Nous n'avertirons pas les Hommes des Perles...

— C'est totalement...

— Écoute-moi », insista-t-elle. À présent furieuse, elle regarda la grande fille droit dans les yeux. « Il n'y aura ni guerre, ni batailles, ni navires en perdition, tu m'entends ? Ce n'est pas ce que le dieu veut.

— Je suppose qu'il te l'a dit, répliqua Rhetia, amère.

— Oui, il me l'a dit ! Il existe d'autres manières de s'y prendre, et bien meilleures...

— Nous n'avons pas le temps d'attendre le dieu ! Nous devons agir. Les dieux agissent à travers nous !

— Pas toujours, rectifia Mirany, l'air soudain étrange.

— Comment ?

— Quand l'Archonte a été choisi, qui l'a choisi, Rhetia ? Ce n'était pas toi, puisque tu étais sur le seuil de la Maison. Ce n'était pas Hermia, puisque tu l'avais droguée et laissée ici. Qui donc arborait le masque de Porte-Parole, hein ? Qui était cette grande femme au port royal dans sa toge sertie de gouttes de pluie ? Je crois que tu sais aussi bien que moi de qui il s'agissait. »

Rhetia demeura silencieuse. Jamais elles n'avaient parlé de ce qui s'était passé ce soir-là, bien qu'elles soupçonnassent que la Reine des Pluies était venue en personne dans le jardin mystique pour choisir le nouvel Archonte. Rhetia sembla perdre un peu de son assurance. Sans regarder une seule fois Mirany, elle s'assit sur une chaise sculptée en forme d'oiseau aux ailes déployées.

« J'ignore ce qui s'est passé, déclara Rhetia au bout d'un moment. J'ai prié et une sorte d'ombre s'est abattue sur moi. Quand je me suis réveillée, j'étais allongée là, sur la plate-forme dallée ; le soleil se levait et tout le monde était parti. J'ai couru jusqu'à la Cité. Et, oui, tu as raison... quelqu'un d'autre portait la toge de la Porte-Parole. »

Pendant quelques instants, elles se dévisagèrent.

« Je vais chercher l'Archonte... lança Mirany.

— Ce petit garçon ! À quoi nous servira-t-il ?

— Je l'ignore. D'ailleurs, j'ignore quel est notre rôle à tous sur cette terre. Mais ne dis rien à personne, Rhetia. Ne parle pas aux marchands. Attends-moi. Laisse le dieu agir comme bon lui semble. »

Mirany franchissait le seuil de la porte quand Rhetia prit à nouveau la parole.

« Je ne finirai pas empoisonnée et je ne demeurerai pas silencieuse éternellement. Si tu n'es pas avec moi, Mirany, j'agirai sans toi. Je serai la prochaine Porte-Parole, quoi qu'il arrive. »

Mirany se hâta vers le Pont. Tandis qu'elle descendait les terrasses du chemin processionnel, la jeune fille frissonna malgré la chaleur. Comme si la situation n'était pas déjà assez grave ! Rhetia n'avait jamais caché ses ambitions. Dénuée de toute pitié, elle était issue d'une longue lignée de reines et de souverains orgueilleux. Elle n'avait jamais apprécié Hermia, et elle détestait Argelin. Mais de là à déclencher une guerre !

Au bout d'un moment, Mirany comprit qu'un caillou s'était glissé dans sa sandale : elle s'arrêta pour se déchausser. Alors qu'elle était agenouillée, le silence de l'Île s'abattit sur elle comme une brume de chaleur étouffante. Elle fut éblouie au point d'en perdre l'équilibre. Son dos était trempé de sueur. Elle regretta de n'avoir pas pris un châle pour se couvrir les épaules.

Cet arrêt la rasséréna pourtant. Dès qu'elle eut remis la bride de sa chaussure et se fut relevée, elle se sentit plus à l'aise, comme si la tension avait baissé d'un cran

« Es-tu là ? »

Elle n'obtint pas de réponse, mais, en poursuivant sa route, elle perçut la présence du dieu, tout proche. Elle avait la drôle d'impression d'être accompagnée par quelqu'un qu'elle commençait à reconnaître.

Sur son chemin, elle croisa quelques pèlerins qui se rendaient au Temple, certains pieds nus et bras ballants, d'autres les mains chargées d'offrandes. Elle leur sourit quand ils s'inclinèrent. Rhetia préférait les ignorer. Chryse ricanait derrière leur dos. Quant à Mirany, elle avait de la peine pour eux. En effet, ces désespérés demandaient sans cesse l'aide du dieu : leurs enfants étaient malades, leurs récoltes mauvaises. Bien que l'arrivée de l'Archonte eût mis fin à la terrible sécheresse, les Deux-Terres étaient aussi arides qu'avant, quelques minces filets d'eau irriguaient les champs. Nul ne l'ignorait : seuls les riches fermiers pouvaient se permettre de payer les taxes sur l'eau imposées par Argelin. Ses soldats empêchaient l'accès aux puits et aux oasis. Il avait posté des gardes sur le lit asséché du fleuve Draxis, tari depuis plusieurs générations.

Lorsqu'elle traversa le Pont, elle regarda au-dessous les dauphins qui aimaient s'amuser là, dans les eaux chaudes et peu profondes. Deux gardes contrôlaient l'accès au Pont, côté terre. Elle fit un signe de la tête quand ces soldats du Temple se penchèrent pour la saluer. Mirany pressa le pas, car elle ne leur faisait guère confiance.

La jeune prêtresse appréciait de pouvoir marcher et surtout de quitter l'Île. Le désert s'étendait devant elle, miroitant sous la chaleur, couvert de pierres, de buissons épineux et d'insectes bruyants. Une odeur âcre de bouse de vache l'assaillit, bien que la route fût entretenue avec soin. Plus loin sur sa droite s'élevait la façade sombre de la Cité des Morts. Les silhouettes assises des Archontes s'alignaient sur ses remparts, formes ténébreuses contre le ciel d'un bleu vif. Tout en chassant les moustiques, elle repensa à Seth.

Argelin s'était montré d'une très grande intelligence. Cela ne faisait aucun doute.

Deux semaines après que le nouvel Archonte avait été choisi, Seth avait obtenu une promotion. De quatrième assistant de l'Archiviste, il était passé second. Il avait explosé de joie, ne croyant pas sa chance. Depuis lors, il avait eu tant de contrats, de listes, de plans, de factures à traiter qu'elle l'avait à peine vu. Pourquoi se donner la peine d'assassiner quelqu'un quand on pouvait le tuer au travail ?

Le mur du Port se dressait loin devant elle, ses grilles étaient ouvertes. Peu avant, elle sortit de la route principale et emprunta un chemin bordé de myrtes. Là, perché sur le point le plus haut de la gigantesque falaise descendant à pic dans la mer, se trouvait le Palais de l'Archonte.

Le bâtiment d'un blanc éclatant possédait des terrasses et des couloirs qui s'élevaient au-dessus du volcan submergé. Des arbres d'essences rares poussaient dans ses jardins arrosés par des fontaines – luxe inouï. Alors qu'elle franchissait le portail, elle contempla les bassins où l'eau clapotait, la rangée de majestueuses statues, belles jeunes filles toutes semblables et qui portaient chacune sous le bras une urne d'où se déversaient de grands torrents d'eau. Des rosiers jaunes parfumaient l'air. Un peu plus loin, dans les cours qui encerclaient les cuisines, l'armée d'esclaves au service de l'Archonte s'affairait. Au milieu des bruits de casseroles, l'odeur d'ail fit saliver Mirany. Sur les citronniers, les agrumes étaient quasiment mûrs. Des filets avaient été accrochés sous les oliviers pour récolter les fruits. Elle passa devant les nouvelles volières qui abritaient des milliers d'oiseaux multicolores – perruches, aras, colibris, oiseaux de paradis, passereaux à la queue en panache et au bec écarlate. Pépiements, vocalises et battements d'ailes se mêlaient en une joyeuse cacophonie. Dès l'avènement du nouvel Archonte, chaque navire du Port lui avait apporté des cadeaux. Pour le remercier de la pluie. Et de sa jeunesse.

Mirany pénétra dans la maison.

Il y faisait frais. Les dalles en marbre étaient si lisses qu'elle préféra ôter ses sandales et marcher pieds nus. Le bassin ornemental de l'atrium disposait d'un banc et d'une pile de rouleaux illustrés. Après avoir plongé les orteils dans l'eau tiède, elle trottina de pièce en pièce, laissant des empreintes mouillées derrière elle.

« Archonte ! appelait-elle. Alexos ? »

Il n'avait que dix ans, mais le dieu était en lui. Tout – leurs plans, leur vie – dépendait de lui, ce qui n'avait pas empêché Argelin de disposer de sa personne.

Dans chaque pièce s'accumulaient jouets, animaux sculptés qui rugissaient, marchaient, grognaient, jeux d'échecs et de passe-passe, raquettes, balles, toupies, etc. Il y avait également un grand théâtre, offert par la Confrérie des comédiens et pourvu de petits personnages composant le public, d'une série d'acteurs dont les masques s'enlevaient et d'une bibliothèque entière de textes dramatiques. Dans la chambre au pied de l'escalier, elle tomba sur plusieurs coffres dont le contenu (habits et tissus coûteux) était éparpillé par terre et maculé par des tranches de melon à moitié mangées. Des grains de raisin traçaient des chemins dans les couloirs et les galeries. Des dizaines de petits animaux s'enfuirent sur son passage : un rat, une gerbille, des bestioles poilues comme des cobayes. Dans une autre pièce, un grand reptile dormait sur une branche dans une cage. Chauffée par un système de tuyaux souterrains, la créature aux écailles d'un vert blafard et au regard rusé demeurait immobile. Mirany n'était pas sûre que le reptile fût vivant, jusqu'à ce que sa langue fourchue attrape une mouche au vol en une fraction de seconde.

Il n'y avait personne nulle part. Elle essaya une autre porte, qui était bloquée. Elle donna un coup d'épaule dans le bois, un meuble bascula de l'autre côté. Elle passa la tête. Une table était renversée, des fruits à demi grignotés avaient roulé au sol.

« Archonte ! » appela-t-elle.

La pièce aux fenêtres drapées de soie était sombre. Elle entendit un bruissement. Lorsqu'un lézard vert s'approcha d'elle en sifflant, elle sursauta et se dépêcha de refermer la porte derrière elle.

Alexos possédait tout ce qu'un garçon pouvait désirer. Le Palais tout entier représentait le paradis aux yeux d'un enfant. Quand la pluie était enfin tombée, la joie avait fait perdre la tête au peuple. Chaque puits de la ville s'était rempli à ras bord ; conduits, tuyaux, tonneaux... étaient pleins. Le lendemain matin, une file interminable s'allongeait du Palais jusqu'au Port. Les gens apportaient des coings, des prunes de Damas et des quetsches, des pièces d'or et des soieries, des bagues et des tuniques, des instruments de musique, des animaux de toutes les espèces, un million de rouleaux sur lesquels étaient inscrits des contes et des histoires. Et surtout, des jouets. Alexos détenait tous les jouets du monde et n'avait aucun compagnon de jeu. Sa minuscule silhouette silencieuse était apparue sur le toit. Sous son masque d'argent, il avait salué son peuple avec gratitude.

Elle gravit quelques marches et leva les yeux.

« Alexos ! Où es-tu ? C'est Mirany ! »

Nul n'avait le droit de parler à l'Archonte, et encore moins de voir son visage. Mais Seth, Oblek et elle étaient passés outre. Oblek avait juré que pas même la mort ne le séparerait du garçon. Il avait donc pénétré à l'intérieur du Palais, s'était assis et avait défié les soldats de le chasser. Argelin n'avait pas essayé. Mais c'était cette nuit-là que les livraisons de vin avaient commencé !

Par barriques entières.

Des vins sucrés, rouges ou bien millésimés en provenance de Paros. Des eaux-de-vie en amphores que les marchands avaient apportées par-delà la mer. De l'hydromel et des bières.

À destination des caves de l'Archonte.

Oh oui ! pensa-t-elle avec amertume, alors qu'elle gravissait le large escalier de marbre, Argelin s'était occupé du cas de chacun d'entre eux. Il leur avait donné ce qu'ils désiraient le plus. Il avait exaucé leurs rêves les plus secrets.

Excepté le sien. Il ignorait ce qu'elle voulait.

Il faudrait être un dieu pour le deviner.

Elle s'arrêta sur la quatrième marche.

« Où es-tu ? »

Dans la chambre sauvage, Mirany.

Elle aperçut une grande porte en bronze à sa gauche, ornée d'un scorpion cuivré en relief. Elle l'entrouvrit et se faufila à l'intérieur.

Jadis, c'était une pièce ordinaire. Aujourd'hui, la salle ressemblait plus à une jungle, moquettée de gazon, parsemée de grands arbres s'élevant jusqu'au plafond et croulant sous les vignes vierges et les branches artificielles. Des papillons entraient par la fenêtre ouverte, attirés par le nectar qui s'égouttait des fleurs exotiques. Des dizaines de minuscules oiseaux brillants piaulaient et descendaient en piqué au-dessus de sa tête. Il y avait toutes sortes de singes – babouins, petits primates gris dont le bébé était accroché au ventre, lémuriens à la longue queue qui se balançaient, hurlaient, effectuaient des sauts périlleux avant de se raccrocher aux feuillages. Au milieu de ce capharnaüm, Alexos la dévisageait, la tête en bas. Pendu à une branche qu'enserraient ses genoux, il donnait des morceaux de pomme à un chimpanzé aussi gros que lui.

« Mirany !

— Pour l'amour du dieu ! s'exclama-t-elle, terrorisée. Tu vas tomber !

— Non, je suis doué. Regarde-moi jouer avec Eno ! »

Alors qu'il se balançait, le petit singe marron (son préféré) sauta sur son dos en jacassant. Aussitôt, le garçon descendit le long d'une liane, les pieds en premier, puis s'accrocha à une branche avant de faire un saut périlleux et d'atterrir sur le gazon à côté d'elle, hors d'haleine et les cheveux en bataille.

« Tu vois ! »

Il avait grandi. Bien qu'il eût le visage rougi par l'effort et la touffeur de la pièce, sa beauté était celle d'un dieu.

Soudain accablée par le désespoir, Mirany s'assit dans l'herbe et se recroquevilla sur elle-même.

« Oblek est revenu ? As-tu eu de ses nouvelles ?

— Non. » Les yeux du garçon se ternirent. Il s'accroupit. « Mes serviteurs le cherchent partout.

— Ils ont regardé dans le cellier ?

— En premier. Il était encore là il y a deux jours, Mirany. Il avait sorti sa harpe et me jouait des airs. Ses chansons étaient aussi tristes que celles qu'il me chantait avant que je ne redevienne jeune. Ensuite, nous avons fait une partie de cache-cache. Quelque chose s'est passé et je n'ai pas pu le trouver. » Il fronça les sourcils. « Pauvre Oblek. C'est ma faute.

— Ta faute ?

— Tu ne comprends pas ? Il ne parvient plus à créer de nouvelles chansons. Cela le rend triste. Je lui avais promis que, le jour où je deviendrais Archonte, nous partirions dans une grande quête et nous découvririons l'endroit où naissent les chansons. Mais j'ai oublié ma promesse, Mirany. Il y a tant de jolis jouets ici, sans compter les cérémonies, les enfants sur lesquels j'impose les mains pour qu'ils guérissent, les promenades en litière, les signes de la main que j'adresse à tous ces gens... J'ai oublié les chansons. Je crois qu'il est parti les chercher tout seul.

— Il nous en aurait parlé avant, déclara Mirany en secouant la tête.

— Tu crois qu'Argelin l'a capturé ? demanda Alexos, l'air sérieux.

— Oblek a essayé de tuer le Général. Le Palais doit être surveillé. Si notre musicien met un pied à l'extérieur, ils le cueilleront. »

Dans un silence pétrifié, ils observèrent deux lémuriens qui se battaient pour un abricot. Tout à coup, Alexos se leva.

« Mirany, j'ai une mission à te confier. Ce soir. Je te demande de descendre dans le royaume de l'Ombre et de parler à mon frère.

— Kreon ?

— J'ai rêvé de lui. Debout dans le noir, il tenait une sphère entre ses mains, la Sphère des Secrets. Il me disait : “Mon frère, ceci t'attend. Envoie quelqu'un le chercher.” »

Alexos lui toucha les doigts. Il avait les mains gelées. « Il y avait des montagnes tout autour de nous, Mirany, dans mon rêve. Des montagnes de glace. Des montagnes d'argent. Et la Sphère grandissait dans ses mains au point d'emplir la nuit. Soudain, les montagnes se sont ouvertes pour qu'elle entre en elles. La Sphère comportait des écritures. Et c'était la lune ! »

Il obtient plus que ce qu'il avait demandé

« Cela provient de quoi ?

— D'une licorne. » Le trafiquant déposa la longue corne torsadée dans les mains de Seth. « C'est un animal qui ressemble à un cheval. Il vit sur les terres de l'Ouest. Au-delà des confins de l'univers. »

Seth tourna l'objet dans ses mains, perplexe.

« Si cet animal vit au-delà des confins de l'univers, comment te l'es-tu procurée ? »

L'homme fit un clin d'œil.

« Peu importe la manière. Les objets circulent, se marchandent. Tu vois ça ? On les appelle des pierres de tonnerre. Si tu en possèdes une chez toi, ta maison ne sera jamais frappée par la foudre. Elles sont extraites du cœur de la roche. »

Seth en préleva une dans la pile. Elle avait la forme d'un petit animal enroulé. Ses sillons ressemblaient à ceux d'un coquillage.

« Combien ? hasarda-t-il.

— Soixante. Le tout.

— Quarante.

— Cinquante. »

Seth hocha la tête et ajouta les pierres à la liste en quelques coups habiles de stile[1].

« Cette corne, à quoi peut-elle me servir ?

— C'est un médicament. » L'homme s'appuya contre le flanc de son bateau ; la figure de proue, une sirène, s'élevait au-dessus de la plage caillouteuse. « Les docteurs et les sibylles la réduisent en poudre afin de guérir toutes sortes de maux : gaz, coliques, ulcères. C'est bon pour les femmes. » Second clin d'œil. « Si tu vois ce que je veux dire. »

Seth ne voyait pas et n'était pas sûr de vouloir en apprendre davantage. Tout bien réfléchi, il se dit qu'il pourrait la revendre un bon prix et acquiesça.

« C'est tout ?

— Oui, scribe. À moins que... » Le trafiquant jeta un coup d'œil aux esclaves. Quand il vit qu'ils étaient de retour à bord, il s'approcha de Seth, si près que celui-ci sentit son haleine. « À moins que tu ne recherches quelque chose de spécial.

— Spécial ?

— Un objet rare et précieux. Qu'on ne trouve qu'une fois dans sa vie. »

Seth soupira. Il aurait dû s'y attendre. L'attrape-nigaud. Le meilleur pour la fin !

« Ne me dis rien. Un œuf de Phénix. Non, un hippogriffe qui vole. Ou des dents de dragon. Si tu les sèmes, une armée entière jaillit du sol. »

1. Le stile (ou style) est l'ancêtre du stylo. Cette tige de métal servait à écrire sur les tablettes de cire. *(N.d.T.)*

Le trafiquant fit un pas en arrière. Son visage tanné, presque noir, se renfrogna.

« Continue, scribe. Moque-toi de moi ! Tu as de l'instruction, toi. Toutes ces écritures, ces comptes, ce savoir empilé au fond de ton cerveau ! Mais il existe peut-être des choses dont tu n'as jamais entendu parler. Des choses qui n'appartiennent qu'aux dieux. »

Seth prit un air supérieur et hocha la tête.

« Certainement. Montre ! »

Le trafiquant s'essuya les mains sur sa tunique. Pendant un instant, il parut absorbé par ce geste, puis il leva les yeux.

« C'est une étoile, maître.

— Une *étoile*...

— Oui. »

L'homme le dévisagea, solennel.

« Tu me fais marcher, ricana Seth. Ai-je l'air aussi stupide ? Tu l'as eue où ? Tu as posé une échelle contre le ciel et tu as grimpé jusqu'en haut ? »

Il n'avait pas de temps à perdre avec de telles balivernes. Cela faisait déjà une heure qu'il aurait dû ramener la carriole à l'entrepôt. Le trafiquant était en retard au rendez-vous et les marchandises devaient être à l'abri avant le prochain tableau de service. Si le Contremaître découvrait qu'il passait des biens en contrebande dans la Cité, ce serait une coupure nette dans les profits qu'il en tirait.

Le trafiquant ignora son ton sarcastique. Il hurla quelque chose à l'un des esclaves sur le pont, dans un dialecte îlien. L'homme descendit dans la soute.

« Il y a trois nuits de ça, expliqua le trafiquant, nous étions en mer entre les Heklades et les récifs de Scorya.

Comme le passage est délicat, j'étais aux commandes. C'était une belle nuit. La lune n'était pas encore levée. Les étoiles brillaient... le Chasseur, les Chiens, le Scorpion. Soudain, il y a eu un éclair, une bande lumineuse au niveau de la queue du Scorpion. Quelque chose a dégringolé à toute vitesse avant de tomber à la mer. Splash ! Juste à côté de la proue. »

L'esclave avançait d'un pas lourd sur la plage.

« Si tu essaies de me refiler un pauvre morceau de caillou... » s'énerva Seth.

Le trafiquant s'empara du paquet que lui tendait l'esclave.

« Ce n'est pas un simple caillou. Quand nous nous sommes penchés par-dessus bord, nous l'avons vu briller, bien en dessous des vagues. Anton, notre ramasseur de perles, a aussitôt plongé. Regarde un peu, scribe. Ton Archonte voudra certainement acheter une étoile. »

Lentement, il écarta les plis du vieux chiffon. Son visage fut alors illuminé par un éclat soudain qui lui fit plisser les paupières. L'air triomphal, il dévisagea Seth.

Le scribe n'en croyait pas ses yeux. Il était si abasourdi que, pendant un instant fatal, il ne cacha pas son étonnement. Dans les mains de l'homme, enfouie sous le tissu sale, une pointe de lumière brûlait. Blanc et ardent, le cristal translucide flamboyait et projetait l'ombre du marchand sur le sable. Non loin, l'esclave s'attardait, comme hypnotisé.

Seth souffla. Il s'humecta les lèvres avant de déclarer :

« C'est chaud ?

— Non. Nous avions peur qu'elle ne soit brûlante, mais elle est froide. Prends-la dans ta main, scribe. »

Avec mille précautions, le fragile cristal fut déposé dans sa paume. Il cligna des yeux à cause de la lumière et perçut une légère odeur métallique qui n'était pas désagréable. Il secoua la tête.

« Les philosophes prétendent que les étoiles parsèment les sphères les plus éloignées du ciel.

— L'une d'entre elles s'est peut-être décrochée. Je ne vois pas d'autre explication. Elle est très petite, comme tu peux le constater. » Le trafiquant se retourna, vit l'esclave et fit un geste agacé. Dès que l'homme fut parti, il regarda Seth d'un œil sagace et affirma : « Évidemment, elle coûte son prix. »

Seth leva la tête. Tout était flou autour de lui, des arcs-en-ciel l'éblouissaient. Il rabattit le tissu sur le cristal brillant et arrangea les plis.

« Je n'en doute pas. »

Ils s'étudièrent du regard un long moment. Le trafiquant prit la parole le premier.

« Cinq cents shekels. »

Seth esquissa un haussement d'épaules qu'il voulait insouciant.

« Hors de question.

— Pour une étoile ?

— Pour dix étoiles. » Il reposa le paquet dans les mains de l'homme. « Et puis, qu'est-ce que j'en ferais ? »

Tous deux savaient qu'il la voulait plus que tout. Le marchand demeura pensif.

« Comme je le disais, une faveur de l'Archonte...

— Je suis déjà un ami de l'Archonte. » Seth calcula en vitesse ce qu'il lui devait, sortit une bourse de sa poche et commença à compter ses pièces.

« ... Le Seigneur Argelin...

— Je doute qu'une étoile l'intéresse.

— Les Neuf...

— Sont également mes amies. »

Seth referma les cordons de sa bourse qu'il rangea. Il interpella les esclaves impatients. Deux d'entre eux s'emparèrent aussitôt des brancards de la carriole et commencèrent à gravir la pente abrupte qui menait à la route. S'ils se dépêchaient, ils arriveraient à l'heure.

« Bon, quatre cents, soupira le trafiquant. Je te fais une faveur, tu sais que je pourrais en obtenir six cents sur le marché.

— Va, va ! Emmène-la sur le Port, paie la commission d'Argelin, la part du commissaire-priseur, les taxes... »

Ils se turent, jusqu'à ce que le trafiquant secoue la tête, dépité.

« Tu es trop sûr de toi, fiston. Ta suffisance et ta cupidité te joueront des tours. »

Seth haussa les épaules.

« Deux cents. Qui d'autre peut m'affirmer que c'est vraiment une étoile ?

— Toi, si tu regardes bien. » Exaspéré, le marchand observa la marée. « D'accord, d'accord. Deux cent cinquante. C'est mon dernier prix. »

Seth prit le temps de la réflexion. Ce n'était qu'une ruse, et le marchand n'en était pas dupe.

« Tope là. » Le scribe sortit sa bourse et compta cent shekels. « Prends ceci. Envoie un de tes hommes demain à la Cité. Qu'il demande le Bureau des Plans. Je suis second Archiviste. Il aura le reste à ce moment-là. » Anticipant une réaction négative, il leva les mains. « Je n'ai plus d'argent. Je ne m'attendais pas à des étoiles. »

À regret, le trafiquant lui tendit le fragile paquet. Lorsqu'il s'en empara, Seth perçut un picotement à travers le tissu : il détenait le pouvoir ! Il avait ressenti la même chose en prononçant les mots « second Archiviste » sur un ton délibérément désinvolte. Après qu'ils se furent serré la main, le marchand hurla des ordres à ses esclaves qui se mirent à pousser le bateau dans l'eau. Seth traversa la plage et escalada les rochers menant au sommet de la petite falaise. La caillasse glissait sous ses sandales. De là-haut, il vit que le navire était déjà à flot, une voile hissée, les amarres larguées. Le souffle court après sa brève ascension, il le regarda prendre le vent ; sa grand-voile blanche claquait et se gonflait.

Ce fut à ce moment-là seulement qu'il s'autorisa à jeter un œil au paquet qu'il tenait entre ses mains. Accroupi sur le sable, il enleva l'écharpe qui pendait à son cou. Puis, d'un geste méticuleux, il souleva le chiffon qui enveloppait l'étoile et le remplaça par le doux tissu. La blancheur éclatante le stupéfia. Alexos l'adorerait. Et quand il en serait lassé, Seth ne doutait pas qu'il en tirerait deux fois son prix. Une étoile brillante ! Fabriquant sa propre lueur dans le noir ! Il jeta la guenille pleine de puces sur le bas-côté et cacha le paquet bien serré sous sa tunique. C'était l'acquisition de sa vie ! Le sourire aux lèvres, il passa la main dans ses cheveux pleins de sueur. Sans se vanter, il l'avait eue pour un bon prix.

Lorsqu'il se leva, il constata qu'il faisait presque nuit. Au loin, à l'ouest, par-delà les montagnes, le soleil couchant transformait l'ombre des sommets en pinacles ténébreux. Des lumières étaient allumées dans le Port. Des torches enflammées éclairaient les maisons cossues dominant les terrasses à la verticale. Le jour viendrait où Pa, Telia et lui vivraient dans une telle demeure. En attendant, ils avaient quitté le Quartier des Potiers, ce qui était un début.

La carriole était trop loin pour qu'il l'entende à présent. Soudain, l'immensité silencieuse du désert s'abattit sur lui. Le vent était tombé, seule une brise légère faisait craquer les branches mortes des arbres assoiffés. Il se trouvait à trois lieues du Port, et personne ne vivait là, excepté un ou deux chevriers.

Seth hâta le pas. Ses achats seraient utiles. Il pourrait en vendre une partie aux divers fonctionnaires de la Cité et empocher les bénéfices. Pa en vendrait sur les marchés. En tout et pour tout, il comptait gagner pas loin de cent shekels, ce qui suffirait pour louer la nouvelle maison.

Il s'arrêta.

Quelqu'un venait sur la route. Un homme courant à perdre haleine.

Sans hésiter, Seth sortit son couteau de sa botte, s'écarta du chemin et se cacha derrière les grosses feuilles charnues d'un agave. Des bandits ! Le désert en regorgeait, disait-on. Et s'ils avaient observé les transactions, ils savaient qu'il transportait de l'argent.

Se maudissant d'avoir éloigné ses esclaves, il lécha ses lèvres sèches et s'efforça de respirer sans frissonner.

Les pas étaient rapides. Tout à coup, il entendit un bruit de glissade et un halètement, comme si l'homme était tombé, puis s'était relevé en toute hâte. Peut-être était-ce la peur qui motivait sa course ? Seth en conclut que la meilleure solution était de rester caché et d'attendre qu'il passe son chemin. À quoi bon risquer sa vie pour un inconnu ?

Lentement, il s'accroupit et se fit le plus petit possible. Les grandes feuilles étaient froides contre ses mains. Il s'imagina en train d'utiliser son fragile couteau ; cette pensée lui glaça le sang. Il faisait très sombre dans le bosquet. L'homme approchait. Seth entendit un bruissement parmi les feuilles quand, soudain, l'ombre s'arrêta. Hors d'haleine, jurant, la silhouette se pencha, grosse et lourde. De son sac en bandoulière, l'étranger sortit quelque chose. Sa tête se pencha en arrière quand il but. L'odeur aigre d'un vin coûteux surprit Seth.

Peut-être bougea-t-il ? Ou émit-il un son ?

L'étranger fit volte-face.

Pétrifié, Seth retint son souffle. Il se rendit compte alors avec consternation qu'il n'était pas caché. Une lumière émanait de lui, un éclat à peine argenté qui grandissait et révélait sa présence.

L'étoile !

L'étranger s'avança et tendit le bras. Une énorme main s'empara de Seth et le souleva de terre. Aussitôt, Seth donna un coup de couteau, mais le poing charnu prévint l'attaque, lui fit lâcher prise et s'abattit sur sa bouche.

« Pas un mot, gratte-papier. C'est moi, Oblek. »

Oblek ! Quel soulagement ! Grâce à l'étoile lumineuse, il aperçut son fameux crâne chauve, son affreux sourire édenté. Dès que le musicien ôta sa main, Seth put respirer.

« Qu'est-ce que tu...

— Écoute. Ils me poursuivent. Depuis que je suis sorti du Port. Ils sont deux, peut-être trois.

— Des voleurs ?

— La cavalerie lourde d'Argelin.

— Où ?

— Juste là. J'ai cru que ma dernière heure était arrivée, mais maintenant... » Il donna une grande claque dans le dos de Seth qui vacilla. « Attrape l'éplucheur-légumes qui te sert de stile et tiens-toi prêt. À deux, on pourra les vaincre. »

Seth fit un pas en arrière, les paumes tendues.

« Sans moi ! »

Il entendit des bruits de sabots, le cliquetis des armes. Ils étaient plusieurs.

Oblek le fusilla du regard.

« Seth...

— Non ! Tu ne comprends donc pas ? Je dois penser à Pa et à Telia. Si quoi que ce soit m'arrivait...

— Rappelle-toi que je t'ai sauvé la vie. Tu m'es redevable. »

Oblek parlait d'une voix si basse que la rumeur des soldats couvrait presque ses paroles.

« Cours ! siffla Seth. Il te reste une chance ! »

L'air dégoûté, Oblek ne bougea pas d'un pouce.

« Je t'ai sorti de ce gouffre dans la tombe de l'Archonte. J'aurais pu t'abandonner à ton sort. Tout ce qui t'intéresse, c'est le profit et ta petite personne puante. Ton père avait raison.

— Mon père ? »

Oblek cracha.

« Il m'a parlé de toi, un jour. » Plein de mépris, le musicien renifla et regarda sur le côté. « Va te faire voir ailleurs ! Je n'ai pas besoin d'une poule mouillée. J'aimerais simplement que Mirany se rende compte que tu ne vaux pas plus que du crottin de cheval. »

Quelqu'un cria. Oblek tenait son couteau dans une main, celui de Seth dans l'autre. Il se redressa.

Furieux, Seth esquissa un pas en arrière.

« Tu m'as entendu, gronda Oblek. Pars ! Va t'enterrer dans tes parchemins et tes shekels.

— Tu peux leur échapper. Suis-moi !

— Pourquoi ? » Le colosse leva la tête et observa les cavaliers qui approchaient. « À quoi bon, si les chansons me fuient ? »

Deux hommes munis de lances étaient penchés sur leur selle.

Les bras écartés, Oblek se mit à hurler.

« Je suis là, bande de salopards. Venez ! Venez me tuer ! »

Un bruit sourd et sinistre retentit quand l'un d'eux frappa. Seth prit la fuite. Haletant, il s'enfonça dans les broussailles hérissées d'épines, trébucha sur une renardière et s'éloigna sans se retourner, écœuré par sa lâcheté. Derrière lui, sur la route, des huées et des bruits de bagarre s'élevaient. Heurts métalliques. Hurlements de douleur. Quelles étaient ses chances de survie face à des lances et des épées ? se demanda-t-il, avec des larmes de colère. Oblek était fou à lier, il l'était depuis toujours. Pourquoi devrait-il mourir, lui aussi ?

Alors qu'il contournait un amas de rochers, il tomba de tout son long et resta allongé sur le sol, le souffle court, les côtes meurtries par le petit paquet dur. Quelque chose passa sous son cou et s'enfuit. Pris de nausées, Seth roula sur lui-même.

La nuit était calme.

Là-haut dans le ciel, au-dessus du désert, brillaient des milliers d'étoiles. Il sentit une odeur de fumée et de petites plantes aromatiques qu'il avait dû écraser dans sa chute.

Des voix. Un éclat de rire. Le bruit d'une épée qu'on rengaine.

Oblek n'avait pas résisté bien longtemps.

L'avaient-ils tué ? Ou le ramenaient-ils à Argelin ? Cette dernière hypothèse était la plus probable. Le Général voudrait terminer le travail. De ses propres mains.

Quand cette pensée traversa son esprit, Seth se mit à quatre pattes, se redressa tant bien que mal et prit ses jambes à son cou. Sa course éperdue le mena à travers les broussailles et les buissons du désert. Tête baissée, il se dirigea vers le Port. À un endroit, la route longeait la falaise et devenait un sentier étroit et périlleux au bord du volcan noyé qui formait la baie. Ils étaient obligés de passer par là. Ce serait idéal.

Il s'arrêta juste à temps. Devant lui s'étendait la mer, noire, reflétant les lumières de la Cité. En toute hâte, il rassembla du petit bois, barra le chemin à l'aide d'une branche morte, en ramassa une autre qu'il soupesa. Drôle d'arme dont les extrémités s'effritaient...

Ils s'approchaient déjà. Seth se faufila dans l'ombre, au bord du sentier, et s'accroupit. Tous ses sens en alerte, rempli d'une joie indescriptible, il serra dans ses mains tremblantes le bois mangé par les vers.

Oblek était vivant. Les soldats lui avaient ligoté les mains avec une corde qu'ils avaient attachée derrière un cheval. Chaque fois qu'il tentait de se relever, ils tiraient sur la corde pour le faire tomber. Les hommes riaient à gorge déployée. L'un d'eux but de son vin.

Seth pria pour qu'il reste quelques forces au musicien. Il ne réussirait pas sans lui. « Et toi, s'adressa-t-il, plein de colère, au dieu. Tu ne pourrais pas nous aider ? »

Je t'ai envoyé une étoile. Que te faut-il de plus ?

Ce n'était pas une voix, mais une pensée dans son esprit. Était-ce là ce que Mirany leur avait décrit ? Il inspira profondément, chercha le paquet sous sa tunique et l'ouvrit avec les dents. Un rai de lumière s'en échappa. Vite, il replia son écharpe.

« Qu'est-ce que c'était ? »

Les soldats ralentirent. Le premier s'avança, au pas. Nerveux, son cheval secoua la crinière et poussa un hennissement. Lorsqu'il passa devant lui, Seth déglutit, paralysé par la peur.

Tout à coup, il bondit sur le sentier.

Le cheval fit un écart. D'un seul geste, Seth attrapa le cavalier par le bras et le fit tomber de sa monture. La branche s'abattit sur le crâne du soldat avec un craquement qui le rendit malade. Il fit volte-face et brandit l'étoile.

« Oblek ! » hurla-t-il.

La nuit se brisa en mille morceaux. Grâce à l'étrange lueur qui resplendissait dans sa main, il aperçut le second cheval qui reculait, paniqué. Alors qu'Oblek braillait à pleins poumons, quelque chose vint cingler le bras de Seth. Une lance siffla à son oreille avant de heurter un rocher. Des éclats de pierre volèrent sur le chemin et dégringolèrent le long de la falaise. Tandis qu'il se redressait, Seth vit le soldat une seconde avant que son épée ne s'abatte sur lui. Il eut à peine le temps de plonger sur le côté, l'étoile lui échappa des mains et roula au bord du précipice. Aussitôt, il se précipita pour la rattraper, les doigts agrippés aux cailloux et au sable. L'homme, d'un poids phénoménal, fondit sur lui et lui décocha un uppercut à la mâchoire. Crachant du sang, Seth donna des coups de pied et cria. Lorsqu'il parvint à le repousser, il croisa ses yeux l'espace d'un instant et distingua la lame brillante. À ce moment précis, Oblek surgit de nulle part, souleva l'homme qu'il retourna avant de lui assener un coup à l'estomac et de le jeter au bas de la falaise.

Une longue plainte aiguë, puis le calme revint dans la nuit noire.

Un des chevaux patientait non loin, les rênes traînant au sol. L'autre avait dû prendre la poudre d'escampette. Seth eut des difficultés à se relever.

« Je l'ai tué ?

— Tu ne tuerais pas une mouche. » Le musicien se pencha pour examiner l'homme que Seth avait assommé. « Il revient à lui. »

Oblek glissa ses bras sous les aisselles du soldat et le tira vers le bord de la falaise.

« Non ! » Le visage engourdi, Seth articulait avec peine. « Laisse-le.

— Nous ne pouvons pas l'épargner, s'insurgea Oblek. Ils t'ont vu !

— Ils n'ont vu qu'une lumière. S'il te plaît ! Je suis revenu pour toi. Tu me dois bien ça. »

Dépité, le musicien le dévisagea avant de laisser tomber le soldat comme un sac sur le sentier. Pendant un instant, Seth crut qu'il allait quand même le jeter dans le vide, mais le colosse se contenta de lui faire les poches. Après s'être emparé de son épée, d'un couteau et de quelques pièces, il se leva.

« Tu vas le regretter, gratte-papier. S'il t'a vu, tu pourras dire adieu à ton gentil petit travail. »

Il s'approcha du bord du précipice et ramassa l'étoile.

« Au nom du dieu, qu'est-ce que c'est ?

— C'est à moi, grommela Seth. Partons vite d'ici. »

Seth enroula l'étoile dans son écharpe et la fourra sous sa tunique sous les yeux ébahis d'Oblek.

« Ça brille.

— Je t'expliquerai plus tard. Je l'ai achetée. »

Soudain, il se figea.

Le soldat était debout.

Sans crier gare, l'homme poussa Oblek qui partit en avant, les bras tendus. Il hurla dans sa chute. La corde autour de sa taille serpentait derrière lui au bord de la falaise, elle se déroulait à une vitesse incroyable. Seth se jeta dessus et l'attrapa. La brutalité de la secousse le surprit, la corde lui brûla les mains avant de l'emporter.

La tête la première, il dégringola.

Parmi les rochers, dans les embruns, l'horreur.

Dans la noirceur de la mer.

DEUXIÈME OFFRANDE

Une étoile déchue

Je ne me souviens pas de la première fois où j'ai touché l'eau. Cela remonte à des milliards d'années.

J'avais chaud, l'enfant fiévreux que j'étais se consumait, et soudain est apparue cette autre, cette moiteur, cette main fraîche sur mon front.

Je ne suis peut-être pas un dieu à part entière, puisque c'est la Reine des Pluies qui a apporté la vie dans la traîne de sa robe. Des plantes ont poussé, les océans ont enflé. Des créatures ont nagé dans les plis de sa toge, ont fourmillé dans ses ourlets.

Avant sa venue, il n'y avait pas de vie.

Et pas de mort.

Il choisit un bien dangereux maître

La mort était un endroit terrible, mélange bouillonnant de sel et de sable qui mugissait à ses oreilles, s'agrippait à lui, s'enfonçait avec lui, le tirait vers le bas, maintenait son énorme main sur sa bouche.

Elle le ligotait.

Quelque part à l'intérieur de Seth, une bulle se mit à grandir, telle une grande membrane qui grossirait jusqu'à ce qu'il éclate. Elle sanglait sa bouche ouverte et l'empêchait de pousser ce cri salvateur. Au moment où il comprit qu'elle allait le tuer, il fut tiré vers le haut dans une explosion d'air, d'obscurité, d'odeur de poisson et de vomi.

« Accroche-toi à moi ! » Le grondement d'Oblek était étouffé et distordu. « Tu sais nager ?

— Non. »

Seth parvint tout juste à articuler ce mot avant d'avaler une grande gorgée d'eau salée. Son nez et sa gorge s'enflammèrent.

« Mon dieu ! »

La masse imposante d'Oblek manœuvrait sous lui. Seth se cramponnait avec frénésie aux vêtements trempés, au gros bras glissant.

« Ils ne t'ont pas appris à nager, à la Cité ? ironisa le musicien. Toutes ces connaissances ? Ces milliers de notes, de gribouillis ? À quoi te servent-ils, hein ? Tous les gamins du Port savent nager !

— La ferme ! »

Seth était terrorisé. Il n'y avait rien sous ses pieds. Rien que de l'eau, noire, profonde, mortelle. Le néant !

Au prix d'un effort surhumain, Oblek bascula sur le dos. Ses pieds éclaboussèrent Seth. On aurait dit une petite baleine.

« Hé, doucement ! haleta le colosse. Tu m'étrangles. »

Seth ne parvenait pas à le lâcher. Il n'osait pas. Les vagues lui frappaient les lèvres, s'engouffraient dans ses oreilles. Autour de lui, l'eau phosphorescente brillait. Des choses luisaient au fond – poissons, anémones... Une bestiole lui grignota le cou.

Davantage d'éclaboussures.

« Là-bas, grogna Oblek. Un bateau. Tu le vois ?

— Je pensais... bafouilla Seth, hors d'haleine, ... que la vie ne valait pas la peine d'être vécue !

— Tout le monde change », plaisanta le colosse.

Seth aperçut le navire du coin de l'œil. Gigantesque. Il devait sortir de son imagination. Un bateau des dieux, resplendissant de lumière, flottant sur une musique. Un bateau destiné à transporter les morts.

Déplaçant des montagnes d'eau, Oblek commença à nager, ce qui obligea Seth, qui avait le souffle coupé, à resserrer son étreinte. Entraîné dans le mouvement, Seth suffoqua sous la douche imprévue, et fut englouti par une eau parfumée à la rose et au bois de santal, recouverte de pétales. Soudain, la proue surgit au-dessus de leurs têtes. Dans l'obscurité, la figure semblait monstrueuse – femme grimaçante aux couleurs criardes, un embrouillamini de serpents en guise de chevelure, des seins de bois festonnés de lierre. Des torches flamboyaient au-dessus d'elle, des échelles s'entrechoquaient, une flottille de canots à rames cliquetait et dansait autour de son corps. Son bruyant passage s'accompagna de vagues qui submergèrent Seth.

« Hé ! hurla le musicien. Du bateau ! »

Seth était engourdi par l'épuisement. Il sentait ses mains glisser. Il était rempli d'eau, son estomac protestait, ses yeux le brûlaient. Puis il y eut des cris, des appels, un jet de cordes, des éclaboussements, des mains tendues qui le hissèrent comme dans un rêve, une suite d'événements qui arriva à quelqu'un d'autre. La mer s'accrochait à lui, l'aspirait, se vidait de ses habits. Tremblant et grelottant, il fut extrait de l'eau, ses pieds furent placés sur une échelle instable, barreau après barreau. Enfin, quelqu'un le déposa sur un sol doux et laineux sur lequel il s'agenouilla. Les poings fermés, tête baissée, il toussa à en vomir.

Ses oreilles se débouchèrent.

De la musique l'assaillit – cymbales, tambours, cithares, d'autres cuivres. La terreur le quitta peu à peu, s'écoula par chaque pore de sa peau. Enfin, il ouvrit les yeux.

Le navire était réellement immense. Le pont était recouvert d'une tenture de soie qui ondulait telle une multitude de drapeaux. Les tapis les plus raffinés jonchaient le sol, les épices embaumaient la nuit. Il y avait du monde partout.

« Que se passe-t-il ? haleta Seth.

— Notre Altesse offre l'hospitalité à votre Général. De nombreux invités sont venus. Des gens riches. C'est une grande fête. »

Le marin maigrichon qui l'avait hissé à bord regarda d'un air dépité le désordre.

Seth faillit s'étrangler.

« Tu as dit "votre Général" ? Argelin est à bord ? »

Épuisé, Oblek se tenait au bastingage. Il haussa les épaules.

« On tombe de Charybde en Scylla...

— Tu saignes.

— Et toi, tu as bu plusieurs fois la tasse. Nous sommes dans un sale état, pas vrai ? » Oblek se tourna vers le marin. « On peut emprunter un canot ? Maintenant ? »

Ils n'avaient pas encore attiré l'attention des invités. La musique s'arrêta. Il y eut un tonnerre d'applaudissements, une dizaine de flûtistes sortit du pavillon. Les musiciennes mouraient de soif et de chaud dans leur costume bleu en soie légère. Derrière elles, les portes du pont supérieur s'ouvrirent en grand sur une foule de convives, ravis de prendre l'air. Buvant, riant, discutant, mangeant, des hommes radieux, vêtus de tuniques richement tissées et de toges raffinées, accompagnaient des femmes aux robes brodées de mille bijoux.

Tout en grattant les algues collées sur son cou, Oblek grommela :

« Trop tard. »

Les joyeux invités étaient éblouissants. Un trait de khôl soulignait leurs yeux fardés et dans leurs perruques sophistiquées brillaient des milliers de fils tressés. Des pierres précieuses resplendissaient autour de leur cou et de leurs bras. De larges colliers de lapis-lazuli bleu et or réfléchissaient la lumière, tandis que les parfums mêlés étaient entêtants. Une femme aux lèvres rouges toisait Seth avec dédain ; des spirales d'or serpentaient de son épaule à son coude. Elle prononça quelques mots et éclata de rire. Des curieux le dévisagèrent.

Nauséeux, le scribe avait toutes les peines du monde à tenir debout.

« Nous devons partir d'ici ! »

Dans le pavillon illuminé au-dessus d'eux, il aperçut Argelin. Le Général paradait en compagnie des marchands du Prince Jamil et de leurs épouses. Ses gardes du corps veillaient non loin. Participaient à la réception quelques dignitaires de la Cité, l'Embaumeur en Chef, le Seigneur du Conseil des Tombeaux. Seth se demanda si les Neuf étaient présentes. Son cœur bondit dans sa poitrine : Mirany pourrait-elle les aider à s'enfuir ?

« Mais qui êtes-vous ? Où sont vos invitations ? »

C'était tout ce dont ils avaient besoin – un éphèbe en tenue de cérémonie.

Seth examina Oblek.

« Nous n'avons pas d'invitations, répondit-il, les yeux baissés. Nous ne sommes que des esclaves.

— Les esclaves sont censés attendre dans les canots.

— Je suis tombé par-dessus bord. »

À présent, une vingtaine de convives les entourait. Un groupe de jeunes dandys aux dents blanches étaient venus écouter, un bras autour de la taille des flûtistes. À l'évidence, une poignée d'entre eux était ivre.

« Moi, je l'aurais laissé nager autour du bateau toute la nuit ! » remarqua l'un.

Les autres beuglèrent leur assentiment. Seth sentit Oblek se raidir à ses côtés.

« Et lui ?

— Il m'a sorti de l'eau. »

L'éphèbe regarda Oblek d'un air méchant, puis il posa la question que Seth redoutait.

« À qui appartenez-vous ? »

Le groupe d'Argelin s'approchait de l'entrée. Seth lécha ses lèvres sèches. Il jeta un rapide coup d'œil autour de lui aux visages prétentieux, à la foule brillant de mille feux. Il prit son temps.

« À lui. »

Tout le monde se tourna.

L'homme qu'il désignait était accoudé au bastingage, silhouette grande et élégante, vêtue d'une fine toge verte. Ses cheveux blonds étaient tirés en arrière avec soin. Il arborait un délicat collier en argent et tenait une coupe de vin entre ses mains manucurées. Il la porta calmement à ses lèvres.

« Est-ce exact, Monseigneur ? »

L'éphèbe employait un ton bien plus respectueux, soudain.

L'élégant toisa d'abord Oblek. Puis Seth. Ses yeux en amande, menaçants, évoquaient ceux d'un prédateur. Seth soutint son regard pendant quelques interminables secondes, les doigts serrés très fort.

L'homme se redressa et s'approcha d'eux.

« J'ai bien peur que oui », répliqua-t-il d'une voix aristocratique et blasée. Les bras croisés, il gronda : « Que s'est-il passé, esclave ?

— Il y a eu... une vague, maître. » Seth dut grincer des dents pour ne plus trembler. « Je suis tombé pardessus bord. O... Oblios m'a sauvé la vie.

— Une perte de temps, dois-je dire. » Le gentilhomme se tourna vers l'éphèbe. « Je n'ai jamais vu un esclave d'une telle stupidité. Regardez-le ! Trempé jusqu'aux os, souffrant du mal de mer, quel bon à rien !

— Vous devriez le vendre, Monseigneur. »

Ayant perdu tout intérêt pour l'incident, l'éphèbe fit une révérence et se fraya un chemin parmi les convives. Seth poussa un soupir de soulagement teinté d'amertume. À présent, ils pouvaient filer ! Hélas pour eux, le seigneur finit son verre et le leva avec grâce en direction de la foule.

« Excellente idée ! » Il sourit, le regard glacial. « Et si je le vendais ? Qui me fait une offre ? Alia, ma chère, combien m'en proposez-vous ? »

La femme aux lèvres rouges gloussa.

« Deux shekels.

— Deux ? Ce n'est pas assez pour ce mignon jeune homme. »

Seth jeta un coup d'œil à Oblek. Sur le qui-vive, le colosse enrageait. Tous deux savaient que le Chacal jouait avec leur vie.

On l'appelait peut-être « Monseigneur », mais il était aussi un pilleur de tombes et le chef du gang le plus célèbre exerçant dans le Port. Subodorant que personne n'était au courant de ses activités annexes, Seth songea que cette menace tacite de dénonciation était leur seule défense possible.

« Trois », annonça un vieillard.

Quelques flûtistes ricanèrent près de lui. Le Chacal lança un regard oblique à Seth.

« En effet, je crois qu'il ne vaut pas plus. »

Seth fit un pas en avant.

« Pour l'amour du dieu, murmura-t-il. Argelin... »

Le Général était sorti du pavillon. Le visage lisse à la barbe sombre et bien taillée, il avançait à travers la foule. Mis à part un plastron étincelant, il ne portait aucun maquillage, aucun bijou. Il observait la foule pimpante avec un dégoût non dissimulé.

Aussitôt, Seth se rapetissa.

La foule s'inclina, le Chacal fit un pas en arrière.

« Mon bateau se trouve à la poupe, déclara-t-il sans ambages. Montez dedans et attendez-moi. »

Seth n'hésita pas une seconde. Argelin ne les connaissait que trop bien. Oblek avait déjà disparu au milieu de l'affluence. Pour un homme de sa corpulence, il se déplaçait vite et avec discrétion quand il le voulait. Il semblait aussi savoir où se trouvait la poupe, contrairement à Seth.

Argelin s'apprêtait à partir. Il attira le seigneur des marchands loin de la cohue. Tapi dans un coin, Seth perçut quelques bribes de leur conversation.

« ... pour votre hospitalité, Prince Jamil. Quant à la décision de l'Oracle, que puis-je dire ? Aucun homme ne comprend le dieu. »

L'homme à la barbe noire acquiesça.

« Grande a été notre déception, comme vous le savez.

— Vous m'en voyez désolé.

— Pourriez-vous me tenir informé, s'il y avait un présent, une offrande que nous...

— Qui ferait changer d'avis le dieu ? »

Argelin sourit. Les deux hommes se dévisagèrent un long moment. Les yeux du Prince des Perles étaient sombres et imperturbables.

« Peu importe ce que c'est », déclara-t-il.

Le sourire d'Argelin s'était estompé.

« Merci. Mais qui suis-je pour avoir une quelconque influence sur un dieu ? »

Le Prince Jamil ne cilla pas.

« Vous êtes le Général. Vous êtes un ami de la Porte-Parole. Je suis certain que si vous le désiriez vraiment, vous pourriez intercéder en notre faveur. »

Pendant un instant, Argelin faillit perdre son calme. Il se reprit en éclatant de rire – un rire froid.

« Vous avez une bien trop haute opinion de ma personne. Je ne puis vous aider. »

Seth écoutait avec attention, telle une araignée au bout de son fil. Quand Argelin se tourna vers lui, il baissa la tête. Depuis son échelle de corde instable, il entendit la réponse de Jamil.

« J'ai, bien entendu, envoyé un messager en informer notre Empereur. »

Argelin ne répondit pas aussitôt. Son plastron de bronze luisait.

« Vous ne partez pas ?

— Oh non ! Pas encore. » Le marchand ouvrit ses mains en un signe de politesse, sa toge en soie rouge flamboyait. « Nous n'avons pas fini de commercer ici : achats, ventes... De plus, mes amis et leurs épouses sont si impatients d'admirer les paysages de votre beau pays. La Cité, les tombeaux et les statues des Archontes. Ils envisagent une expédition vers les fameux Animaux du désert. »

Oblek tira sur la jambe de Seth, qui le repoussa, curieux. Le visage du Général s'était assombri.

« Méfiez-vous.

— Nous méfier ?

— Du désert. C'est le repère des voleurs et des chacals.

— Je dispose d'un grand nombre d'esclaves armés, Général.

— En effet, acquiesça celui-ci. C'est aussi un endroit dépourvu d'eau et totalement sauvage. Le royaume des serpents et des scorpions. Le dieu ne vous a-t-il pas prévenus, que ceux qui pénètrent dans le désert périront sous le feu de sa colère ? »

L'homme à la barbe noire joignit les mains, très calme.

« Oui, répondit-il gravement. Mais je pensais, Monseigneur, que seuls la prêtresse et mes compagnons avaient eu connaissance de ce message. »

Un silence de plomb suivit sa remarque. Les joues d'Argelin s'empourprèrent quand il comprit son erreur. Lorsqu'il reprit la parole, sa voix était narquoise.

« Bonsoir, Seigneur Jamil. »

Seth fut tiré vers le bas. Le souffle coupé, il tomba dans le canot.

« Alors ! » grogna Oblek.

L'embarcation dansa et faillit chavirer à cause du poids mal réparti. Terrorisé, Seth s'agrippa au rebord. Le canot était capitonné, surmonté d'une tenture criarde en soie mauve, et les rideaux étaient fermés sur les côtés afin que personne ne les vît. Des lanternes pendaient sur les flancs, zigzags luisant à la surface de la mer.

Un rameur noir les dévisageait. À côté de lui, armé et médusé, était assis le rouquin dont Seth ne se souvenait que trop bien. Le Renard.

Oblek s'effondra sur le banc branlant.

« Bien, déclara Seth. Cache ta joie. »

L'apparition d'une longue lame courbe lui tint lieu de réponse. Tout à coup, le canot tangua à nouveau quand le Chacal se laissa tomber avec légèreté à son bord.

« Rame, ordonna-t-il. Vite. »

Seth s'accrocha à l'objet le plus proche : le bras d'Oblek. L'agitation soudaine lui souleva le cœur. Il ferma les yeux. Avec un éclat de rire, le musicien le repoussa.

« Pauvre petit gratte-papier qui aimerait être devant son bureau tout tranquille... »

Doucement, le Chacal s'assit et étendit ses longues jambes. Puis il se pencha en avant et les examina tour à tour.

« J'ai peur que ces deux-là ne soient notre seul butin, ce soir, Renard.

— Rien d'autre ? Et les bijoux ?

— Changement de plan. J'ai prévenu les autres. On rentre. »

Consterné, le Renard n'en croyait pas ses oreilles.

« Par les dents du dieu ! Tous ces préparatifs ! Faire monter les autres... Tout ce travail !

— Pour rien. » Le Chacal lança un regard glacial à Seth. « Pour rien.

— J'attends ce moment depuis si longtemps », cracha le Renard, le couteau à la main. Furieux, il ne quittait pas Seth des yeux. « On leur coupe la langue, puis on les attache ensemble et on les jette par-dessus bord ? Ils couleront dans les bras l'un de l'autre.

— Toi et moi, crapaud », ironisa Oblek.

Le Renard n'eut pas le temps de glapir. Le Chacal prit Seth par le col et l'attira contre lui, nez à nez.

« Je pense que c'est une très bonne idée. Tu nous as trahis, scribe, dans le tombeau de Sostris. Et ma récompense pour avoir aidé ton précieux petit Archonte, hein ? Nous avions fait un marché... J'attends toujours ma part. »

Des gouttes de sueur dégoulinaient dans le dos de Seth.

« Tout ne s'est pas passé comme prévu.

— Tiens, tiens !

— C'est vrai. L'Archonte n'a aucun pouvoir. Ce n'est qu'un jeune...

— ... fou, si je me souviens bien. Toi, par contre, tu sembles avoir tiré ton épingle du jeu. Cette tunique coûte quelques shekels... »

Il lui donna une pichenette. Son visage changea brutalement. Avant que Seth ait pu le repousser, les doigts agiles du voleur avaient attrapé le paquet sous sa tunique. Il se rassit, intrigué.

« Qu'est-ce que c'est ?

— Ne l'ouvrez pas ! »

Dès que ces mots sortirent de sa bouche, Seth reconnut sa stupidité. Le Chacal leva un sourcil amusé. Avec mille précautions, il déballa l'étoile.

Son éclat l'aveugla. Il recula. L'homme noir s'arrêta de ramer, frappé de terreur.

Au bout d'un moment, les yeux brillants, le Chacal répéta :

« Qu'est-ce que c'est ?

— Une étoile. »

Seth se renfrogna. Il savait ce qui allait se passer.

« Une étoile, médita le Chacal.

— Tombée du ciel.

— Vraiment ? Excellent. Cela compensera l'échec de notre petite entreprise de ce soir. » Il replia le foulard, ce qui cacha la lumière. « Considère cela comme une avance sur votre dette. »

Au lieu de lui répondre, Seth se pencha par-dessus bord et vomit tant qu'il put. Le rameur grimaça ; le Renard éclata de rire ; Oblek eut un sourire affecté.

« Mon dieu, reprit le Chacal. Je devrais peut-être attendre que nous ayons débarqué avant de vous annoncer ce que j'attends de vous.

— De nous ? l'interrogea Oblek.

— De vous, de votre Archonte et de votre petite prêtresse. »

Seth essuya ses yeux larmoyants et grommela :

« Pas d'inquiétude, nous vous paierons. Alexos a de l'argent.

— Je veux plus que de l'argent, articula le Chacal. S'il souhaite récupérer son cher musicien en un seul morceau, oreilles et doigts compris, l'Archonte devra envisager de m'aider dans un petit projet qui me tient à cœur.

— Quel projet ? »

Le voleur tapota l'étoile ; une lueur argentée transperça le tissu. Il jeta un regard oblique à Seth.

« Il se passe quelque chose, chuchota-t-il. Quelque chose d'étrange.

— D'étrange ? Où ? »

La voix du Chacal était à demi couverte par les claquements des rames dans les vagues.

« Dans les Montagnes de la Lune. »

Elle retourne dans le royaume de l'Ombre

La Cité des Morts surplombait le désert.

Tandis que la litière de l'Archonte oscillait sur les épaules des porteurs, Mirany souleva un coin du rideau de gaze et admira les noirs et sinistres bastions des imposants remparts, les grandes statues des Archontes. Deux cent soixante-neuf. Une rangée ininterrompue d'Archontes face à la mer, depuis le légendaire Sargon aux immenses mains posées sur d'immenses genoux. Tant que les Archontes montaient leur garde éternelle, aucun ennemi ne pouvait vaincre les Deux-Terres. Dans les profondeurs de leurs tombeaux reposaient leurs corps, vidés, préservés dans des carapaces rutilantes d'or et de lapis-lazuli, allongés chacun dans une succession de neuf cercueils magnifiques, en compagnie des scorpions et des scarabées.

Mirany se mordit la lèvre. Elle lâcha le rideau et se rassit sur le siège rouge, les mains à plat sur les côtés pour atténuer le léger balancement. Les tombeaux. Elle appréhendait d'y retourner.

Depuis la terrible nuit de l'Ombre, quand elle avait été enterrée vivante pour avoir trahi l'Oracle, elle n'était pas retournée dans la Cité. L'Île avait beau être dangereuse, elle, au moins, était lumineuse. Ses maisons blanches reflétaient les rayons du soleil, ses fleurs écarlates parfumaient l'atmosphère. À l'inverse, la Cité était un labyrinthe de poussière et de tunnels, un dédale de bâtiments abritant employés, scribes, peintres, orfèvres, esclaves par milliers, embaumeurs au masque sinistre. L'odeur particulière de ses couloirs hantait son sommeil. Parfois, elle se réveillait au milieu de la nuit, suffoquant, et s'asseyait dans son lit, à l'abri des voilages délicats. Puis elle se levait, allait scruter son visage sombre dans le miroir en bronze.

Ses cheveux repoussaient. Ils étaient presque aussi longs qu'avant. Cependant, une chose avait disparu : cette confiance timide qu'elle accordait aux gens, comme à Chryse, qui l'avait trahie. Mirany se méfiait également de l'Île. À présent, elle savait que le mal y résidait, que tout pouvait arriver, même parmi les Neuf.

Cette pensée la ramena à Rhetia. Lasse, elle se frotta un œil. Comment se comporter avec Rhetia ?

« Votre Sainteté ? »

La litière avait été abaissée avec une telle douceur qu'elle s'en était à peine aperçue. L'esclave en charge avait ouvert les rideaux et regardait à l'intérieur.

« Nous sommes aux portes de la Cité.

— Merci. »

Alors qu'elle balançait ses jambes à l'extérieur, l'homme lui effleura la main. Les esclaves étaient-ils autorisés à toucher les Neuf ? Elle n'en avait aucune idée. Il y avait tant de choses qu'elle ignorait encore. Debout, elle sentit les plis de sa robe lui frôler les chevilles. Au-dessus de sa tête, trois blocs de marbre noir poli formaient la porte.

« Nous vous attendons. »

Inquiète, Mirany le dévisagea.

« Ce ne sera pas nécessaire. Je me débrouillerai pour rentrer sur l'Île.

— Mais vous ne pouvez pas rentrer à pied par cette route la nuit ! s'insurgea l'esclave. L'Archonte nous a demandé de veiller sur vous. »

Les cinq autres écoutaient. L'un ajustait les bracelets de cuir à ses poignets. Dans la chaude obscurité, une chouette hulula.

Cet homme avait raison et, pourtant, Mirany était persuadée que l'un d'entre eux voire tous étaient à la solde d'Argelin. D'ici peu, le Général serait mis au courant de sa venue ; or, elle ne souhaitait pas qu'il en sache davantage.

« Il y a beaucoup de litières dans la Cité. Je m'arrangerai pour en trouver une. » Elle parlait d'une voix douce, mais ferme, s'inspirant de Rhetia. « Inutile de m'attendre. L'Archonte comprendra. »

Elle mit fin à la discussion en leur tournant le dos, puis elle passa le porche en marbre. Un parfum d'armoise s'éleva des buissons. Elle perçut leur consternation, puis entendit leurs voix et le craquement de la litière vide quand ils la soulevèrent.

Ils partaient.

Elle s'autorisa un petit sourire victorieux.

À l'entrée, deux gardes la saluèrent brièvement. Quelques secondes plus tard, elle traversait d'un pas léger la vaste place au cœur de la Cité. En son centre, noire sur le fond étoilé, s'élevait la ziggourat, pyramide à degrés, lieu de sacrifice qu'elle n'avait gravi qu'une fois. Tout autour, ténébreuses à présent, les Maisons du Deuil étaient vides et fermées à clef. Elles ne seraient rouvertes qu'au décès d'Alexos. Cette pensée la fit tressaillir d'horreur. Cet événement ne se produirait que dans plusieurs années, mais comment en être sûre ? La destinée de l'Archonte se résumait à un sacrifice. Si nécessaire, il donnait sa vie à son peuple. Telle était sa promesse.

Ses sandales claquaient sur les pierres granuleuses. Elle était presque seule. Quelques silhouettes détalaient dans les coins, l'une d'entre elles lui coupa la route. Mirany s'arrêta, effarée, avant de lâcher un gros soupir de soulagement. Des chats. La Cité en était infestée. Bizarrement gros et noirs, ils se reproduisaient, se battaient et marchaient à pas feutrés dans les bâtiments et les ateliers ; leurs yeux verts scrutaient les tunnels. Le cœur battant la chamade, Mirany dit tout bas :

« C'est toi, Notre Lumière ? Prendrais-tu l'apparence d'un chat, maintenant ? »

Elle n'obtint aucune réponse.

Le dieu n'était pas là. Elle était seule.

Il lui fallut un peu de temps pour trouver le Bureau des Plans. Alors que les couloirs étaient faiblement éclairés, quelques personnes travaillaient encore en cette heure tardive. Quand Mirany demanda son chemin à une femme de ménage, celle-ci insista pour l'accompagner. Quelle sensation étrange de marcher derrière cette femme qui baissait les yeux, accrochée à son seau en bois, marmonnant à chaque tournant : « À gauche ici, Votre Sainteté... À droite, je vous prie... Désolée, quelques marches à descendre, ma Dame... »

Finalement, après un salut qui la courba vers le sol, l'esclave chercha à tâtons la poignée de la porte bordée de bronze, l'ouvrit et s'effaça devant la prêtresse.

« Mille mercis », chuchota Mirany.

Tandis qu'elle franchissait le seuil, la femme leva la tête et lui lança :

« Vous qui connaissez le dieu, vous lui parlez, n'est-ce pas ? »

Mirany acquiesça. L'esclave ignorait probablement quelle fonction occupait chacune des Neuf. Peut-être croyait-elle avoir affaire à la Porte-Parole ?

« Hum... Je sais que je ne devrais pas, mais... C'est mon fils. Il est malade. Il tousse, il a des plaies autour de la bouche. Je vous en prie, demandez au dieu de lui rendre la santé.

— Promis. Mais tu dois le lui demander, toi aussi.

— Moi ! » Pendant un instant, la femme eut l'air médusé. « Je ne suis qu'une esclave, Votre Sainteté. Je n'ai pas le droit de parler au dieu.

— Tu le peux et tu le dois. Ce garçon prend-il des remèdes ? Voit-il un docteur ? »

Elle connaissait déjà la réponse. Un bref hochement de tête confirma ses doutes.

« Assure-toi qu'il en voie un. Comment t'appelles-tu ?

— Patty.

— Reste ici. Attends-moi. Je vais peut-être avoir besoin de toi. »

Le Bureau des Plans lui était inconnu. Les milliers de pupitres l'impressionnèrent. Des scribes en occupaient encore une bonne moitié. Penchés sur leurs parchemins, ils écrivaient en toute hâte. Certains étaient si concentrés dans leur travail qu'ils ne la remarquèrent même pas. Elle traversa les allées privées de cette pièce caverneuse, à l'air raréfié, et se demanda comment Seth supportait de travailler là. En fait, il n'avait pas le choix. Tout le monde ne pouvait pas jouir des privilèges de l'Île.

De l'encre – éclats de couleur arc-en-ciel – tachait le sol sablonneux. Sur chaque mur, des milliers de rouleaux dont l'étiquette pendait s'entassaient dans des cases. D'autres étaient empilés dans de grands paniers à roulettes. L'atmosphère était étouffante, chargée de fibres, de poussière. Des fragments de feuilles d'or flottaient dans les rais de lumière. Le grattement et le raclement des stiles résonnaient autour d'elle.

Au bout de la salle, le Contremaître était assis sur une grande estrade. Perdu dans ses pensées, il ne la vit qu'au moment où elle s'approchait de lui. Il sursauta et dégringola de son tabouret, qui tomba derrière lui dans un fracas énorme.

Toutes les têtes se dressèrent.

Les joues cramoisies, Mirany murmura :

« Je cherche le second assistant de l'Archiviste. Seth. Est-il ici ? »

Sa question attisa la curiosité du Contremaître.

« Non, Votre Sainteté.

— Sais-tu où je peux le trouver ?

— Dans son bureau, je suppose.

— Indique-moi le chemin.

— Oh ! Vous ne pouvez pas... Pardonnez-moi, ma Dame, mais ce ne serait pas convenable. J'envoie quelqu'un. »

Un scribe fut dépêché. Il revint quelques minutes plus tard, en nage.

« Introuvable, Votre Sainteté. »

C'est bien ce que craignait Mirany. Il était si occupé ces derniers temps, il avait mille projets en tête. Consciente de leurs regards posés sur elle, Mirany essaya de paraître imperturbable.

« Merci, ce n'était pas important.

— A-t-il... A-t-il des ennuis ? »

Le Contremaître lança un regard assassin par-dessus son épaule – le grattement des stiles reprit aussitôt.

« Non, je voulais... simplement lui parler. » Piètre réponse, mais elle ne put en trouver une autre. « Merci. »

Elle remerciait trop souvent.

Sa traversée de la salle, en sens inverse, au milieu des scribes laborieux, lui sembla interminable, mais elle lui permit de réfléchir. Si elle avait demandé au Contremaître où trouver Kreon, elle aurait attiré encore plus son attention et quelqu'un l'aurait rapporté à Argelin. Seth lui avait raconté que, aux yeux des habitants de la Cité, Kreon passait pour un simple d'esprit. Il était plus sage de ne pas mentionner son nom. Elle avait compté sur Seth pour accéder à lui, mais elle devrait se passer de son aide.

Dehors, Patty, l'esclave, était assise sur son seau retourné. Inquiète, elle se leva à grand-peine.

« Écoute, déclara Mirany. Je dois retrouver un homme qui travaille dans cette partie de la Cité. Un gardien du nom de Kreon. »

La femme écarquilla les yeux.

« Lui ? Je le connais, Votre Sainteté. Un grand maigre à la peau aussi blanche que du papier. Il est à moitié fou.

— Où puis-je le trouver ?

— Qui sait ? Ici... Là-bas. Ce qui est sûr, c'est qu'il ne sort jamais. La lumière lui fait mal aux yeux.

— Il doit bien vivre quelque part », s'impatienta Mirany.

Patty haussa les épaules. Ce ne fut pas elle qui lui murmura la réponse.

En bas.

Quelques perles de sueur picotèrent le cou de Mirany.

« En bas ? »

Dans les tombeaux, Mirany. D'où tu m'as parlé un jour. Au milieu des Ombres.

L'esclave écarquilla les yeux.

« Pardon, Votre Sainteté ?

— Une lumière. J'ai besoin d'une lampe. » Elle s'empara de celle qui était accrochée au mur et vérifia l'huile dans le réservoir. Il y en avait assez pour une bonne heure. « Où est l'escalier le plus proche menant aux tombeaux ?

— Tout près d'ici. Mais...

— Montre-moi. »

Au bout du couloir suivant se dressait une porte en bronze qui avait la forme d'un scorpion géant, du sol au plafond. Patty posa son seau et ses serpillières par terre et s'excusa de passer devant la prêtresse. Elle poussa la grille qui se découpait dans le thorax du scorpion. Au-delà s'étendait l'obscurité, balayée par un léger courant d'air chaud.

« La Porte de Kyros, Votre Sainteté. Elle descend jusqu'aux Premiers Niveaux, au moins. »

Mirany leva sa lampe. Pendant un instant, leurs ombres dansèrent, vagues et indistinctes contre le plafond du tunnel. Mirany dut déployer de grands efforts pour la remercier et lui dire qu'elle continuait seule à partir de là.

Le soulagement que ressentit alors l'esclave se transforma en curiosité irrépressible.

« Cela concerne le dieu, n'est-ce pas ? Certaines vieilles femmes prétendent que son Ombre erre dans les souterrains, qu'elle parle aux Archontes disparus, là, en bas. Une fois ou deux, quand je travaillais seule près de l'escalier, je les ai entendus. Leurs voix étaient étouffées, étranges. Il y avait de la musique. »

De la musique ? Tout à coup, Mirany se demanda si Oblek ne se cachait pas avec Kreon. Cette idée la soulagea.

« Oui, cela concerne le dieu... Je veux que tu me promettes de ne parler à personne de mon expédition. Compris ? Et je m'arrangerai pour que ton fils ait des remèdes. »

Cela ressemblait à du chantage. Le visage usé par le chagrin, la femme se contenta de hocher la tête.

Mirany franchit la grille. Les larges marches de l'escalier étaient creusées par les pas. Sans un mot, elle commença sa descente, son ombre collée aux talons. Elle tenait sa lampe devant elle mais, au-delà du petit cercle de lumière, les ténèbres étaient impénétrables, aussi épaisses que du velours, étouffant tous les sons.

Elle ne comptait plus les marches. Quand elle jeta un coup d'œil en arrière, la faible lueur du couloir avait disparu. Elle respirait fort, trop fort. Elle s'obligea à s'arrêter et écouta son cœur qui battait la chamade. Inutile de s'inquiéter : l'air ne manquait pas et elle pouvait remonter à tout moment. Elle était la Porteuse du dieu et l'une des Neuf. Elle n'allait pas paniquer !

La tête haute, elle continua sa descente. Elle avait l'impression que la Terre se refermait sur elle. Les murs, couverts de plâtre d'abord, devinrent de pierre, puis de terre. Une puissante odeur d'humus commença à embaumer l'air. De la poussière se déposait sur ses lèvres.

En bas de l'escalier, les parois du tunnel autrefois peintes se rapprochaient. Des rangées de lettres cunéiformes couraient par blocs entiers. Une frise montrait la Reine des Pluies trônant au-dessus du désert, de l'eau coulait de ses mains et de sa cape. En dessous, les grandes silhouettes des Animaux attendaient, la gueule ouverte. Les enduits étaient anciens et fendillés par endroits. Des morceaux tombés au sol crissèrent sous ses pieds. Elle avançait à pas comptés. Soudain, elle s'arrêta devant un carrefour. Cinq mystérieuses ouvertures s'offraient à elle.

Deux pas encore.

Un courant d'air en provenance de l'une des galeries fit vaciller la petite flamme de sa lampe. Terrifiée, Mirany mit une main en coupe autour de la lumière. Au loin, dans le noir, une silhouette se détacha et bougea. Mirany se précipita vers elle.

« Qui est là ? Kreon ? »

L'inconnu avait les mains froides. L'une d'elles se plaqua sur ses lèvres, aussi ferme et lisse que la peau d'un serpent. La flammèche fut soufflée.

« Chut ! Ma Dame ! murmura une voix à son oreille. Vous êtes suivie. »

« Le soleil nous assèche »

Il la fit reculer sans bruit. S'il n'y avait pas eu ses mains froides sur sa bouche et ses épaules, elle se serait crue seule le long de ce tunnel. Dans cette nuit totale, elle avait perdu tout sens de l'orientation.

Des mots lui chatouillèrent l'oreille, tel un léger courant d'air.

« Prenez ma main. »

Elle put enfin respirer. Des doigts se refermèrent sur sa main et l'entraînèrent. Elle essaya de ne pas trébucher, de ne pas suffoquer. À chaque pas, elle tressaillait, de peur de heurter un mur. Le bras tendu, elle avançait à tâtons, même s'il n'y avait que du vide devant elle, le grand néant de la Terre. Quand elle toucha du bout des doigts le plâtre poussiéreux, immense fut son soulagement. Enfin un point de repère ! Comme par magie, sa perception lui revint, elle sut à nouveau distinguer le haut du bas, l'avant de l'arrière.

« Par ici, murmura l'ombre. N'ayez pas peur. »

Kreon se déplaçait avec une facilité déconcertante, créature sans poids ni substance qui s'arrêtait, grimpait... Dans le Manuel d'Orientation, elle avait lu que les scribes absorbaient l'esprit des animaux qui conduisaient les Archontes décédés sur le Chemin. Singe, chacal, araignée, à la fois guides et menaces. Durant un instant de confusion, elle crut que l'un de ces animaux l'avait prise par la main, qu'elle tenait une patte de chimpanzé ou bien la pince articulée d'un scorpion.

Tout à coup, elle fonça dans le dos de l'homme : il s'était arrêté.

« D'ici, nous pourrons voir qui nous suit. » Il s'accroupit, ses doigts cherchèrent son poignet et l'attirèrent doucement vers lui. « Je connais plusieurs endroits où l'on peut voir sans être vu. »

De la poussière tomba. Quelques cailloux roulèrent.

Grâce à la faible lueur d'une lampe qui se reflétait sur la paroi, Mirany aperçut un trou guère plus gros qu'une cerise. Kreon se tourna vers elle. La jeune prêtresse distingua son profil effilé, ainsi qu'un sourire désabusé et tordu.

« Regardez ! »

Elle se pencha en avant, les mains dans les gravats.

Le judas donnait sur l'un des tunnels sombres qu'ils venaient d'emprunter. Une lampe au bout de son bras tendu, quelqu'un avançait à tâtons. La silhouette drapée dans une cape lui parut familière. Un parfum entêtant de rose s'élevait de sa toge.

Mirany n'en crut pas ses yeux.

« Ce n'est pas possible ! »

La flamme vacilla à ses pieds. Quand la forme se retourna, Mirany découvrit un joli visage joufflu. Une fine chevelure blonde.

« Mirany ! chuchota la jeune fille. Reviens ! C'est moi !

— C'est l'une des Neuf ? demanda Kreon dans un souffle.

— Chryse ! Celle qui m'a trahie, l'espionne de Hermia. Jamais je ne l'aurais crue capable de descendre jusqu'ici toute seule. »

Il parut sourire.

« Son courage s'est envolé, constata-t-il. Elle a l'air terrorisé. »

Il n'avait pas tort. Chryse était parvenue à l'embranchement des galeries et semblait trop apeurée pour s'aventurer dans l'une ou l'autre. Elle s'effondra.

« Oh ! Mirany ! gémit-elle. Laquelle as-tu choisie ? »

Mirany recula et avertit Kreon :

« Ne te méprends pas sur son compte. Elle m'a dupée trop longtemps. Que faisons-nous d'elle ?

— Laissons-la un moment ici. Je préfère qu'elle ne me voie pas, et encore moins la Sphère. Vite ! »

Ils parcoururent quelques mètres, descendirent une volée de marches, bifurquèrent à nouveau, escaladèrent une pile de gravats qui menait à un vaste espace.

« Vous pouvez allumer votre lampe », dit Kreon.

Sa voix lui parvenait tel un écho, comme si le plafond était très haut.

Quand la mèche d'amadou fut enflammée, elle posa sa lampe par terre et recula. La lumière jaune se stabilisa avant de déployer tout son éclat.

Mirany distingua une chambre peinte, dont l'immense voûte offrait une débauche de couleurs, du bleu à l'orange, de l'or au safran. La Reine des Pluies écartait les bras, qui étaient en fait des ailes. Du plafond, qui représentait sa cape étendue, pendaient des perles, des milliers de vraies perles aux reflets pâles, couleur crème. Certaines formaient de longs chapelets que Mirany pouvait toucher. Ce spectacle lui donna l'impression qu'une averse de pluie avait été pétrifiée autour d'elle, chaque gouttelette ayant été solidifiée sans jamais atteindre le sol.

Les bras croisés, ses yeux délavés rivés sur elle, Kreon se tenait au milieu des perles. « Un grand maigre », avait décrit Patty. La peau d'une blancheur extrême, de longs cheveux diaphanes emmêlés sur les épaules, une tunique rapiécée à la manche. Elle ne l'avait rencontré qu'une fois auparavant, quand Alexos et lui conversaient dans l'étrange langage des dieux. Et peut-être une autre fois, dans une vision, lorsque le dieu et son Ombre se battaient avant l'avènement du monde.

« Comment va mon petit frère ? » demanda-t-il d'une voix fébrile.

Elle déglutit.

« Bien. Sauf qu'Oblek manque à l'appel.

— Il me l'a dit. Lui et moi, nous nous parlons dans nos rêves. Ayant un dieu en nous, nous avons besoin l'un de l'autre. »

Il regarda autour de lui, tira un tabouret en bois et s'assit dessus, les genoux sous le menton. Il fit signe à Mirany de l'imiter.

Mis à part une table et une chaise, la salle n'était pas meublée. L'osier craqua quand elle s'assit. La chaise était vieille, bancale.

« Où sommes-nous ?

— Dans le tombeau de Koltos. Après le passage des pilleurs, comme vous pouvez le constater. Plusieurs siècles auparavant.

— Comment sont-ils entrés ?

— Par le même chemin que nous. Là. »

Un grand trou avait été creusé dans le mur opposé. Au-delà régnait l'obscurité. Épouvantée, Mirany écarquilla les yeux.

« Ils ont tout volé ? Où est le corps de l'Archonte ?

— En lieu sûr. » Il lui lança son sourire énigmatique. « Ces endroits souterrains m'appartiennent, Mirany. Les tombeaux de la Quatrième Dynastie ont été creusés trop près de la surface – nombre d'entre eux ont été profanés. Par chance, seuls les trésors intéressent les pilleurs. Au fil des années, j'ai déplacé un à un les Archontes et j'ai transporté leurs corps dans les profondeurs de la Terre. N'ayez crainte pour eux. Ceci est mon royaume et je le garde bien. »

Elle acquiesça, repensant aux grandes cavernes remplies de copies sous l'Oracle que Seth lui avait décrites.

« Nous n'avons pas beaucoup de temps, enchaîna-t-elle. Alexos prétend que tu as quelque chose pour nous. Serait-ce la Sphère des Secrets ? Le dieu m'a dit...

— Je suis son Ombre, Mirany. » Il se pencha en arrière, le visage balayé par le miroitement des perles. « Je sais tout sur la Sphère. »

Entre eux, sur la table, était disposé un support en bois, couvert d'une vulgaire toile effilochée. Sa main pâle souleva le chiffon.

« Oui, je vous l'ai apportée. »

La pluie de perles tinta et cliqueta, réfléchie par le globe argenté trônant sur le support. Mirany se leva et soupesa la Sphère. Elle était lourde. Sûrement compacte. L'écriture qu'elle avait entraperçue était compliquée. Les petits blocs de texte étaient gravés dans le métal. En les regardant de plus près, elle constata que les hiéroglyphes ressemblaient à ceux des vieux rouleaux qui tombaient en poussière dans la bibliothèque de l'Île, oubliés et mangés par les rats. Les lignes et les formules s'apparentaient à une carte unissant des symboles d'animaux, des triangles, trois petites étoiles. Lorsqu'elle leva les yeux, le reflet du globe illumina son visage.

« Qu'est-ce que c'est ? »

Kreon haussa les épaules.

« Une ancienne formule. Très puissante. Si vous la déchiffrez, nul doute qu'elle vous montrera le chemin.

— Qui mène où ? »

Il grimaça un sourire dénué de toute gaieté.

« Où vos désirs vous portent. Ou bien est-ce un endroit trop dangereux ? »

Elle se rassit, lentement.

« Peut-être. Nous avons tous des désirs si différents. Rhetia souhaite devenir Porte-Parole. Oblek veut des chansons. Seth aimerait être riche.

— Et vous ? »

Son tour était venu de hausser les épaules. Ses doigts tièdes laissaient des marques grises sur l'argent glacé.

« Je ne sais pas. Que tout rentre dans l'ordre, je suppose. Que tout le monde soit heureux. »

Il se pencha en avant, tendu.

« Même un dieu ne peut exaucer ce vœu. À moins de payer le prix fort. Écoutez-moi à présent, Dame Mirany. Alexos et vous avez apporté au peuple la pluie du Jardin de la Reine des Pluies, mais rien n'a changé. Nous avons besoin d'averses plus fréquentes, comme au temps où les rivières coulaient en abondance. Ici-bas, où la nuit ne finit jamais, je reste éveillé et j'écoute. J'entends la terre qui se dessèche, Mirany, les racines de ses cultures qui se rabougrissent. Je l'entends frémir, se transformer, se déshydrater. J'entends le léger craquement de ses pierres, les chacals qui rongent les os dans le désert, la chair tendre qui devient cuir. J'entends les fourmis et les scorpions. Parfois, j'entends aussi les rêves des gens, qui finissent par se dissoudre, s'évaporer, si bien qu'à leur réveil tous les ont oubliés, sauf les enfants, qui pleurent. Le soleil nous dessèche les uns après les autres. Au fur et à mesure qu'il s'empare de notre vie, une soif infinie grandit en nous. » Il se leva et fit les cent pas. Les perles cliquetaient en s'entrechoquant autour de lui. « Nous avons besoin d'eau qui vienne des profondeurs, des racines de la terre. Nous avons besoin d'une grande rivière, d'un déluge. »

Il fit soudain volte-face.

« Savez-vous d'où vient ce nom, "les Deux-Terres" ?

— Non.

— L'une est à la surface, dans le monde des Vivants, l'autre en dessous, dans le monde des Morts. Ces deux royaumes sont liés par l'Oracle. Mais l'Oracle est marqué par la trahison, tel un puits empoisonné, et ce sera à vous de trouver une autre source de vie, Mirany. Un puits des miracles. »

Il tendit l'oreille.

« Vous devez partir, maintenant. Votre amie pleure. Quoi que vous décidiez, ne lui montrez pas la Sphère. » Il la lui prit des mains et l'enveloppa dans le tissu. « Ce scribe, Seth... il sait lire les anciennes écritures. Il sera peut-être capable de déchiffrer celle-ci, mais prenez garde. C'est un jeune homme arrogant et cupide. Il ne sait pas encore exactement qui il est. »

Mirany reprit le paquet. Tandis qu'il écartait les chapelets de perles, elle saisit la lampe et le dévisagea.

« Et toi ? demanda-t-elle, curieuse. Là, en bas, tout seul dans le noir, que désires-tu ? »

Il recula dans l'ombre.

« Ce que j'ai déjà, chuchota-t-il. Rien. »

Avec un cri strident, Chryse bondit sur ses pieds. Le khôl avait coulé de ses yeux sur ses joues.

« Oh, Mirany ! sanglota-t-elle. Où étais-tu ? C'est bien toi, dis ?

— Bien sûr que c'est moi », vociféra Mirany qui sortit de l'obscurité. Elle s'arrêta, irritée. « Pourquoi me suis-tu, Chryse ? Hermia ne pouvait pas envoyer quelqu'un de plus compétent que toi ? Comment as-tu su où j'étais ?

— J'ai obligé une vieille femme à me le révéler. Et d'ailleurs, je ne te suis pas, renifla Chryse. Du moins, ce ne sont pas eux qui m'envoient. J'en ai terminé avec Hermia. C'était tout le temps : “Fais ci, fais ça...” Comme si j'étais son esclave et non l'une des Neuf.

Aucune des autres ne me parle. Personne ne m'aime plus. »

Mirany avança dans le noir sans se soucier d'elle, essayant de se souvenir des indications de Kreon.

« Cela te surprend ? Tu as voulu ma mort. Elles ont toutes peur d'être la suivante sur ta liste. »

Le souffle court, Chryse trébucha derrière elle.

« Attends, Mirany ! S'il te plaît ! »

Mirany stoppa si soudainement que la jeune fille faillit tomber à la renverse.

« J'attends.

— J'ai changé. Je ne suis plus la même. Je veux être de ton côté.

— De mon côté ?

— Du côté du dieu. Tu n'es pas comme Hermia. Toi, tu entends sa voix. Je sais qu'elle invente tout. Ma décision est prise, Mirany. »

Son visage baigné de larmes exprimait une telle détermination que cela en paraissait ridicule. Pendant un instant, Mirany laissa la flamme jouer dans ses yeux bleus d'enfant.

« Comment pourrais-je à nouveau te faire confiance, Chryse ? chuchota-t-elle.

— Je savais que tu dirais cela, rétorqua Chryse, qui se tamponna le visage. Je te le prouverai. Je suis sûre de moi. Je suis ton amie, et je te le prouverai. »

En silence, Mirany poursuivit sa route et gravit l'escalier, qui lui sembla interminable. En haut, il y avait des passages à négocier et dehors, sur la place exposée aux vents, une litière à trouver, des esclaves à réveiller. Mirany n'adressa la parole à Chryse qu'une fois dans le palanquin qui les menait au Pont.

« Rhetia ne te croira pas.

— Je me moque de Rhetia. » Déjà requinquée, Chryse se remaquillait à l'aide d'un petit miroir. « Rhetia, ce n'est pas toi. Je t'ai toujours beaucoup aimée, Mirany, depuis le jour de ton arrivée, alors que tout le monde se fichait de toi. Nous étions amies. J'ai cru que tu complotais contre le dieu, mais à présent qu'Alexos est Archonte, je sais que c'était faux. Donc, tout va bien, n'est-ce pas ? »

Elle referma le miroir et leva les yeux, assez satisfaite d'elle-même. Pendant un instant, Mirany fut frappée d'incrédulité. La situation n'était pas si simple. Chryse ferait toujours passer sa petite personne en premier et jouerait les girouettes à la première occasion.

Son regard dut trahir son émoi, car Chryse sourit et lissa sa robe.

« Et maintenant ? demanda-t-elle avec nonchalance. Tu peux me dire pourquoi tu es redescendue dans ces horribles tombes ? Et quand comptes-tu me montrer ce que tu caches dans ce sac ?

— Jamais. »

Les doigts de Mirany s'agrippaient au linge.

La litière vacilla, s'arrêta et bascula vers la gauche. Bouche bée, Chryse s'accrocha aux pompons. Elles entendirent des voix, des cris. Soudain, les rideaux furent tirés, un homme regarda à l'intérieur, un couteau luisant dans chaque main, le visage encagoulé. Seuls ses yeux étaient visibles.

Chryse poussa un hurlement strident.

L'homme lança un bout de parchemin à Mirany, fit un semblant de révérence et marmonna : « Soyez là-bas », avant de disparaître.

Dehors régnait une grande panique. Les esclaves s'agglutinèrent autour de la litière qui faillit verser.

« Vos Saintetés, vous allez bien ?

— ... Des bandits...

— ... Au moins dix...

— ... Douze...

— Pourquoi ne nous ont-ils rien volé ? demanda Chryse, pétrifiée.

— Parce qu'ils ont déjà quelque chose qui nous appartient, déclara lentement Mirany, après avoir lu le billet.

— Quoi ?

— Oblek. Ils détiennent Oblek. »

TROISIÈME OFFRANDE

Les pommes d'or

Un dieu peut-il commettre un crime ?

Un jour, il y a longtemps, je me suis rendu dans un endroit où tous les rêves du monde étaient entreposés.

Des rêves de musique, des joies d'enfants, des poèmes qui n'étaient pas encore écrits, des trésors de souvenirs accumulés par des vieilles femmes. Ils étaient tous là, disposés en tas autour de la grotte.

« Ne prends rien », m'avait prévenu la Reine des Pluies. Elle avait posté des monstres et des dragons tricéphales devant l'entrée.

Je n'ai pas pu m'en empêcher. J'ai volé trois pommes d'or.

Elles étaient si petites !

Jamais je n'ai revu cette grotte.

« Plusieurs siècles se sont écoulés depuis que j'ai scruté ses profondeurs »

« **O**ù est-elle ? »

Impatient, Seth faisait les cent pas sur le sol turquoise. Les murs et le plafond en verre bleu à facettes complexes lui donnaient l'impression d'être piégé dans un gros bijou. Son reflet inversé et anxieux ne cessait de s'approcher et de s'éloigner de lui.

Alexos nourrissait son singe.

« Elle monte l'escalier en courant. J'aimerais que tu te tiennes tranquille, Seth. Tu donnes le tournis à Eno. »

Seth lui lança un regard furieux. Soudain, la porte s'ouvrit sur Mirany.

Il ne l'avait pas vue depuis des semaines. Elle n'avait pas l'occasion de se rendre dans la Cité et, ces derniers temps, il s'absentait rarement, car le poste de second assistant de l'Archiviste demandait beaucoup plus de travail qu'il ne l'avait imaginé. Elle avait l'air différent. Le visage rougi par la chaleur, mais plus sûre d'elle. Loin de la jeune fille craintive qu'il avait rencontrée. À sa grande surprise, il se sentit intimidé. Pour masquer son embarras, il prit une voix bourrue.

« Tu es au courant, pour Oblek ? »

Elle le regarda, prit son inspiration et déclara :

« Oui. Bonjour, Archonte.

— Bonjour, Mirany. Je suis persuadé que Seth ne voulait pas se montrer grossier. Il est inquiet. » Le garçon posa le singe par terre et se tourna vers eux. Son visage parfait était morose. « Et moi aussi. Ils ne feront pas de mal à Oblek, rassure-moi... Seth affirme que c'est le Chacal qui l'a kidnappé.

— Il est plus en sécurité avec lui qu'à traîner dans le Port, déclara Mirany. Regardez ! Ils m'ont envoyé ce billet. »

Elle le tendit. Seth s'en empara d'un geste maladroit. Le parchemin était de bonne qualité. Il reconnut l'écriture du Chacal.

NOUS AVONS LE MUSICIEN. ARGELIN NE LE TROUVERA PAS. RENDEZ-VOUS AU PALAIS DE L'ARCHONTE À MIDI.

Pas de signature.

« Bien. » Mirany traversa le balcon recouvert d'un baldaquin et s'assit sur le rebord de la fenêtre. Elle observa la mer bleue et les bâtiments blancs de l'Île qui miroitaient. « Que s'est-il passé ?

— C'est passionnant ! » Alexos s'allongea à plat ventre sur le sol brillant, les pieds battant l'air. « Seth a trouvé Oblek, ils se sont battus avec des soldats, et après ils sont tombés de la falaise. »

Elle écarquilla les yeux, effarée.

« De la falaise ! Vous vous êtes blessés ?

— Non. » Seth fut content de constater qu'elle se préoccupait encore de son sort. Il s'assit dans le fauteuil de l'Archonte. Il parla d'une voix plus détendue, sa main ondula dans l'air. « Enfin, Oblek un peu. Nous avions beau nager, les courants violents nous éloignaient de la baie. J'ignore où nous serions aujourd'hui si un navire ne nous avait pas secourus. »

Mirany sembla soulagée.

« Heureusement que tu sais nager ! La plupart des scribes n'ont jamais appris. »

Le rose aux joues, il haussa les épaules.

« Je devais maintenir Oblek hors de l'eau. Il était... en mauvaise posture.

— Parle-lui du Chacal, s'impatienta Alexos.

— Le navire appartenait à la flotte des Hommes des Perles, continua Seth d'un ton modeste. Une grande caravelle. Un banquet se déroulait à bord. Argelin était présent et j'étais terrifié à l'idée qu'il nous aperçoive. Nous avons donc fait semblant d'être des esclaves. Du Chacal.

— Comment ? »

Son ton admiratif lui réchauffa le cœur.

« C'est une sorte de seigneur. Il est persuadé que nous avons fait échouer le vol qu'il planifiait. Même s'il a joué le jeu, j'aurais dû deviner qu'il avait une idée derrière la tête. Quand nous sommes arrivés dans le Port, ses hommes nous ont traînés à travers les rues jusqu'à une espèce de cellule. J'ignore où elle se trouve – nous avions des sacs sur la tête.

— Vous deviez avoir l'air idiot », gloussa Alexos.

Seth lui lança un regard ulcéré.

« Je le croyais notre ami, déclara Mirany.

— C'est un voleur. Dénué de toute pitié. Il prétend que nous lui sommes redevables, que c'est grâce à lui si Alexos a pu pénétrer dans la Neuvième Maison. Le cachot était envahi par ses sbires – assassins, contrebandiers, femmes. Oblek s'est tout de suite adapté. Il y avait beaucoup de vin et il a affirmé qu'ils ne lui feraient aucun mal. Le Chacal aurait un plan. Il souhaite simplement parler à l'Archonte, qui doit s'attendre à recevoir sa visite. Quand je lui ai annoncé que personne n'adressait la parole à l'Archonte, il a éclaté de rire. Ensuite, j'ai été ligoté, transporté quelques rues plus loin et abandonné à mon sort. »

Mirany fronça les sourcils.

« Vous croyez qu'il viendra jusqu'ici ? Comment ?

— Je ne sais pas. »

Alexos secoua la tête.

« Argelin a posté des soldats tout autour du bâtiment. Eux sauront. »

Un coup à la porte les fit sursauter.

Alexos se leva.

« Entrez ! »

C'était Koret, l'Intendant du Palais. Il semblait terrifié. Pendant une seconde, Seth aurait mis sa main au feu que le Chacal lui pointait un couteau dans le dos. Il ne s'attendait pas à cette annonce :

« Le Seigneur Argelin veut vous voir », murmura l'Intendant.

Seth bondit sur ses pieds. Dans un bruissement d'étoffe, Mirany quitta le balcon. Son visage était pâle.

« Sois prudent », chuchota-t-elle.

Argelin était déjà entré. Il portait une armure sombre en bronze et un manteau rouge. Sa barbe lisse était impeccablement taillée. Un parfum de tamaris flottait autour de lui. Il dévisagea rapidement Seth et Mirany, avant d'esquisser un semblant de révérence devant Alexos.

« Archonte, Monseigneur. »

Alexos s'inclina, l'air grave.

« Général, quelle surprise !

— En effet.

— Asseyez-vous. Seth, une chaise !

— Je ne reste pas, prétendit le Général avec un sourire. Je suis juste venu vous apporter de bien tristes nouvelles. »

Comme il ne continuait pas, Alexos dut intervenir.

« Quelles nouvelles ? »

Argelin sourit à nouveau. Sa joie placide glaça Seth.

« Ce musicien ivre à la bouche impure...

— Oblek ?

— Ce brigand est mort. »

Le silence fut palpable. Argelin épousseta sa chaise avec son gant et s'assit, le buste penché en avant.

« Une patrouille l'a débusqué en haut des falaises et l'a capturé. Une bagarre s'en est suivie, il a tué l'un de mes hommes avant d'être jeté à la mer. On n'a retrouvé aucune trace de son corps. Mais vous connaissez, Seigneur Archonte, la violence des courants dans cette partie de la baie, la profondeur et la noirceur des eaux. »

Ils étaient trop calmes, se dit Mirany. Ils auraient dû se montrer plus accablés. Leur manque de réaction allait lui mettre la puce à l'oreille.

De son côté, Argelin s'adossa à la chaise, comme si le choc produit par son annonce lui suffisait.

Alexos se leva et sortit sur le balcon. Au-dessus de lui, le baldaquin claquait sous la brise chaude. Dos à eux, il prit la parole.

L'eau lui a donc tendu les bras.

Mirany se raidit. Seth vit comment elle le regardait. Soudain la pièce bleue sembla se mouvoir autour d'eux, comme s'ils se trouvaient dans une bulle, comme s'ils plongeaient dans les profondeurs et étaient submergés par les vagues.

Argelin jeta un œil autour de lui, fronça les sourcils.

« Ce n'est pas une grande perte. Après tout, il devait sa vie au dieu. Et le dieu a réclamé son dû. »

Alexos se tourna. En deux pas, il traversa la pièce et regarda Argelin droit dans les yeux.

Je suis le dieu, Seigneur Général.

Pendant un instant, l'écho de sa voix retentit, immensément vieille, transcendant tous les âges de la Terre. Puis ce fut le petit garçon qui s'exprima d'une voix pétulante.

« Et Oblek était mon ami. Je l'aimais. »

Argelin se leva.

« Il vous en reste deux. » Ses yeux noirs fixèrent Mirany. « Pour l'instant. Je vous conseille de garder un œil sur eux, Dieu-Souris ! »

Sur le seuil de la porte, il s'arrêta et scruta Seth. Puis il sortit sans ajouter un mot.

Mirany poussa un soupir de soulagement.

« Il s'est régalé. C'était flagrant.

— Moi aussi », ajouta l'homme assis sur le balcon.

Elle en eut le souffle coupé. Seth attrapa Alexos par le bras et le fit reculer.

« C'est triste... remarqua le Chacal, qui baissa la tête pour entrer dans la salle, que l'on craigne davantage un voleur qu'un tyran.

— Comment êtes-vous entré ?

— Par les toits et les terrasses. » Nouant une cordelette autour de sa taille, il posa le pied sur la chaise qu'Argelin avait occupée, et glissa une fine lame dans sa botte. « Ta sécurité est à revoir, jeune fou. N'importe qui peut entrer. »

Éberlués, ils le dévisageaient, tandis que ses grands yeux curieux examinaient la pièce, s'arrêtant sur les murs en cristal, la balustrade en verre sculpté surplombant les jardins.

« Fascinant. Ce bijou est-il creux ?

— C'est la pièce la plus secrète du Palais, déclara Alexos en passant devant Seth. Personne ne peut entendre à travers ces murs.

— Pratique courante, n'est-ce pas ? »

Le garçon acquiesça, les yeux écarquillés.

Le Chacal haussa un sourcil.

« Il y aurait donc des inconvénients à incarner un dieu ! » Il s'assit à califourchon sur la chaise. « Ainsi, Argelin croit que l'homme qui a tenté de l'assassiner est mort. Je pourrais lui prouver le contraire.

— Que voulez-vous ? » chuchota Mirany.

En dépit des garanties d'Alexos, Mirany ne cessait de regarder la porte. Quand Seth s'en aperçut, il traversa la salle, ouvrit le panneau en cristal bleu et jeta un œil au-dehors.

La loggia blanche était déserte. Seuls les voilages ondulaient sous la brise.

« Personne. »

Le Chacal s'était emparé d'une carafe d'eau. Il se servit dans un gobelet en argent ciselé et but.

« Ce que vous me devez. Sans moi, vous seriez morte, fillette, et ce jeune fou garderait des chèvres et s'épouillerait les cheveux. Souvenez-vous-en. »

Alexos vint s'asseoir à côté de lui.

« C'est exact. N'est-ce pas, Seth ? »

Un sourire amusé aux lèvres, le Chacal se versa une autre rasade. Ses yeux en amande dévisagèrent tour à tour Alexos et Mirany.

« Écoutez. Il y a trois mois, le jour du second ensemencement, des soldats d'Argelin patrouillaient dans le désert, au-delà de l'oasis de Katra. Ils aperçurent une forme sombre qui rampait au milieu des dunes. Quand ils se sont approchés, ils ont découvert un homme. Ce qui avait été un homme. Il avait perdu l'esprit, sa peau était noire et pourrie, rongée par les vers de sable, sa langue était gonflée, il avait perdu l'usage de ses yeux. Ils le ramenèrent au Port, mais il était évident qu'il ne survivrait pas. Il fut placé dans une litière et expédié dans les quartiers généraux d'Argelin, au beau milieu de la nuit, sous bonne surveillance. Personne n'en fut informé, aucun rapport ne fut rédigé, aucun questionnaire ne fut rempli. On envoya chercher un docteur en qui Argelin avait toute confiance. L'existence même de cet homme est secrète.

— Comment êtes-vous au courant, alors ? » s'enquit Seth, soupçonneux.

Le pilleur de tombes ne se départit pas de son sourire.

« Mes hommes savent tout. S'infiltrent partout.

— Même dans la prison militaire d'Argelin ? fit Seth.

— Silence ! » Mirany était attentive, ce qui ennuya beaucoup Seth, mais la prêtresse ne sembla pas le remarquer. « Continuez.

— Merci, Votre Sainteté. » Le rusé personnage prit son temps pour boire une gorgée d'eau. « Bien, quand il a repris conscience, le voyageur a ânonné son histoire. Il semblait être le dernier survivant d'une expédition qu'Argelin avait mandatée quelques mois plus tôt – dix-sept hommes, des chameaux, un chariot. Ils étaient partis deux jours après l'avènement de l'Archonte. Depuis, plus de nouvelles. Argelin avait probablement tiré un trait sur eux.

— Où se dirigeait cette expédition ? » demanda Mirany, qui cachait mal sa curiosité.

Elle doit être au courant de quelque chose, se dit Seth.

Le Chacal dut avoir la même pensée, car il la dévisagea d'un air songeur.

« Vers les Montagnes de la Lune, ma Dame.

— Les mines d'argent ! »

Il se tut quelques instants.

« En effet, il y a très longtemps, il existait des mines d'argent dans ces hautes terres. Avant l'Archonte Rasselon et le grand assèchement des rivières. De toute évidence, Argelin projette d'exploiter à nouveau ces mines à son compte. »

Elle fit non de la tête.

« Il n'est pas le seul. Le Prince Jamil est lui aussi intéressé. »

Dehors, la toile du baldaquin claquait. De l'air chaud pénétra dans la salle en cristal bleu.

« Comment es-tu au courant ? demanda Seth.

— C'était sa requête à l'Oracle. Mais le dieu... c'est-à-dire Hermia, lui a déclaré qu'il ne pouvait pas se rendre dans le désert. Argelin a dû lui dicter cette interdiction.

— Cela ne me surprend pas, lança sèchement le Chacal. Car ce qui est caché dans les montagnes est bien plus précieux que de l'argent.

— Plus précieux ?

— Oui. Le survivant a baragouiné dans son délire. Il parlait de grandes portes, d'une ville, d'animaux doués de la parole. Du Puits des Chansons. »

Mirany en avait la chair de poule. Alexos leva la tête. Ses yeux brillaient, son visage resplendissait.

« Le Puits des Chansons ! »

Plusieurs siècles se sont écoulés depuis que j'ai scruté ses profondeurs.

Avait-il parlé tout haut ? Le Chacal jeta un rapide coup d'œil à la porte.

« Lui-même. Le mystique et légendaire Puits. Mais ce qui a le plus fasciné Argelin, c'est le sac qui était attaché sous les haillons de l'homme. Il contenait cinq petites pépites. Argelin a demandé leur analyse. Il s'agissait d'or. Pur, délicat, jaune, inestimable. »

Seth ne pipait mot. Dans la pièce aux facettes bleues, seul résonnait le bruit des vagues, en contrebas, au pied des falaises. Une mouette rit au loin.

« De l'or ! » s'étonna Alexos.

Le Chacal but une nouvelle gorgée d'eau.

« Oui, de l'or, jeune innocent.

— Mais il ne sait pas d'où il provient, intervint Mirany. Les montagnes sont trop vastes pour qu'il trouve un jour...

— Vous avez tort, Votre Sainteté. » Le pilleur de tombes se départit soudain de son large sourire. Son visage se durcit, ses yeux se plissèrent. « Pensez à ce que cela peut signifier pour lui. Il se doit de prospecter, car l'or lui apportera tout. Mercenaires, artillerie, pouvoir. Il n'aura plus besoin de l'Oracle ni des Neuf. Argelin ne se contentera plus du poste de Général. Il se nommera Roi. »

Après avoir posé le gobelet sur la table, il se rassit et les regarda. La moquerie teinta à nouveau sa voix, comme s'il ne pouvait pas s'en empêcher.

« Qui sait ? Il décidera peut-être aussi de se débarrasser du dieu ? »

Elle voit le signe sur son visage

Mirany offrit à l'Intendant son plus beau sourire.

« L'Archonte est occupé, déclara-t-elle sèchement. Interdiction de le déranger.

— Mais il a demandé à voir ses nouveaux présents, ma Dame. Une délégation a été envoyée par la Guilde des fabricants de boîtes à musique. »

Elle se mordit la lèvre.

« Remercie-les pour leurs cadeaux. Montre-leur les jardins, offre-leur des rafraîchissements. Ils savent que personne ne peut voir l'Archonte. »

L'Intendant s'inclina et n'insista pas. Il avait l'air harassé.

Mirany ferma la porte et s'appuya au chambranle. Elle poussa un soupir de soulagement. Sa robe était trempée de sueur.

Le Chacal sortit de sa cachette et dégaina son couteau.

« Parfait. Je répète que vous gâchez vos talents sur cette Île. »

Assis en tailleur par terre, Alexos caressait le singe perché sur son épaule.

« Bon, lança-t-il, comme si cette interruption ne s'était pas produite. Il y a de l'or. Mais le Puits ! Je me souviens du Puits, Mirany ! Si haut et si lointain. Caché dans une grotte sous les neiges du plus haut sommet. L'eau y est profonde, claire et glacée. Quiconque en boit goûte à la joie divine ! »

Elle s'agenouilla à côté de lui.

« Quand y es-tu allé ?

— Tous les Archontes s'y rendaient une fois. Xamian. Darios. Rasselon. Ce fut le dernier, parce qu'il a volé trois pommes d'or à la Reine des Pluies. Elle était si furieuse qu'elle a caché le Puits et tari les rivières. Les Archontes se sont faits tout petits, même le grand Draxis. Depuis, certains se sont mis à la recherche du Puits. Aucun ne l'a trouvé...

— Tu le trouveras. » Le Chacal était retourné à sa chaise. « J'ai l'intention de mettre la main sur l'or avant Argelin. Et je ne vois qu'une seule manière d'y parvenir. Toi, le jeune fou, tu vas lancer une proclamation : l'Archonte Alexos revient aux anciennes coutumes de ses prédécesseurs. Il effectuera le Pèlerinage des Souffrances et partira à la recherche du Puits des Chansons pour expier le péché de Rasselon. Sans masque, pieds nus, accompagné d'un petit groupe de son choix. » Il s'assit avec grâce. « Dont, il va sans dire, je ferai partie. »

Seth quitta le balcon.

« Vous êtes fou ! C'est un voyage vers la mort ! N'avez-vous pas dit qu'un seul homme avait survécu à l'expédition ?

— Elle n'était pas conduite par l'Archonte. » Les yeux étranges du voleur plongèrent dans ceux d'Alexos. « L'Archonte, qui sait transformer les pierres en eau. »

Silence.

« Comment êtes-vous au courant ? s'enquit Seth, les dents serrées.

— Le musicien parle beaucoup quand il est soûl, répondit le Chacal, qui éclata de rire. Et croyez-moi, nous veillons à ce qu'il ne dessoûle pas. »

Le singe piailla et courut vers Mirany qui le souleva de terre.

« C'est plus qu'une simple histoire d'or, articula la jeune fille.

— Vraiment ?

— J'en suis persuadée. »

Le Chacal la dévisagea avant de s'adresser à Seth.

« Sur le navire, pourquoi crois-tu que je ne vous ai pas vendus ?

— Parce que j'aurais parlé. Parce que vous aimez prendre des risques. »

Le géant se leva et se dirigea à grands pas vers le balcon. Sa queue-de-cheval blonde flottait dans son dos.

« Astucieux. Fine déduction de scribe. Oui, je prends des risques. C'est ce qui me maintient en vie. » Le regard perdu sur l'Île au loin, il poursuivit : « Saviez-vous que ma famille était l'une des plus haut placées, ici ?

— Non, chuchota Mirany.

— Il y a bien des années. Avant que le Conseil des Cinquante ne soit dissolu. Avant qu'Argelin ne prenne le pouvoir, que les listes de dissidents ne soient affichées à tous les coins de rues, que les épouses et les enfants disparaissent, que les têtes ornent les pointes de la Porte du Désert. Mon père était riche et respecté. Nous possédions une grande demeure sur les hauteurs de la falaise, avec des sols en marbre frais, des fontaines. À présent, le sable a tout recouvert et les chauves-souris hantent ses ruines. »

Il se tourna vers Mirany et s'accroupit de manière que son visage fût face au sien. Ses longues mains encerclèrent les poignets de la jeune prêtresse.

« Je me souviens du jour où ils ont enfoncé les portes, où ils ont tué mon père dans la cour. J'entends ma mère hurler quand ils ont emmené ses fils. Je me souviens de l'eau rougie des fontaines. »

Elle ne dit mot. Le Chacal cilla. Une ombre passa dans ses yeux. Mais il recula et elle sentit son haleine, perçut le calme de ses mains.

« J'étais trop jeune alors pour représenter une quelconque menace. Aujourd'hui, Argelin m'a oublié. Il voit en moi un jeune seigneur maquillé, efféminé, à court d'argent. Un pique-assiette aimant les antiquités et les jolies femmes. Un homme sans honneur qui vit aux crochets des autres. Tout ce que je lui laisse voir. » Il se tourna vers Alexos. « Mais sous le désert intense gisent les tombeaux. Hantés par des fantômes, sombres, remplis à ras bord de trésors interdits. Et il n'existe aucun voleur dans le Port qui ne craigne pas le Chacal, aucun souteneur, gredin, mendiant aux plaies peintes qui ne connaisse pas ce nom. Argelin croit gouverner, mais le monde souterrain m'appartient. Les rues, les fumeries d'opium, les entrepôts secrets, les repaires de pickpockets. Comme l'Ombre du dieu, je hante cet univers en silence. »

La lumière bleue miroitait sur son visage. Semblant regretter d'en avoir trop dit, il reprit son attitude méfiante et lança des regards perçants autour de lui.

« Vous n'avez pas assez d'or ? demanda Seth.

— Pas assez pour infiltrer l'armée. Bientôt, je le pourrai. » Soudain, il se précipita sur le balcon, épia vers le bas, puis le haut. « Fais ce que je t'ai dit, Archonte. Organise ce pèlerinage. Nous trouverons ton Puits, n'importe quel puits, et je deviendrai assez riche pour provoquer la chute d'Argelin. J'attends ta proclamation. Et souviens-toi... Oblek aussi. »

En un petit saut, il se hissa sur la balustrade en verre bleu, les pieds dans le vide.

« Mais peut-être ne voudra-t-il pas revenir !

— Vous ne lui ferez pas de mal ? s'enquit Alexos.

— Lui faire du mal ? » Le Chacal se raidit, prêt à bondir. « À quoi bon ? L'alcool aura raison de lui. »

Puis il sauta.

Mirany resta bouche bée. L'homme était déjà loin. Il escalada avec aisance les corniches sculptées du bâtiment, glissa sur le toit plat. Elle courut sur le balcon pour mieux voir. Quelques écailles de plâtre lui tombèrent sur le visage. Le ciel bleu était vide.

« Comment croit-il, grommela Seth derrière elle, que nous trouverons ce Puits ou ce filon d'or dans une chaîne de montagnes de plusieurs milliers de kilomètres de long ? »

Mirany revint dans la pièce.

« Alexos connaît le chemin.

— Non, hélas, intervint le garçon. Je ne l'ai jamais retrouvé, Mirany. »

Elle alla chercher son sac qu'elle avait rangé dans un coin. Elle le tendit à Seth, sans jamais le quitter des yeux. Elle vit ce qu'elle espérait – une étincelle d'étonnement, de désir. Inratable.

« Qu'est-ce que c'est ? demanda-t-il dans un souffle.

— La Sphère des Secrets. » Elle la remit à Alexos. Il serra fort le globe dans ses mains fines. « Les marchands l'ont donnée en offrande au dieu. Il faut la déchiffrer. Kreon affirme que c'est une carte qui mène à tous nos désirs. Et au Puits des Chansons. »

Brûlant d'impatience, Seth s'en empara comme s'il ne pouvait attendre plus longtemps. Il la soupesa, la fit pivoter, fasciné.

« Ce texte est archaïque. Il précède la Seconde Dynastie, je pense. Ils utilisaient un alphabet mi-syllabique, mi-symbolique. J'ai vu des textes semblables sur des rouleaux dans la Chambre des Crocodiles.

— Tu saurais le déchiffrer ? s'enquit Alexos, inquiet.

— Des mots bizarres. "La route... portes de... Attention..." Je dois retourner à la Cité et travailler dessus.

— La Cité ? s'étonna Mirany. Sera-t-elle en sécurité là-bas ?

— Autant que sur l'Île », répliqua-t-il.

Il avait raison, bien entendu. Elle avait dû dormir avec le sac qui contenait la Sphère attaché à son poignet. Chryse s'était rendue dans sa chambre après le Rituel de l'Aube. Quand Mirany était revenue du petit déjeuner, la jeune fille se glissait à l'extérieur de la pièce, hors d'haleine. « Je te cherchais », avait-elle déclaré.

Rien ni personne n'était à l'abri dans la Maison Haute.

Les yeux de Seth brillaient de plaisir.

« Cela ne devrait pas me prendre longtemps. Il y a des listes de mots, là-bas, des traductions.

— Tu ne la montreras à personne ?

— Bien sûr que non. »

Préoccupé, il n'écoutait que d'une oreille. La Sphère en argent luisait entre ses mains.

Mirany regarda Alexos, qui lui sourit. Gentiment, celui-ci lui tapota le bras, comme un vieil homme qui chercherait à la rassurer.

« Ne t'inquiète pas, Mirany, chuchota-t-il. Elle sera en sécurité avec Seth.

— Et toi ? demanda-t-elle. Te rendre dans le désert... Ce dénuement suprême ne t'effraie pas ? »

Il haussa les épaules. Pendant une seconde, un voile d'austérité passa dans ses yeux, soudain âgés et emplis d'angoisse.

« J'étais Rasselon. Tout cela est ma faute. Depuis combien de temps les rivières sont-elles taries ?

— Je l'ignore », marmonna-t-elle.

Il secoua la tête avant d'arborer un air épanoui. Il la prit par la main.

« Allons voir mes nouveaux présents ! »

Plus tard, elle repensa à la boîte à musique. Ce mécanisme raffiné enchaînait les airs tristes et gais. Alexos avait dansé de joie autour d'elle, pendant que le singe poussait des cris stridents. Elle y songea alors qu'elle patientait sous la chaleur implacable, derrière son masque souriant de Porteuse du dieu. Chryse trépignait à côté d'elle. Au fond de la vasque en bronze qu'elle tenait entre ses mains, il y avait un scorpion, un seul, immobile. Sa queue rigide tressaillait. Elle ignorait s'il s'agissait du dieu. Quand elle posa la question, personne ne lui répondit. Mais la musique était si forte – clameur discordante de cuivres, cymbales, cithares, cors – que le scorpion se tapissait, comme écrasé par le tintamarre. Tendue, Mirany attendit qu'il s'anime et, d'un geste expert, le fit glisser au fond de la coupe. Sereine, elle lécha ses lèvres salées. Être Porteuse requérait une attention de tous les instants.

Autour d'elle, sur les marches du Temple, la touffeur du soir était accablante, la lumière du soleil couchant une fournaise qui les brûlait tous. Hermia avait étendu le dernier voile en soie écarlate sur les dalles de marbre. À présent, elle s'agenouillait et s'inclinait jusqu'au sol, la bouche ouverte de son masque touchant le tissu ondoyant.

« Roi Scorpion, Notre Lumière, articula-t-elle d'une voix chantante. Notre peuple attend. Ton soleil le brûle. Tes terres roussissent. Ta journée se termine. En ce jour heureux de Réconciliation avec l'Ombre, bénis ceux qui souffrent de fièvre et de soif. »

Les minuscules pinces du scorpion égratignèrent le bronze. Il semblait explorer les ciselures intérieures. Mirany sentit des perles de sueur couler sur son front. Elle avait mal aux bras.

Hermia s'assit sur les talons. Les Neuf vinrent former un demi-cercle dans son dos. Au-delà, la foule s'amassait – malades allongés sur des civières, clopinant ou boitant, jeunes ou âgés.

Les soldats d'Argelin les contenaient, ligne impassible d'hommes armés qui croisaient leurs lances. Derrière eux, l'aristocratie patientait dans des litières luxueuses. Il y avait là les hommes de la Guilde, les éminences de la Cité, les acteurs parfumés, des marchands polis, mais curieux. À travers les fentes de son masque, Mirany aperçut le Prince Jamil, assis à l'ombre d'un grand baldaquin. Quand il se leva, elle comprit que l'Archonte venait d'apparaître.

Risquant un coup d'œil, elle tourna la tête en direction du Temple.

Alexos se tenait sur la plus haute marche. Un bref instant, aveuglée par la lumière éblouissante, elle crut que la statue du dieu était descendue de son piédestal. Quand il eut atteint le bas des marches, elle vit que ce n'était que lui, un jeune garçon, grand, mince, vêtu d'une tunique blanche, le visage caché par un masque en or, le magnifique masque austère du dieu. Ses cheveux bruns disparaissaient sous les plumes et les boucles en cristal de sa parure. Il leva la main et salua la foule.

Derrière les Neuf, Argelin fit un signe de la tête. Ses soldats s'écartèrent et formèrent une avenue de lances dressées afin que, lentement, la foule progresse.

Ces gens-là avaient les moyens de payer. Elle n'ignorait pas que quiconque désirait s'approcher de l'Archonte devait soudoyer le Général, mais aussi ses officiers et sans doute le Scribe du Consentement, voire les trésoriers de l'Île. Ceux qui n'avaient pas l'argent se retrouvaient à l'arrière, sans aucune chance d'avancer. Leurs gémissements et leurs pleurs traduisaient leur amertume.

Entouré de sa garde rapprochée, Argelin trônait sur son cheval blanc. Mirany surprit la manière furtive dont il observait Hermia. Il avait l'air préoccupé et maussade.

Alexos longea la rangée de malades. D'où elle se trouvait, elle ne le voyait pas, mais elle savait qu'il les touchait, ses mains frêles frôlaient leurs plaies suppurantes, leurs ulcères, leurs membres fracturés, leurs visages fiévreux. Muet, masqué, il était le dieu, et le dieu représentait leur dernier espoir. Des mouettes riaient au-dessus de lui. Le calme retomba, le soleil descendit, les montagnes lointaines rougirent. Pendant un instant, les sommets attirèrent tous les regards. Le pic le plus élevé, crevassé, hors d'atteinte, rayonnait de blancheur. Existait-il un Puits là-haut, un endroit ressemblant à celui dont Kreon avait parlé, inviolé, un Oracle pur entre le monde des Vivants et celui des Morts ?

Quelque chose lui effleura le pouce. Elle baissa les yeux et resta pétrifiée.

Le scorpion se tenait en équilibre sur le bord de la coupe.

À côté d'elle, Chryse semblait paralysée.

« Non ! bafouilla Mirany. Si c'est toi, ne me tue pas. Pas encore. Pas ici ! »

Servir le dieu signifie marcher à l'orée de la mort.

« Je sais ! Mais tu as besoin de moi ! »

Il y a tant de souffrance, ici. Regarde, Mirany. S'attendent-ils à ce que je les guérisse tous, à ce que j'abolisse la raison pour laquelle ils viennent à moi ? S'ils n'avaient pas mal, se souviendraient-ils de mon existence ?

Elle s'appliqua à inspirer puis expirer, s'exhortant au calme.

« Ils veulent vivre. Je veux vivre. »

Mais le Jardin de la Reine des Pluies est tellement plus agréable. Tu le sais. Tu l'as vu.

« S'il te plaît. Mes amis sont ici. »

Je te croyais différente, Mirany. La voix paraissait contrariée. *Tu ne vaux pas mieux qu'eux.*

Une rafale de vent souleva sa robe. Le scorpion retomba et glissa au fond de la coupe. Mirany ferma les yeux, épuisée par cette tension permanente.

« Merci », souffla-t-elle.

Aucune réponse.

Soudain, un grand cri s'éleva parmi les malades.

Hermia se leva en toute hâte. Derrière elle, Argelin aboya un ordre. Aussitôt, les soldats montèrent les marches quatre à quatre, mais l'Archonte leva la main. Ils reculèrent à contrecœur.

C'était une femme. En sanglots, elle montrait ses mains à la foule en clamant : « Je suis guérie ! Le dieu m'a guérie ! Je suis guérie ! »

Le peuple devint hystérique. Une marée humaine brisa le cordon et se rua sur Alexos. Argelin rugit de colère.

« Mirany ! haleta Chryse. Vite ! »

Les Neuf se rassemblèrent sur les soies écarlates. En contrebas, un millier de visages respiraient l'espoir, l'excitation, la terreur. Leur attente la submergea, tant et si bien qu'elle faillit trébucher, mais les soldats s'étaient regroupés. Avec sauvagerie, ils frappèrent et obligèrent la foule à reculer. Les premières rangées furent écrasées. Soudain une voix s'éleva : « Silence, vous tous ! »

Une voix claire et impétueuse.

Une voix qui provenait du masque en or de l'Archonte.

Mirany passa la langue sur ses lèvres. La multitude, abasourdie, se tut : l'Archonte ne parlait jamais. Ils n'entendaient le son de sa voix que le jour où il renonçait à la vie. La seule que le dieu possédât était celle de la Porte-Parole, Hermia, qui ne cillait pas. À en juger par sa raideur, elle était aussi interloquée que les autres.

« J'ai une déclaration à vous faire. Je sais que c'est contraire aux règles, mais les règles sont établies depuis peu, et je me souviens de l'époque où il n'en existait aucune, où l'Archonte parlait librement à son peuple. L'époque où je vous parlais, sans masque aucun. »

Mouvement parmi la foule. Argelin descendit de cheval. Ses hommes repoussaient les badauds afin qu'il pût se frayer un chemin vers Alexos.

Ce voyant, celui-ci se hâta de poursuivre.

« Nous avons été séparés et cela n'est pas bien, n'est-ce pas ? À quoi sert un Archonte dont seule la mort peut vous aider ? J'ai donc pris une décision. Je vais rectifier la situation. »

Argelin avait presque atteint les marches.

Vite ! pensa Mirany.

« Je proclame, ici et maintenant, devant vous, que j'ai l'intention d'effectuer le Grand Pèlerinage des

Archontes, le voyage que chaque Archonte entreprenait, il y a des siècles de là. »

Mirany décida d'intervenir.

Tandis que le Général escaladait les marches, elle se posta devant lui et lui bloqua le passage. La coupe de bronze cliqueta contre son plastron. Le scorpion gravit la paroi du calice. Pendant un millième de seconde horrifiant, Argelin s'immobilisa.

« J'effectuerai le voyage, clama Alexos, jusqu'au Puits des Chansons. Je boirai l'eau et je vous la rapporterai, par-delà la mort et le désert. *Je ferai en sorte que les rivières coulent et que vos récoltes soient abondantes. Je vous sauverai, mon peuple.* »

Un silence de plomb précéda une houle, une rumeur sourde, puis un tonnerre d'applaudissements, un claquement de boucliers, une polyphonie de cithares, de crécelles et de tambours.

Mirany resta bouche bée. Argelin s'était emparé de la coupe de bronze avec ses mains gantées. Il fusillait la jeune prêtresse du regard.

« Tout ceci est votre faute ! » marmonna-t-il. Mais sa voix fut couverte par le tintamarre.

Chaque voyage requiert un droit de passage

« Pourquoi toi ? s'enquit Pa.

— Parce que l'Archonte sera accompagné de ses amis les plus proches.

— Et tu en fais partie ? »

Seth haussa les épaules.

« C'est un peu grâce à moi s'il est là. »

Telia picorait les grains de son pain d'orge.

« Je ne veux pas que tu partes, pleurnicha-t-elle. Il y a des scorpions et des monstres dans le désert.

— Il y a des scorpions et des monstres partout. » Seth s'assit sur le tabouret en bois, à côté d'elle. Sentant son angoisse, il la rassura : « Ne t'inquiète pas, je serai de retour dans quelques semaines. »

Elle posa le quignon de pain, lui tourna le dos et s'accouda au rebord de la fenêtre.

« De toute façon, tu n'es jamais à la maison. »

Cette parole le blessa. Leur père secoua la tête et gagna la porte.

« Dommage que ton ami l'Archonte ne puisse pas l'aider, grommela-t-il. Je suppose que tu n'as même pas pris la peine de le lui demander. »

Accablé par la chaleur, Seth examinait le dos raide de Telia. À cinq ans, sa sœur était une petite fille agitée et chétive. L'année précédente, durant la terrible sécheresse, elle avait eu de la fièvre pendant des semaines. Parfois, il avait l'impression que son esprit vagabondait. Pendant quelques secondes, elle n'entendait ni ne voyait plus rien, elle oubliait ce que les gens lui disaient.

« Je suis désolé d'être si souvent absent, s'excusa Seth. C'est un travail difficile, second assistant de l'Archiviste. Il y a tant à faire... »

Sur le rebord de la fenêtre poussaient des géraniums rouges. Plus bas, après la succession de toits, les bâtiments blancs du Port s'amassaient. Un dédale d'allées et d'escaliers serpentait au milieu du bruit et de la pagaille du Port. Leur maison était plus fraîche que la précédente, plus aérée. Il se sentit fier de pouvoir payer le loyer.

« D'abord tu vas voir l'Archonte, déclara Telia. Et cette fille.

— Elle n'est pas...

— Et maintenant, tu pars à des kilomètres et des kilomètres...

— Je suis obligé d'y aller ! »

Telia avait les cheveux bruns, coupés court au-dessus des yeux, comme sa mère. Durant un instant, son souvenir suscita en Seth une bouffée de tristesse qui le surprit. Elle était morte en couches, et depuis, aucun d'entre eux ne parlait d'elle. En général, il chassait son image de son esprit et la remplaçait par une quantité infinie de rouleaux, de factures, de plans, de contrats. Aujourd'hui, il était fatigué. Il avait passé la nuit à travailler sous les voûtes désertes de la Cité. Éclairé par la flamme vacillante d'une lanterne, il avait eu beaucoup de difficultés à traduire le texte gravé sur la Sphère en argent. Épuisé, il était assailli par les souvenirs.

Soudain, le chat de la maison bondit sur l'évier. Telia tendit le bras pour le caresser. Il s'arqua et se frotta contre sa main.

« Tammy m'aime, lui », lança-t-elle d'un ton accusateur.

Seth ne put en supporter davantage. Il la prit sur ses genoux.

« Écoute. Je t'apporterai des cadeaux du Palais. Des jouets et de jolis vêtements. Je serai de retour avant même que tu ne t'aperçoives de mon absence. »

Elle ne cillait pas.

« Tu t'en vas maintenant ? demanda-t-elle.

— Oui. » C'était faux. L'Archonte partirait à la nuit tombante, au lever de la lune, comme le voulait la tradition, mais Seth savait qu'il ne pourrait pas revenir chez lui à temps. « Veux-tu me donner un baiser ? »

Elle déposa un petit baiser humide sous son oreille et descendit de ses genoux.

« Au revoir, Seth. »

Engourdi et déprimé, il la regarda écarter le rideau de la porte.

« Au revoir, Telia », chuchota-t-il.

Son père lui apporta un sac de toile.

« Des tuniques de rechange. Des bottes. Une petite épée. Des onguents. Une cape, parce que le froid est mordant, là-bas, la nuit. Et un peu d'argent. »

Une petite bourse. Seth rougit.

« Je n'ai pas besoin d'argent. Garde-le.

— Parce que tu en as trop ?

— J'en ai assez. Tu en auras besoin pour Telia. »

Amer, son père hocha la tête.

« Sa dot. Si elle vit assez longtemps.

— Pa...

— As-tu demandé à la prêtresse si elle pouvait l'accueillir sur l'Île ? Ou tes hautes préoccupations nous ont-elles chassés de ton cœur ? »

Seth inspira.

« Pas encore. »

Une expression trop bien connue passa sur le visage de son père – « je le savais », semblait-elle dire. Seth détestait cette figure. Pa s'exclama soudain :

« À quoi cela te sert-il de ramper devant cet Archonte ? Un garçon de dix ans, sans aucun pouvoir ? Tu aurais dû entrer au service d'Argelin, il y a des années de cela. Je te l'ai toujours dit. On serait bien mieux lotis, mon fils. »

Le visage pâle, Seth le fixa. Puis il ramassa le sac et se dirigea vers la porte. Il crut que jamais il ne serait capable de prononcer les mots, mais sur le seuil, il s'arrêta. Sans se retourner, il lança : « À bientôt. »

Une chaise racla le sol.

« Espérons-le », remarqua son père, acerbe.

Une femme chantait au coin de la rue des Tanneurs. L'écho aigu de sa voix ricochait contre les bâtiments, se mêlait à la puanteur des peaux tannées. L'acidité des cuves le prit à la gorge et lui piqua les yeux. Pendant un instant, la rue devint floue. Il se hâta de s'essuyer le visage avec le dos de sa main et descendit les marches d'un pas pressé, baissant la tête pour éviter les cuirs pendus aux cordes, raides.

Que voulaient-ils de plus ? Il se tuait au travail pour eux, heure après heure ! Il fraudait, soudoyait, intriguait pour eux ! Amer, il s'apitoya sur son sort. Une espèce de désespoir mêlé de colère et de douleur lui donna envie de jeter le sac de toile au bas des marches et de le faire avancer à coups de pied jusqu'au Port. Pa ! Que savait-il du fonctionnement des choses, de cette lutte continuelle pour être promu, remarqué, pour sortir de la fourmilière d'esclaves, de travailleurs, de scribes et devenir quelqu'un qui serait estimé à sa juste valeur et gagnerait assez ? Croyait-il qu'il suffisait de le demander à Mirany pour que Telia soit expédiée sur l'Île ?

Lorsqu'il arriva sous l'arche, au bout de la rue, il s'autorisa un sourire menaçant. Peut-être ne devait-il s'en prendre qu'à lui-même ? Il s'était trop vanté... *Mon ami l'Archonte par-ci... Mon ami l'Archonte par-là... Mirany ne peut pas se débrouiller sans moi...* Il s'engagea sur une petite place et baissa la tête pour passer sous un portique ombragé. D'accord, il poserait la question. Bien que Mirany ne fût aucunement en position de l'aider.

Le poing surgit de nulle part. Un craquement insupportable dans le ventre. Plié en deux, il chercha sa respiration. Le second coup, qui s'abattit sur sa nuque, et le tourbillon noir dans lequel il plongea le soulagèrent presque. Malheureusement pour lui, on le hissa sur ses pieds chancelants, ce qui l'obligea à fournir des efforts surhumains. Son visage défait était tordu de douleur.

Malgré le choc et sa souffrance, il entendit une voix.

« T'es sûr que c'est lui ?

— C'est lui. Ce sale petit mendiant. »

Il chercha son sac à tâtons. En vain. Tandis que les pulsations rouges se calmaient dans sa tête, il parvint à les voir. Une nouvelle suée de frayeur lui parcourut l'échine. Les hommes d'Argelin. Une petite escouade de six hommes. Ils l'encerclèrent, lui ordonnèrent d'avancer et se mirent en marche. Seth devait suivre le rythme. Il n'avait pas le choix, ils le frappaient dans le dos chaque fois qu'il trébuchait.

Le long des rues escarpées, la patrouille se dépêchait. Ils passèrent devant des magasins fermés – chacun cherchait à échapper à la chaleur du plein midi. Un chien attaché, rendu fou par la soif, aboya. Ils empruntèrent les souterrains sous le château d'eau d'Horeb, passèrent à côté des fontaines qu'il avait autrefois alimentées. Les dauphins et les naïades faisaient des cabrioles dans le bassin asséché, leur torse de pierre était craquelé, cuisant. Seth avait mal partout. Sa gorge le brûlait. Il déglutit tout en essayant de réfléchir. Que lui voulait Argelin ?

Tous croyaient Oblek mort. L'autre soldat avait dû le reconnaître, lui, pendant l'embuscade. Un plan se dessina dans son esprit. Que leur offrir ?

« Écoutez, grommela-t-il. Ne vous fatiguez pas. Vous vous êtes trompés de bonhomme.

— La ferme, grogna le sous-officier.

— Je peux vous payer. Ne m'emmenez pas là-bas. Vous ne m'avez pas trouvé, d'accord ? »

Ils ne ralentirent même pas. De toute évidence, ils avaient compris qu'il n'avait pas assez. Seth se concentra alors sur sa respiration et se tint droit. Il était sûr que son genou saignait.

Cette marche rapide les conduisit à travers des rues désertes. Quiconque croisait leur chemin s'écartait et hâtait le pas. Seth s'était couvert le visage et la tête avec son manteau, de peur qu'un de ses collègues du Bureau des Plans ne le reconnaisse. Vaine précaution, puisqu'il y avait peu de chances qu'il y retourne un jour !

Soudain, paniqué, il pensa à la Sphère. Elle était bien cachée dans la Cité, au fond d'une des innombrables cases où, depuis des siècles, tombaient en poussière les plans des tombeaux des Archontes. S'ils l'exécutaient ou l'emprisonnaient, Mirany ne la retrouverait jamais. Le Puits des Chansons serait perdu. Alexos, le Chacal et Oblek erreraient dans le désert jusqu'à leur mort.

Odeur forte de poisson pourri. Raclement des cordes, claquement des voiles. Même à midi, le Port grouillait de vie. La brise secouait et giflait les tentures. Les mouettes riaient et tournoyaient au-dessus de tas puants où se mêlaient entrailles de poissons, coquilles de crabes, hideuses créatures immangeables pêchées dans les profondeurs de la mer.

Le bâtiment austère et menaçant devant eux abritait les quartiers généraux d'Argelin. En haut des marches, une fois passé les sentinelles, ils pénétrèrent dans un immense atrium fourmillant de monde. Seth était déjà venu là. Il se souvint du jour où il avait rencontré Mirany, de la façon dont elle avait insisté pour voir Oblek. Pouvait-elle faire la même chose pour lui ? Qui saurait où il se trouvait ?

L'escouade se dispersa. Des papiers furent signés. Son sac fut grossièrement vidé, fouillé et son épée subtilisée. Puis le contenu retourna dans la besace. Il se félicita de ne pas avoir emmené la bourse, car elle n'aurait pas manqué de disparaître. Le sous-officier l'attrapa par le col, le fit pivoter et le fouilla avec une efficacité insouciante, signa un autre papier et lui ordonna : « Suis-moi. Ne tente rien. »

Ils descendirent un escalier. L'édifice était plus grand qu'il ne le pensait. Des couloirs s'étiraient en longueur. Les dizaines de portes en enfilade, dont certaines étaient munies de grilles, étaient fermées pour la plupart. Des cellules, devina-t-il. Il fut pris de frissons. Comptaient-ils le torturer ?

Encore un escalier à dévaler. L'air devenait plus frais, plus rare. Il se rendit soudain compte que les sous-sols devaient s'étendre sous les maisons et les rues, voire s'enfoncer dans les roches tendres et volcaniques des falaises. Les murs étaient faits d'un étrange basalte aux formes torturées, tel du verre fondu. Une grande urne ronde pleine d'eau trônait devant une porte en bronze. De l'encens brûlait au pied d'une petite statue de la Reine des Pluies disposée dans une niche creusée à l'intérieur du mur noir et scintillant.

« Attends ici. »

Le sous-officier frappa et entra. Il revint quelques secondes plus tard, fit un signe de la tête.

La bouche sèche, Seth esquissa un pas en arrière.

« Écoutez... » bafouilla-t-il.

Le sous-officier le poussa à l'intérieur.

Lui qui s'attendait à une petite cellule ! La largeur et la splendeur de la pièce où il pénétra en trébuchant le laissèrent bouche bée. Il se trouvait peut-être sous terre, mais chaque mur était peint et tendu de riches draperies. Des tripodes en bronze soutenaient des vases sans prix décorés de silhouettes rouges provenant des Cascades. Une peau de tigre était étendue sur le sol en marbre, sa grande mâchoire béante. Des myriades de lampes pendaient au plafond. En bronze, or et cristal, chacune contenait une flamme vacillante. Un gigantesque miroir circulaire reflétait et multipliait les lampes : la salle resplendissait.

En son centre, une table ronde croulait sous les documents, certains maintenus par des citrons en guise de presse-papiers. Un bol en majolique en était garni. Une femme était assise non loin, sur un divan. Penché au-dessus de la table, les mains à plat sur les papiers, méditait Argelin.

« Approche ».

Le Général se redressa, concentré. Seth avança.

« Tu ne t'attendais pas à me voir. » Argelin croisa les bras. Il ne portait pas d'armure, mais une toge rouge foncé bordée d'or. Ses cheveux bruns et sa barbe, oints, brillaient. « Tant mieux. J'avais peur que ton intelligence ne te permette de lire dans mon jeu. »

Seth tenta de masquer sa stupéfaction.

« Je ne suis pas si intelligent », marmonna-t-il.

La femme portait un manteau qu'elle retira. Hermia. Il ne fut pas surpris, cette fois. Coiffée d'un chignon sophistiqué, la Porte-Parole était vêtue d'une robe plissée blanche. Elle sentait la lavande, ainsi qu'un parfum de musc. Elle se leva, l'examina d'un air calme. Bien que cette proximité le mît mal à l'aise, il ne bougea pas.

« Non, enchaîna-t-elle, mais tout de même assez pour comploter avec une prêtresse et introniser son candidat Archonte. »

Il ne répondit pas. Il fallait qu'il sache ce qui se tramait ici.

« Assieds-toi », l'invita Argelin.

Pendant un instant, Seth crut que le Général s'adressait à Hermia, mais leurs regards à tous deux étaient tournés vers lui. Lentement, il alla s'asseoir sur le divan à rayures. Une croûte de sang couvrait son genou.

Argelin s'appuya contre la table.

« Ne perdons pas de temps. Je t'offre un poste de questeur. Mille shekels par an. Bien entendu, tu pourras tripler cette somme comme bon te semblera. Tant que les taxes rentrent de manière correcte, je ferme les yeux.

— Questeur ! »

Seth était trop stupéfait pour réfléchir. Cela signifiait faire partie de l'élite des collecteurs d'impôts. Les questeurs – au nombre de douze – étaient les agents du Général dans le Port. Ils avaient en charge une vaste opération de recouvrement de dettes, de taxes, de droits de passage. Ils récoltaient des milliers de shekels en pots-de-vin. Cette offre n'avait aucun sens.

Argelin s'amusait.

« Tu sembles un peu déboussolé. Croyais-tu que ta récente promotion était le fruit du hasard ? »

Seth haussa les épaules.

« Non, mais...

— Tu l'as obtenue grâce à moi. Un avant-goût de ce que je peux t'offrir. Tu es ambitieux. Souhaites-tu passer ta vie à moisir au milieu des rouleaux comme second assistant de l'Archiviste ? »

Aux aguets, les traits tendus, Hermia attendait la réponse de Seth.

« Que dois-je faire ? » demanda-t-il.

Argelin sourit, contourna la table et prit un citron sur une pile de papiers. Il jongla avec le fruit.

« Bien. D'abord, je veux savoir qui a mis dans la tête de ce garçon l'idée d'annoncer cette improbable expédition. Était-ce Mirany, la prêtresse ? »

Seth s'humecta les lèvres.

« Non. Du moins... non, je ne pense pas. Je ne suis pas très au courant de ce genre de choses. Je suis scribe, c'est tout. Ils ne me racontent rien.

— Vraiment ? s'étonna Argelin. Quelqu'un a bien dû lui souffler ce projet.

— Le dieu ? »

Hermia le fusilla du regard.

« Il est l'Archonte, non ? bafouilla Seth.

— Il paraît, déclara-t-elle. Si je pouvais m'en assurer...

— Quand en a-t-il parlé pour la première fois ? » l'interrompit Argelin.

Hermia adressa au scribe son regard le plus dur, mais avant qu'elle n'ouvrît la bouche, Seth avait pris sa décision. Il devait montrer plus d'assurance. S'ils croyaient qu'il mentait, il perdrait tout. Seulement, il ne pouvait pas mentionner le Chacal. Cet homme était aussi dangereux que le Général, et Seth était coincé entre ces deux crapules.

« Le jour de son annonce. Il était obnubilé par le Puits des Chansons. Je ne sais pas d'où il tient cette lubie, mais il était tout excité à l'idée de se rendre là-bas. Impatient de goûter l'eau du Puits, pure, qui vous remplit de joie. Vous avez entendu son discours, il veut ramener l'eau pour son peuple.

— J'ai entendu. » Argelin plaça le citron avec précaution sur un parchemin. « C'est la seule raison ?

— Autant que je sache.

— Rien d'autre ? Il n'a pas mentionné des découvertes dans les montagnes ? Les marchands de perles lui auraient-ils envoyé des messages secrets ? »

Seth transpirait.

« Écoutez, je ne sais pas... »

Hermia se posta devant lui.

« L'autre soir, la Porteuse s'est rendue dans la Cité des Morts. Elle a demandé à te voir. Elle transportait quelque chose. Qu'était-ce ? »

Ils attaquaient de front. Seth batailla pour avoir les idées claires.

« Je l'ignore. Je n'étais pas là.

— Un petit objet emballé. Lourd. Elle l'a apporté au Palais de l'Archonte et nous savons que tu étais là-bas. »

Il baissa les yeux. Il se sentait fatigué, meurtri.

« C'était... une sphère. »

Argelin regarda Hermia. Il s'approcha. Le ton de sa voix changea.

« Une sphère ?

— En argent. Vieille.

— Où se l'est-elle procurée ?

— Je l'ignore. »

La pression était trop forte. À bout de nerfs, il avait envie d'eau, d'air frais.

« Comportait-elle des inscriptions ?

— Oui », murmura-t-il.

Argelin secoua la tête.

« Ainsi, ils te l'auraient donnée à déchiffrer. Le garçon est illettré et la fille ne vaut pas mieux. Les as-tu lues ? »

Piteux, Seth acquiesça en silence. Soudain, le souvenir furtif de Mirany lui tendant la Sphère lui revint en mémoire. Il vit ce qu'il n'avait pas voulu voir à ce moment-là. Mirany l'avait observé, testé. Il savait qu'il s'était trahi, qu'elle n'avait pas manqué de percevoir sa cupidité. C'est à regret qu'elle lui avait confié la Sphère.

Sa défiance le mit en colère. Plein d'arrogance, il lança :

« La Sphère comporte une suite de directions pour trouver de l'eau dans le désert, ainsi qu'une carte menant au Puits des Chansons. » Il se leva, prit une amphore sur la table et se versa à boire. Ses mains tremblaient tant que quelques gouttes giclèrent sur les papiers. Il but sous leur regard. Dès qu'il eut fini, il posa sa coupe. « Vous voulez que je vous la donne pour qu'Alexos et les autres meurent de soif là-bas ? Ou bien vous souhaitez que je modifie les instructions pour qu'ils se rendent dans des endroits désolés ? C'est ce que vous me demandez en échange de votre poste de questeur ? »

Argelin sourit. Il alla s'asseoir sur le divan.

« Non. Je veux qu'ils suivent la carte. De toute manière, l'Archonte pressentira les dangers. Tu seras mon espion. Tu donneras une copie de la carte à l'officier qui te ramènera à la Cité. Il te surveillera pendant que tu la reproduiras. Moi aussi, je souhaite connaître le chemin qui mène au Puits des Chansons. »

Satisfait, le Général regarda Hermia, dont la figure demeurait impassible.

« Il y a trop de questions sans réponse, déclara-t-elle. Le Prince Jamil sera furieux. L'Oracle lui a interdit l'accès au désert et d'autres s'y rendent.

— Pas du tout ! Personne ne peut y aller pendant que l'Archonte effectue son pèlerinage.

— Ce garçon... S'il est vraiment l'Archonte...

— Qu'importe ? susurra Argelin en lui prenant la main.

— Cela m'importe ! »

Elle repoussa sa main et se réfugia à l'autre bout de la pièce. Un instant, Seth se dit qu'ils l'avaient presque oublié. Ils se faisaient souffrir l'un l'autre. Leurs vieux désaccords étaient ravivés.

Argelin se leva. Son visage s'assombrit.

« Écoute-moi, Seth. Dès que vous aurez trouvé le Puits des Chansons, assure-toi que l'Archonte ne revienne pas. »

Seth ne parvenait plus à respirer. La terreur lui poignarda le cœur.

« Je ne suis pas un assassin.

— Oh ! Tu verras, c'est facile ! Une chute mortelle du haut d'un rocher. Un empoisonnement. Un accident malheureux. N'essaie pas de me trahir ou de me doubler. Ton père et ta sœur vivent ici, et, crois-moi, les foudres de ma colère risqueraient de s'abattre sur eux. Deux esclaves de plus sur le marché. Qui sait chez qui ils pourraient finir ? À ton retour... seul... ton bureau sera prêt. Travaille pour moi et ta carrière est faite. Va, à présent. »

Seth lança un regard à Hermia. Ses yeux pétillaient de colère.

Le jeune scribe se dirigea vers la porte, qui se referma avec lourdeur derrière lui. Les yeux clos, il frissonnait, le corps trempé de sueur, les jambes flageolantes. Il regarda la petite statue de la Reine des Pluies, puis le long couloir. Amer, il secoua la tête, écrasé par le désespoir qui lui transperçait l'âme.

« Bien, Pa, chuchota-t-il dans le noir. On dirait que tu as eu ce que tu voulais, finalement. »

QUATRIÈME OFFRANDE

Une mèche de cheveux

J'ai transformé les pommes en étoiles : un diamant blanc, un saphir bleu, un rubis rouge. Je les ai cachées dans le ciel où elles se sont perdues parmi leurs milliards de jumelles.

Ensuite, les rivières se sont taries.

J'étais Rasselon et, dans son corps, j'errais dans mon palais en silence. Je voyais les poissons agoniser dans les mares devenues flaques, les flamants donner des coups de bec dans le lit sec des ruisseaux. Je voyais les récoltes flétrir, les mouches se poser sur le visage des enfants.

La honte brûle plus fort que le soleil.

J'ai passé plusieurs vies à chercher le Puits.

Que dois-je faire pour le retrouver ?

Elle ne murmure pas à son oreille

Le soleil brûlait. Ses rayons écarlates enflammaient les Montagnes de la Lune comme les longues flûtes de Pan des musiciens, en contrebas de la route. Il embrasait le masque de l'Archonte. À l'ouest, le ciel n'était que fournaise, la mer un obscur tumulte pourpre et bleu nuit.

Mirany se joignit aux Neuf pour former leur ronde immobile. Elle aperçut du coin de l'œil un dauphin qui bondissait hors de l'eau, puis un autre, et un autre encore. Ils étaient environ une dizaine, et leurs corps chatoyaient au couchant.

Alexos se tenait au centre du cercle sacré. Devant lui, une brume légère s'élevait du vide noir de l'Oracle, bordé de cristaux de soufre et de basalte dentelés.

Il s'agenouilla. Le masque de l'Archonte était presque trop grand pour lui, trop lourd, avec son or, ses plumes et ses pendeloques en lapis-lazuli. Il utilisa ses deux mains pour le soulever. Son visage était rougi, ses cheveux noirs emmêlés.

Il souffla sur une mèche qui lui barrait les yeux et posa le masque.

Leurs robes claquant dans le vent, les Neuf entonnèrent la mélopée. Cette lamentation simple et archaïque n'était pas composée de mots, mais de sons – stridulations des cigales, hululement d'une chouette, cliquetis d'un scorpion. Le vent emportait les notes, pendant que les Neuf tapaient du pied, ondulaient lentement. Plus les vapeurs s'accumulaient au-dessus de l'Oracle, plus Mirany respirait leur puissante et âcre odeur. Les singes jacassaient au milieu du cercle, se glissaient entre Chryse et Ixaca. L'un d'eux s'accrocha à la jupe de cette dernière. Il y avait également des serpents, un tas de nœuds grouillant qui émergeait du trou, s'allongeait et s'emmêlait sur les dalles. Volaient aussi des oiseaux, des chauves-souris et des harpies à visage humain. Au milieu de la multitude chuintante, Alexos se coupa calmement une mèche de cheveux, s'agenouilla et la jeta dans le gouffre.

« Une offrande de moi à moi, chuchota-t-il. De la lumière à l'obscurité. Du bruit au silence. Des vivants aux morts. »

Grisée par les fumées, Mirany savait que les cheveux tombaient sans fin dans les profondeurs de la Terre, mais aussi sur elle, averse de pluie poussiéreuse issue des nuages crépusculaires. Cette petite bruine éclaboussa les dalles – une de ces rares giboulées depuis l'avènement de l'Archonte, si légère qu'elle ne remplissait pas les canaux d'irrigation dans les champs.

Alexos se leva. Il ôta ses sandales et se les noua autour du cou. Il s'empara du bâton que lui tendait la Porte-Parole. Pendant un instant, leurs regards se croisèrent. Ses yeux noirs plongèrent dans les yeux gris acier de Hermia. Soudain, le masque de la Porte-Parole se pencha, comme si elle voulait lui murmurer quelque chose. Mais aucun mot ne fut prononcé. Hermia se joignit au groupe.

Les bruits s'estompèrent peu à peu. Les Neuf se turent. Un vent frais soufflait de la mer.

Bizarrement, Mirany se sentait oppressée. Du coin de l'œil, elle perçut un mouvement. De petites créatures lui frôlèrent les jambes. Un minuscule nuage de lucioles virevoltait dans l'air.

« Ici commence mon voyage, déclara Alexos. Et je souhaite l'achever ici. Moi, Rasselon et Horeb, Antinius et Alexos, Archonte d'hier et de demain, Dieu-sur-Terre, Votre Lumière, Dieu-Souris, pilote du soleil, j'entreprends ce voyage. Je boirai l'eau du Puits des Chansons. Priez pour moi jusqu'à mon retour. »

Grandi par sa longue tunique blanche, il se montrait plus naturel dans l'obscurité qu'au grand jour. Une par une, les Neuf lui tournèrent le dos. Tandis qu'il s'éloignait d'elles, descendait les grandes marches et suivait le chemin sinueux, Mirany sut qu'il passait le portique en pierre et arrivait sur la route. Là, tous les Îliens l'attendaient, en double rangée, le dos tourné. Car qui oserait contempler l'Archonte sans son masque ?

Elle les apercevait de son poste, les soldats sur le Pont, les milliers d'habitants du Port rassemblés sur la route menant au désert. Certains brandissaient des torches qui grésillaient et jetaient des étincelles. Tandis que Hermia conduisait les Neuf à sa suite, avant de prendre la direction du Temple, Mirany fut submergée par un sentiment de tristesse, une angoisse terrible pour cette silhouette esseulée marchant sur cette route sans fin, entre les rangs de dos tournés.

« Courage ! chuchota Chryse d'un ton joyeux. Il reviendra.

— Comme si cela te préoccupait, maugréa sa compagne.

— Je ne suis pas insensible, Mirany. »

Les yeux bleus de Chryse pétillaient derrière les fentes de son masque de Goûteuse.

« Oui, tu es sensible à ce qu'on te sert au dîner, à la robe que tu porteras demain.

— Ce n'est pas juste... »

Mirany se tourna vers elle et ôta son masque de Porteuse au moment où elles franchissaient le seuil de la Maison Basse.

« Si, c'est juste ! J'aimerais que tu cesses ta comédie, Chryse. Je ne peux pas te faire confiance. Jamais plus je ne te ferai confiance. Jamais. »

Malgré les larmes qui lui brûlaient les yeux, Chryse ôta son masque avec le sourire.

« Pas même si je te racontais un secret ?

— Je ne veux pas l'entendre. » Mirany accéléra le pas dans l'enceinte du Temple. Elle voulait voir Alexos aussi longtemps que possible. Mais Chryse courut derrière elle.

« Tu vas m'écouter ! C'est au sujet de Hermia et d'Argelin. Ils se sont disputés.

— Ce ne serait pas la première fois. »

Le Temple s'élevait au-dessus d'elle, façade noire sur fond étoilé. Elle se dépêcha de gravir les marches usées.

« Oui, mais pas comme ça ! » Chryse s'arrêta, hors d'haleine. « Eh ! Attends-moi, Mirany ! Écoute ce que j'ai à te dire ! Laisse-moi une petite chance ! »

Mirany céda et attendit que Chryse la rattrape.

« Bon ? grommela-t-elle.

— C'était très sérieux, Mirany. Ils ont beaucoup crié. Leur dispute concernait l'Archonte. Hermia commence à croire qu'Alexos est le vrai Archonte. Elle ne me l'a pas dit directement, mais il me semble qu'elle a eu des doutes le jour où il a apporté la pluie. Et aussi parce que la Reine des Pluies l'a choisi. Enfin, ça, je n'en suis pas sûre, parce que Hermia était droguée à ce moment-là. »

Le vent souleva le bas de la robe de Mirany.

« Elle s'est confiée à Argelin ?

— Non, répondit Chryse, elle n'est pas si stupide. Du moins, je ne pense pas. Mais lui sait. Et maintenant qu'Alexos est parti dans le désert, je crois qu'elle a peur de ce qui pourrait arriver. Tu as vu qu'elle a failli lui murmurer quelque chose ? Je me demande ce qu'elle voulait lui dire !

— Moi aussi », fit Mirany, songeuse.

Elle plissa les yeux pour essayer d'apercevoir Alexos au loin, mais les flammes des torches étaient trop lumineuses sur le Pont, les gens étalés sur une trop longue distance.

Rhetia montait les marches.

« Oh, non, pas elle ! Je m'en vais ! s'exclama Chryse. Elle me déteste. »

Elle passa devant la grande fille en courant. Celle-ci ne tourna même pas la tête, comme si Chryse n'avait pas plus d'importance à ses yeux que les papillons qui dansaient au crépuscule.

Au sommet, elle se plaça à côté de Mirany qui scrutait la route.

« Que voulait la petite souillon ?

— Elle se serait rangée à nos côtés... C'est ce qu'elle affirme », soupira Mirany.

Rhetia lui épargna un coup d'œil sarcastique.

« Ne me dis pas que tu la crois !

— Pas vraiment, mais...

— Mirany ! Tu es si faible ! Elle te touche encore, après ce qu'elle a fait ! Oublie-la. La moindre de ses paroles a un but caché. Ne lui raconte rien, surtout ! »

Mirany demeura silencieuse. Laquelle des deux était la plus dangereuse ? se demanda-t-elle. Chryse la sournoise, ou Rhetia l'ambitieuse, l'impitoyable, qui était prête à déclencher une guerre ? Mine de rien, elle examina la grande fille aux bras croisés, qui paraissait encore plus sûre d'elle que d'habitude.

« Qu'as-tu fait ? » s'enquit Mirany.

Rhetia grimaça. Puis elle se tapota l'arête du nez.

« Qu'as-tu fait ? répéta Mirany, à présent inquiète. Rhetia ? Aurais-tu parlé à Jamil ? Je te l'avais interdit ! »

Rhetia scruta les silhouettes qui se dispersaient au loin.

« Disons qu'Argelin va avoir une grande surprise. Très bientôt. »

Glacée, Mirany serra ses bras contre sa poitrine, assaillie par une soudaine angoisse pour Alexos, Seth et Oblek.

Soyez prudents ! pensa-t-elle. *Soyez prudents !*

Le premier rayon de lune surgissait au-dessus de la mer. À travers les nuages effilochés, il jetait sur l'eau une lueur semblable aux gribouillis d'un enfant.

Je ferai preuve de prudence, Mirany, lui chuchota la lune à l'oreille.

Comme il atteignit tard le Pont, Seth dut se frayer un passage à travers la cohue. Il était usé. Il lui avait fallu l'après-midi entier pour copier le texte de la Sphère sous l'œil inquisiteur du sbire d'Argelin. À présent, entre l'excitation de la foule, l'ambiance festive, les torches et les vendeurs de saucisses, les alentours de la route évoquaient une fête des moissons débridée.

Au contraire, plus il s'approchait du chemin, plus le calme se faisait. Soudain, il aperçut une petite silhouette au loin et sut que l'Archonte arrivait. Aussitôt, les gens pivotèrent et se cachèrent les yeux et le visage. Même les soldats se tournèrent, empotés avec leurs grands boucliers ovales et leurs longues lances de cérémonie. Le fracas du bronze ricochait le long de la rangée au fur et à mesure que les hommes faisaient volte-face. Des porte-bonheur furent lancés sur la route devant les pas de l'Archonte – fleurs, portraits miniatures de proches, bénédictions écrites sur des rubans de plomb, fanions parfumés de couleur vive. Pieds nus, Alexos marchait vite, les yeux rivés sur les objets pour les éviter. Le jeune Archonte avançait, solitaire, entre deux rangs de dos tournés.

Un bref instant, Seth fut tenté de se fondre dans la masse anonyme, et de laisser Alexos continuer seul sa route. Il échapperait ainsi à son rôle de traître. Il courrait jusqu'au Port, monterait dans n'importe quel bateau pour ne jamais plus revenir...

Non. Il ne pouvait pas abandonner Pa et Telia. Et puis, Alexos venait de s'arrêter.

« Seth ? demanda l'Archonte. Viens-tu ? »

Le jeune scribe lécha ses lèvres sèches.

« Bien sûr », répondit-il sur un ton bougon.

À deux kilomètres du Pont, Alexos s'arrêta une nouvelle fois. Parmi les badauds muets, un grand homme attendait, les bras croisés. Ses yeux brillaient sous la capuche du manteau qui l'enveloppait tout entier. Habillé pour un long voyage, il portait un sac sur son dos. Alexos le désigna du doigt.

« Toi ! »

Le Chacal sortit des rangs. La lune ascendante projetait son ombre sur la route. Les trois hommes continuèrent ensemble.

La foule était de plus en plus clairsemée. Une fois qu'ils eurent passé les dernières masures, dans les broussailles à l'orée du désert, ils ne croisèrent que des lépreux, groupés au loin, n'ayant rien à lancer.

« Sois béni, mon garçon, cria l'un d'eux d'une voix rauque et fêlée.

— Recule ! gronda le soldat le plus proche de lui en levant sa lance.

— Laissez-les », ordonna Alexos. Puis il haussa la voix : « Je vous promets de vous rapporter des chansons. »

Des marmonnements mécontents s'élevèrent. Seth tira Alexos par la manche.

« Personne ne doit entendre la voix de l'Archonte, grommela-t-il.

— J'ai dit que j'allais changer tout cela. » Alexos secoua la tête et poursuivit, convaincu : « Quand je reviendrai, cela sera différent, Seth. Ce sera comme avant, comme il y a longtemps. Avant Argelin. Comme à la grande époque de la Seconde Dynastie, avant que les rivières ne meurent. »

Amusé, le Chacal secoua la tête.

« Ce n'est pas demain la veille », marmonna-t-il.

Il n'y avait plus personne, mis à part quelques soldats, ligne de bronze qui s'étendait jusqu'au dernier poteau kilométrique au-delà de la Cité des Morts. Sa façade imposante marquait l'horizon à leur droite, les silhouettes noires des grands Archontes assis masquaient les étoiles.

« Ma statue sera dressée là, médita Alexos. Au bout de la rangée. Elle ne me ressemblera pas. D'ailleurs, aucune d'entre elles ne me ressemble. »

Seth transpirait. Il trébucha. Alexos l'attendit gentiment.

« Étiez-vous tous fous ? demanda poliment le Chacal. Des conspirateurs vous ont-ils chaque fois faits Archontes ?

— Oh non ! Ils m'ont découvert de différentes manières. Une fois, j'ai été kidnappé dans mon berceau par un oiseau. Une autre fois, je suis né durant une éclipse. Je ne me souviens pas de toutes, soupira-t-il. J'aurais aimé voir ma mère dans la foule. Lui as-tu envoyé de l'argent, Seth ?

— Oui. »

Le Chacal lui lança un regard oblique.

« Tu es bien silencieux. Ton bureau te manque ? »

Seth ne répondit pas.

Le dernier soldat les salua de sa lance. La route nue s'offrait désormais à eux. Tandis qu'ils avançaient, le silence du désert les assaillit. Le bruit de leurs pas dans le sable se mêlait au bruissement étourdissant des minuscules créatures invisibles.

Autour d'eux, des broussailles informes s'enfonçaient dans la nuit. Des genévriers rabougris formaient des petites touches d'obscurité. L'air vibrait de chaleur au-dessus des roches tièdes, et les chauves-souris chuintaient à leurs oreilles.

Le Chacal dégaina son couteau.

« Organisons-nous dès maintenant. Il y a beaucoup d'animaux dans le désert et de nombreux dangers. Toi, scribe, tu restes à l'arrière. Je pars devant. »

Seth n'eut pas le temps de protester ; le Chacal s'éloigna d'un pas pressé.

« Tu as pu lire la Sphère, Seth ? chuchota aussitôt Alexos.

— Oui. Mirany avait raison. C'est une carte menant au Puits. Je l'ai mise en lieu sûr, ne t'inquiète pas. Mais ne lui dis rien. »

Alexos jeta un œil au dos du Chacal.

« Tu crois qu'il pourrait la prendre et continuer seul ?

— Qui sait ce dont il est capable ! Tant qu'il croit que tu connais le chemin, tu es en sécurité. »

Même si avec moi, tu es en danger, pensa le jeune scribe, qui faillit trébucher.

Tout à coup, le Chacal s'arrêta. Seth s'approcha de lui.

« Que se passe-t-il ?

— Quelqu'un. Dans l'ombre. »

Il parlait d'une voix calme. Devant eux se dressait un olivier solitaire au tronc torturé. Un bruit sec retentit au milieu des branches.

Puis un son grave et sinistre transperça l'obscurité, le criaillement d'un oiseau qui nicherait au ras du sol. Seth expira et, à sa grande stupéfaction, le son se répéta. Le rusé Chacal sifflait doucement.

Deux ombres s'extirpèrent des branchages. *Une embuscade !* craignit Seth, qui porta la main à son épée. Soudain, un rugissement le figea sur place.

« Archonte !

— Oblek ! » Avec un éclat de rire enchanté, Alexos se précipita vers le colosse qui le prit dans ses bras et le fit tournoyer dans le ciel étoilé.

« Tu croyais que je ne t'accompagnerais pas ? Au Puits des Chansons ? »

Aux anges, Alexos se tenait à son cou.

« Je te l'avais dit, Oblek ! Je t'avais promis que nous irions ensemble un jour. »

Le colosse le déposa sur le sol et le serra fort contre lui.

« Promesse tenue, mon vieil ami. Et maintenant que je suis avec toi, rien ni personne ne peut te faire de mal. »

L'air provocateur, il dévisagea le Chacal et Seth, ainsi que la figure arrogante du Renard, accroupi sur ses talons ; dans les plis de sa toge luisaient des armes.

« Que ce soit dit. »

Le Chacal arborait son éternel sourire froid.

« Quel plaisir d'être à nouveau réunis ! » s'exclama-t-il.

Les premiers signes d'inquiétude

Devant le miroir en bronze poli, Mirany enfilait son nouveau collier de perles, quand elle se souvint. Cette pensée refit surface comme un éclair, une caresse du dieu. Le fils de l'esclave ! Comment avait-elle pu l'oublier ?

Chryse passa la tête par la porte.

« Hermia demande qu'on se dépêche. Les litières attendent. Je pars devant avec Ixaca. »

Elle avait disparu avant que Mirany ait pu ouvrir la bouche, encore horrifiée par son oubli. Et si le garçon était mort ? Elle avait promis de lui envoyer des remèdes et manqué à sa parole.

Elle jeta le collier, traversa la loggia en courant et descendit l'escalier blanc. Ignorant les palanquins, elle sauta par-dessus le muret en pierre et pénétra dans les pièces inférieures, où les servantes des Neuf cuisinaient, lavaient et récuraient.

Cet après-midi-là, un nouveau tombeau était consacré dans le Port, une chèvre devait être sacrifiée puis enterrée dans ses fondations. Le tombeau était offert par la Guilde des producteurs d'orge, qui, pour la deuxième année consécutive, n'avaient rien récolté. Les Neuf devaient être présentes. *Mais ma mission est si importante !* songea Mirany.

« Genette ! » Elle s'empara du bras enduit de farine d'une femme. « Je cherche Genette.

— Là-bas, Votre Sainteté, mais vous ne devriez pas... »

La fille faisait tourner une broche. Une rangée d'oiseaux perdaient leur graisse dans le feu.

« Genette, écoute-moi. Laisse ça. Je veux que tu ailles chercher des couvertures, de la nourriture, du bouillon, des aliments nourrissants, ainsi qu'un manteau épais dans la réserve. Petit, pour un garçon.

— Ma Dame...

— C'est urgent ! Va voir Sehen et dis-lui que tu viens de ma part. Demande-lui une boîte d'onguents... Tu sauras quoi prendre. Le garçon tousse et a des plaies autour de la bouche. Tu les apporteras dans la Cité à une femme de ménage nommée Patty. Elle travaille au Bureau des Plans. J'ai promis de l'aider. » Elle fronça les sourcils. « Dis-lui que je m'excuse pour le retard. »

La fille se leva après avoir jeté un coup d'œil à la femme qui cuisait le pain.

« Une femme de ménage ?

— Oui. »

Genette hocha la tête, stupéfiée.

« J'y vais maintenant, Votre Sainteté. »

Soudain, Mirany réalisa à quel point sa requête bousculait la hiérarchie, comme l'organisation du travail.

« Merci. Je te suis vraiment reconnaissante. »

En partant, Mirany heurta une vieille femme. Il s'agissait de la servante de Rhetia, celle qui avait goûté son petit pain. L'esclave devait tout juste sortir de la cave ; elle portait une carafe de vin. Du vin nouveau, frais. Des feuilles de vigne disposées sur le rebord éloignaient les mouches.

« Pour qui est-ce ? demanda la jeune prêtresse.

— Ma maîtresse.

— Les Neuf se rendent au Port. »

Tandis qu'elle prononçait ces mots, Mirany fut parcourue de frissons en devinant la vérité.

« Pas Dame Rhetia. Elle ne se sent pas bien. »

Même la servante ne paraissait pas convaincue.

Sans plus attendre, Mirany s'en fut et monta quatre à quatre les marches menant à la cour. Une des litières était partie, les esclaves patientaient à l'ombre.

« Attendez ! » lança-t-elle avant de reprendre son souffle et de courir jusqu'à la Maison Haute.

Silence.

La loggia blanche et ses statues semblaient froides et lointaines. Devant une fenêtre ouverte, un voilage en gaze ondulait dans la brise marine. Des abeilles bourdonnaient dans les rosiers en contrebas.

Des voix.

Elles provenaient de la chambre de Rhetia. L'une d'elles était grave. Un homme !

Il était formellement interdit aux hommes de pénétrer dans l'Enceinte. Mirany ôta ses sandales et avança pieds nus sur le marbre frais. Il arrivait à Argelin de venir ici, mais elle ne reconnut pas sa voix.

Devant la porte de Rhetia, elle attendit, les yeux rivés sur le mot ÉCHANSON inscrit en lettres dorées et surmonté d'un scorpion.

Mirany posa sa joue contre la porte close. Elle était en cèdre et sentait bon. La proximité de la voix de Rhetia la surprit.

« Je vous assure ! Je sais qu'il en est ainsi. Cela dure depuis plusieurs années. Certains commencent à être fatigués de cette tyrannie et de ces fourberies.

— Y compris vous ? »

La voix était grave et profonde. Mirany ferma les yeux. Le Prince Jamil !

« Y compris moi. Vous devez avoir entendu parler de ce qu'il s'est passé il y a deux mois de ça.

— Lors de l'avènement de l'Archonte ? » Pause. « Des rumeurs sont parvenues jusqu'à l'Empire. Le choix ne serait pas celui d'Argelin ?

— Il a été pris à contre-pied par un groupe... d'associés. Des gens qui connaissent les réelles intentions du dieu.

— En faites-vous partie ?

— Je mène ces gens.

— Le dieu vous parlerait-il ? »

La robe de Rhetia bruissa.

« Il s'est adressé à moi à travers l'Oracle. »

Mirany sursauta et fixa la porte. Quel toupet ! Quel aplomb consternant !

Tout à coup, elle s'aperçut que la servante à la carafe l'observait, au bout du couloir. Inutile de lui faire signe de s'éloigner : la femme raconterait plus tard à Rhetia que Mirany l'espionnait. Embarrassée, poussée par une impulsion soudaine, la jeune prêtresse ouvrit la porte à la volée.

Rhetia était assise près de la fenêtre, le marchand de perles sur un tabouret couvert d'une peau de zèbre. Tous deux bondirent sur leurs pieds.

« Que fais-tu ici ? » vociféra Rhetia.

Mirany décida de paraître sûre d'elle.

« C'est à toi que je devrais le demander. Tu me présentes ? »

Rhetia contint sa fureur.

« Prince Jamil, voici Dame Mirany. Porteuse du dieu. »

Il fit une révérence.

« Votre Sainteté. Je crois que nous nous sommes déjà croisés.

— L'une des "associés" dont a fait mention Rhetia. »

Elle observa le visage du Prince, calme, stoïque.

Sur le seuil apparut la servante. Un silence gêné s'installa. La femme remplit lentement deux coupes.

« Dois-je en apporter une autre, Votre Sainteté ?

— Non », répondit Mirany, tout en sachant que la question ne lui était pas adressée.

Aussitôt que la femme fut partie, elle s'assit sur le divan.

« Prince Jamil, je suis désolée que votre expédition vous ait été refusée. Mais je suis d'avis que vous vous montriez prudent... »

Il se pencha en avant ; les toges incrustées de perles pesaient sur ses épaules.

« Ma Dame, l'éventuelle corruption de l'Oracle revêt une importance majeure. L'Oracle est le centre du monde. Chaque gouverneur se fie aux mots du dieu. Le moindre parfum de scandale, le moindre soupçon de corruption doit être balayé. Le dieu, si ce n'est son peuple tout entier, nous le demande. »

Désespérée, Mirany se sentit soudain si petite, si impuissante... La situation lui échappait. Le Prince des Perles la regarda avec bonté, comme si elle n'était qu'une petite fille.

« Votre Sainteté, je comprends vos craintes. Mais je dois communiquer cette nouvelle à l'Empereur.

— N'en faites rien ! s'exclama-t-elle.

— Ma Dame... s'insurgea-t-il, les sourcils froncés.

— Je vous en prie ! » Ignorant l'air renfrogné de Rhetia, elle se leva. « Grande est votre armée, avec ses chars, ses éléphants, son infanterie. Ici, dans les Deux-Terres, nous sommes très peu nombreux. Notre pays est appauvri par des années de sécheresse. Seuls l'exportation de sel et les pèlerinages à l'Oracle nous maintiennent en vie. Si vous répandez cette... rumeur, vous n'aurez pas besoin d'une guerre pour nous anéantir. » Elle s'approcha de lui et, bien qu'il fût assis, son visage était presque à la même hauteur que le sien, sombre et grave. « N'en parlez à personne. Défiez Argelin si vous le désirez. Traversez le désert. Allez dans les montagnes et exploitez les mines d'argent... mais laissez-nous le soin de purifier l'Oracle.

— Mirany ! » Rhetia bouillonnait de colère. « Tu te mêles de choses que tu ne comprends pas ! »

Le Prince leva la main et se mit debout.

« Je songerai à vos paroles, Dame Mirany. » Puis il se tourna vers Rhetia. « Quant à vos préoccupations,

Votre Sainteté, j'y réfléchirai et vous ferai savoir. » Puis il ajouta, sur le seuil de la chambre : « Cela risque de coûter de nombreuses vies humaines. Êtes-vous prête à ce sacrifice ?

— Oui, répliqua Rhetia. Si telle est la volonté du dieu. »

Quand il fut parti, elles s'assirent toutes deux en silence. Mirany s'attendait à un déluge de reproches, mais Rhetia se contenta de se relever pour aller regarder par la fenêtre.

« Je suppose qu'il est un peu tard pour se rendre à la cérémonie du tombeau », déclara-t-elle.

Éberluée, Mirany fixa son dos.

« Je t'avais demandé de ne pas le prévenir ! Regarde où nous en sommes ! »

Rhetia se tourna. Sa colère était froide et contenue.

« Une de mes esclaves est morte ce matin. Après avoir goûté un fragment d'orange dans ma chambre. Elle semblait fraîche, mais quand je l'ai examinée, il y avait un petit trou dans la peau, fait par une aiguille. Cette orange a été empoisonnée, Mirany ! »

Glacée, Mirany joignit les mains.

« Hermia ?

— Qui d'autre ? » Rhetia scruta l'horizon, le dos raide, le port de tête fier. « La guerre a commencé, Mirany. Et ce n'est pas moi qui ai déclenché les hostilités. »

Ils atteignirent l'oasis de Katra environ une heure avant minuit. Éreinté, Alexos avait voyagé sur le dos d'Oblek les derniers kilomètres. Seth avait les pieds et les chevilles endoloris, et du sable dans les bottes. Il se renfrogna : il n'était pas habitué à marcher autant, et ce serait de pire en pire. Il était scribe, et d'ordinaire les scribes restaient assis derrière leur bureau.

L'oasis se dressait devant eux, illuminée par les lueurs rouge pâle des feux de camp. Il y avait toujours du monde à cet endroit, car il s'agissait du dernier point d'eau avant les terres arides. C'était aussi le carrefour où la route bifurquait vers le nord-ouest et les plaines salines. Des caravanes de nomades faisaient ce trajet tout au long de l'année, interminables files de chameaux transportant le sel, les opales et des fragments de cristal jusqu'au Port. Seth avait souvent croisé ces hommes bruns et secs, vêtus de noir ; leurs femmes étaient toujours voilées. Ils parlaient un étrange dialecte et avaient des idées bizarres. Seth avait entendu dire qu'ils vénéraient leurs propres dieux.

Le Chacal s'arrêta.

« Maintenant, prudence, leur conseilla-t-il. Ne racontez à personne qui nous sommes ni où nous allons.

— On n'est pas aussi idiots, grommela Oblek.

— C'est une question de point de vue. » Le pilleur de tombes se tourna vers Seth. La lune éclairait à demi son visage. « Il y a peut-être des hommes ici qui détiennent des informations sur les montagnes.

— Nous n'avons pas besoin d'eux. Nous connaissons la route. »

Les yeux perçants du Chacal le scrutèrent.

« Je suis ravi de l'entendre.

— Laisse-moi descendre », marmonna Alexos qui somnolait.

Il glissa sur le sol et repoussa en arrière ses cheveux bruns.

Ils marchèrent en rang serré. Seth s'aperçut que l'oasis était bordée d'arbres. Il voyait les branches des grands pins et des cyprès qui se détachaient contre le ciel étoilé. Lorsqu'ils s'approchèrent, quelle ne fut pas sa surprise ! Un parfum lui parvint, où se mêlaient les fleurs, l'herbe écrasée, le crottin. Un chien poussa un aboiement aigu et inquiet. Des silhouettes se mouvaient autour du feu.

« Ne bougez plus, étrangers. »

Un homme émergea de l'ombre des arbres, sur leur gauche, suivi d'un autre. Le premier tenait une chaîne à laquelle étaient attachés trois gros chiens. Seth n'en avait jamais vu de tels, la gueule noire, les muscles saillants. Les monstres poussèrent un long grognement féroce qui le terrifia et obligea leur maître à tirer sur la chaîne. *S'il lâche prise...* se dit Seth.

« D'où venez-vous ?

— Du Port, déclara le Chacal, sur ses gardes. Nous voyageons vers l'ouest. Reste-t-il de la place pour un autre groupe ?

— Si vous n'avez pas la variole ni la vermine. »

L'homme avança encore, et lorsque la lune l'éclaira, Seth entendit Alexos pousser un halètement horrifié. Son propre estomac se retourna.

Une partie du visage de l'homme était une masse de peau flétrie, couturée de cicatrices. Son œil gauche était vide, sa joue entière semblait avoir fondu.

S'il fut choqué par le spectacle, le Chacal n'en montra rien.

« Nous n'avons pas la variole, l'ami. Montre-nous où nous pouvons installer notre campement et tu n'entendras pas parler de nous. »

Le balafré leur indiqua le chemin.

« Nous sommes plus d'une centaine, Seigneur. Il n'y a pas de risque qu'on vous entende. »

Seigneur, songea Seth. Le Chacal avait altéré sa voix, mais pas assez. Grave erreur, peut-être. Tandis qu'ils suivaient l'homme et passaient devant les maîtres-chiens, avant de plonger dans l'obscurité, Seth se frotta le visage avec la paume. Il avait hâte de dormir.

De nombreuses tentes étaient disposées sous le couvert des arbres ; beaucoup possédaient de grandes structures en cuir. Attachés à une corde sur une longue file, placides, les chameaux les regardaient. Impassibles, plusieurs hommes observèrent les étrangers ; ils fumaient leur dernière pipe du soir, assis autour du feu.

« Vous avez des tentes ? »

Oblek haussa les épaules.

« Non, nous sommes en pèlerinage. Nous voyageons léger.

— Vous pouvez utiliser l'une des nôtres, si vous le souhaitez. Elle ne contient que des sacs de blé.

— Merci », enchaîna le Chacal.

L'homme brûlé fit un signe de tête sinistre.

« Il n'y a pas de quoi, Seigneur. »

Il désigna la yourte en cuir. Le Renard y pénétra le premier, poussa quelques affaires et passa la tête par le rabat.

« La voie est libre, Chef.

— Nous ne restons qu'une nuit, annonça le Chacal.

— Si le dieu le veut, et si le désert n'en décide pas autrement.

— Du mauvais temps ?

— Il y aura peut-être une tempête de sable. Mieux vaut ne pas s'attarder. »

Oblek avait la main posée sur l'épaule d'Alexos. Il le poussa en avant à travers la sombre ouverture.

« Quel est ton nom ? » grommela le musicien.

Le nomade détourna son visage balafré. Son autre profil, agréable, était celui d'un assez bel homme.

« Mon nom est Hared. Autrefois chef de cette tribu. » Il s'éloigna de trois pas avant d'ajouter : « Puisse le dieu vous accorder un sommeil paisible. Et puissiez-vous nous donner votre bénédiction, Seigneur Archonte. »

Alexos se tenait accroupi dans l'encadrement de la porte. Il tendit le bras et s'empara du couteau d'Oblek au moment où celui-ci le sortait de sa gaine. Pendant un instant, le nomade et l'enfant se dévisagèrent dans la pénombre. Quand l'Archonte parla, sa voix était vieille, aussi fraîche que les étoiles.

Tu l'as, mon fils.

Une affaire d'ordre privé

Ce devait être une fille.

Éveillé au petit matin, il en arriva à cette conclusion : une fille aurait plus de chances de parvenir jusqu'à Mirany et de lui remettre un mot. Le billet était au chaud dans sa main, sous la couverture. Il l'avait rédigé avec soin en traits fins à la mine de plomb. PA ET TELIA EN DANGER. FAIS-LES VENIR SUR L'ÎLE. JE T'EN PRIE. Elle savait lire, peut-être pas très bien, mais suffisamment. Il fallait qu'elle ait ce billet, et seuls les nomades prenaient cette direction.

Hared avait eu raison à propos de la tempête de sable. Seth l'entendait venir, un bruissement sec frappait les flancs de la tente ; cela couvrait même les grognements et les sifflements d'Oblek qui dormait à poings fermés. Prudent, il leva la tête.

La couverture du Chacal était pliée avec soin. Le Renard manquait également à l'appel. Alexos, lui, était couché en boule, seul le sommet de sa tête était visible.

Le colosse était allongé à côté de lui, sur le dos. Seth souleva sa couverture, enfila ses bottes ; il glissa le billet dans l'une d'elles, près du couteau. Puis il jeta un œil à l'extérieur de la tente.

L'oasis était un maelström de rouges. Il n'y avait plus d'air, mais une masse tourbillonnante de poussière qui piquait les yeux et déposait un goût de sel sur les lèvres. Il se couvrit le visage avec son manteau et se faufila dehors.

De nombreux arbres surplombaient un miroir d'eau. Tête baissée, la gorge sèche, il avança en direction de la petite mare ; sa surface était recouverte d'une mousse rouge. Des chameaux y étanchaient leur soif, tout en gardant un œil prudent sur cet homme qui approchait.

« Fiston ! »

La voix était indistincte, assourdie. Il se tourna et vit un vieil homme qui lui faisait signe de le rejoindre, debout près d'une grande structure d'où s'échappait de la fumée.

Seth le rejoignit d'un pas chancelant.

Le vieillard l'attrapa par la manche et le tira à l'intérieur.

« Bois ça ! grogna-t-il. C'est plus confortable ici que vautré là-bas, le visage dans la boue. »

Hors d'haleine, Seth se découvrit la tête.

« Merci ! » marmonna-t-il.

Il s'agissait d'une sorte de point de rassemblement. Il y avait déjà beaucoup de gens. Dans un coin, un chevreau rôtissait au-dessus d'un feu. La viande était encore crue, mais une odeur de graisse puante embrumait le plafond élevé. Des femmes étaient assises en cercle non loin. Elles devaient coudre, ou tisser. Leurs mains maniaient avec dextérité les laines sombres et les cadres complexes des métiers à tapisser ; il se demanda quel tissu coloré elles fabriquaient. Quand elles le regardèrent, il rougit, ce qui les fit éclater d'un rire léger et fier. Il comprenait à présent pourquoi les nomades les voilaient dans le Port. Elles étaient si belles, avec leurs yeux et leurs cheveux noirs, parées de perles en cristal.

« Elles sont mariées, lui apprit le vieillard.

— Je ne voulais pas leur manquer de respect ! se hâta d'expliquer Seth.

— Alors, garde tes yeux dans ta poche, lui conseilla-t-il. La nourriture est par là. »

Les plats abondaient. Carafes d'eau et de vin coupé côtoyaient olives, figues, fromages, pain dur aux graines. Seth mangea avec appétit.

« Où sont les autres ? Les hommes ?

— Ils démontent les tentes. Nous partirons pour le Port dès que le temps sera dégagé. »

Pensif, Seth mâchonna une figue.

« Que faites-vous, une fois là-bas ? »

Le vieillard cracha et rit. Comme il ne lui restait que quelques dents, il trempa son pain dans une assiette d'eau et le mangea à grand bruit.

« Nous réglons nos taxes au Général ! Il nous prend la moitié, au moins. Puis nous chargeons les bateaux, si nos contacts sont dans la rade. On marchande, on troque.

— Vous approchez-vous de l'Île ? s'enquit Seth.

— Parfois la femme de Hared s'y rend, accompagnée ou non des autres. Elle apporte une offrande au

Temple. Il veut un fils, mais elle... eh bien... » Il fit un signe de tête désabusé. « Si tu veux mon avis, il devrait aller voir ailleurs.

— Laquelle est-ce ? » demanda Seth, de son ton le plus blasé.

« Celle aux longues boucles d'oreilles. »

Elle était jeune, se dit Seth. De l'âge de Mirany. Alors qu'il l'observait, elle leva la tête et, pendant quelques secondes, leurs regards se croisèrent. Elle ne gloussa pas, son sourire s'estompa. Au bout d'un moment, elle détourna les yeux.

Seth regarda autour de lui. Quelques hommes fumaient et jouaient aux dés de l'autre côté du feu. Absorbés par leur partie, ils ne se préoccupaient de rien d'autre. Pas de Chacal en vue.

« Où sont mes amis ? demanda-t-il, nerveux.

— Le grand seigneur, il est avec Hared. Il achète des provisions. » Les yeux du vieillard brillaient de curiosité. « Vous n'avez pas apporté grand-chose avec vous.

— C'est ainsi que l'Archonte doit voyager. Et vivre de ce que le dieu mettra sur son chemin.

— Mais vous devez prendre de l'eau ! À l'ouest, en direction des montagnes, il y en a très peu. »

Seth pensa à la Sphère en argent dans son sac. Pendant un instant, il eut peur qu'on ne la lui ait déjà volée, mais Oblek dormait dessus. Il faudrait un tremblement de terre pour le déplacer.

« Êtes-vous déjà allés là-bas ? Qu'est-ce qu'il y a, dans le désert ? »

Le vieillard s'installa plus confortablement sur le tapis usé. À son air béat, Seth comprit qu'allait lui être infligée une bonne heure de récit de voyage – comment il avait marché des jours entiers sans boire une goutte d'eau, croisé des scorpions géants et des oiseaux aux ailes métalliques. Jamais il n'aurait dû poser cette question.

« J'ai entendu des choses, raconta le vieillard. Transmises de père en fils. La tribu possède la mémoire du désert. À l'ouest d'ici, la route tourne. C'est un chemin qui te mène où tu veux. Très étroit, souvent balayé par le sable. Il est marqué par un rocher, sur lequel est sculpté un portrait de la Reine des Pluies. Il est si vieux que son visage est lisse aujourd'hui. »

Seth acquiesça. Il l'avait vu sur la carte.

« Ensuite, à un jour au sud-ouest, il y a des broussailles. Cherche les petits rats du désert, ils sont fameux. Suis la pente douce et, si tu gardes l'étoile de l'Archonte en face de toi, tu arriveras à la forêt des arbres morts. Au-delà des arbres morts, bien plus loin, se trouve le Premier Animal. »

Seth jeta un œil aux femmes. L'une d'elles avait dû dire une plaisanterie et toutes riaient. Ce joyeux tumulte attira l'attention de l'un des joueurs de dés qui marmonna dans sa barbe.

« Ces Animaux, demanda Seth, l'air distrait, qui les a faits ? »

Le vieillard haussa les épaules.

« J'ai vu le Premier, mais seulement de loin depuis une colline. On ne peut voir leur forme qu'en la suplombant. D'après moi, c'est le dieu qui les a dessinés dans le désert. L'histoire dit ceci : quand le dieu était jeune, il voulait s'installer quelque part, alors il a créé un grand océan de sable et construit des collines et des palais qu'il a peuplés de monstres.

— De monstres ?

— Tu verras. Les Animaux, il les a dessinés du bout du doigt dans le sable. Ne t'arrête pas près d'eux au milieu de la nuit, ou quand la lune croît. » Plongé dans ses pensées, il rassemblait ses souvenirs. « Lorsque j'ai vu le Premier, le Grand Chat, il brillait au clair de lune. »

Il mangea le dernier morceau de pain puis but l'eau de son assiette. Après l'avoir léchée, il la glissa dans une poche de sa toge et poursuivit.

« L'Archonte, lui, sait.

— Ce n'est qu'un petit garçon.

— C'est le dieu. Il a foulé ce chemin des centaines de fois. Un jour, il le retrouvera, le Puits des Chansons. On dit qu'il l'attend dans une grotte sacrée. Là-bas, il demandera pardon pour son vol. » Soudain, il se leva. « Mange ! Je reviens. La vessie d'un vieil homme est défaillante. »

Resté seul, Seth cracha un noyau d'olive dans sa paume et le posa au creux d'un petit bol. Puis il se tourna vers le cercle des femmes et s'adressa à elles à voix basse.

« Puis-je parler avec vous ? »

Sa question était destinée à la plus jeune, mais il n'y avait aucune chance qu'il discute avec elle en tête à tête. Ce serait toutes ou rien, soit un risque majeur. Surprise, la fille le dévisagea avant de lancer un regard aux joueurs de dés. Ils se disputaient tout en comptant leurs pièces.

« Ce n'est pas permis, chuchota-t-elle.

— S'il vous plaît, je... L'Archonte a besoin de votre aide. » Il sortit vite la lettre de sa botte sans que les hommes s'en aperçoivent. « L'Archonte aimerait que ce parchemin soit apporté en secret sur l'Île et soit donné en main propre à la Porteuse du dieu. Et à personne d'autre. »

Il lui tendit le billet, mais elle ne fit aucun geste pour le prendre.

« Que dit ce mot ? intervint une femme.

— C'est un secret.

— Il est le dieu ? Pourquoi ne parle-t-il pas à travers l'Oracle ? »

Elles ne tissaient plus, mais continuaient à faire claquer leurs métiers, le bruit couvrant leurs paroles. Elles regardaient la lettre d'un air intrigué. Aucune ne serait capable de la lire.

« À la Porte-Parole, oui. Mais ce mot est destiné à la Porteuse du dieu. Une affaire d'ordre privé. S'il vous plaît, j'ai besoin de votre aide. »

Ignorant les autres, il fixa l'épouse de Hared.

« Seule une femme peut le faire. Inutile de mettre au courant votre mari. Ni personne. »

La femme stoppa son métier. Ses doigts lâchèrent la laine. Ils étaient longs et fins, ses ongles étaient vernis de grenat. Elle prit la lettre et regarda le papier, le sceau estampillé muni du signet de son bureau, le serpent et le scorpion de la Cité des Morts. Puis elle leva les yeux vers lui. Sa voix n'était que murmure.

« Qu'aurai-je en échange ? »

Seth dévisagea les autres femmes qui l'observaient. Leur allégresse s'était envolée.

« J'ai besoin d'un fils. » Les mains de la jeune fille glissèrent sur le billet et effleurèrent les siennes. Leur chaleur le fit tressaillir. « Mon mari... Tu l'as vu... Le balafré. »

Seth hocha la tête. Il était assez vieux pour être son père, pensa-t-il.

Elle s'humecta les lèvres.

« Il est gentil. Il a été brûlé au cours d'un grand incendie, dans l'un des lacs de bitume. Son honneur est perdu. Il ne peut devenir père de la tribu, parce qu'un chef ne doit pas être défiguré. Il faut qu'il soit beau. Comme l'Archonte. » Elle baissa les yeux. « Il paraît que Hared était beau autrefois. »

Les joueurs de dés se lancèrent avec bruit dans une nouvelle partie. Nerveuse, elle poursuivit : « Pour restaurer son honneur, lui et moi devons engendrer un fils, ou il me délaissera. Demande à l'Archonte de m'envoyer un fils et je délivrerai ta lettre. »

Le rideau de la porte se souleva. Seth écrasa le parchemin dans la main de la jeune fille, siffla : « Promis », entre ses dents, se tourna et attrapa la carafe d'eau d'une main tremblante. Il ne leva pas la tête lorsque les hommes vinrent s'asseoir autour de lui. Quand il but, il constata que le Renard le regardait d'un air mauvais. Le Chacal était assis près de Hared ; de la poussière rouge tombait de leur manteau dès qu'ils bougeaient.

« Où est le musicien ? »

Le Renard lui prit sa carafe.

« Il dort.

— Retourne là-bas, Renard, ordonna le Chacal. Et ramène-les.

— Vous croyez qu'ils vont s'enfuir ? » s'alarma Seth.

Il entendait les femmes chuchoter dans son dos, les métiers à tisser claquaient. Hared murmura quelque chose à son épouse. Puis le balafré revint s'asseoir. Seth lui fit une place.

Le Chacal dévisageait Seth de son regard étrange.

« Nous avons acheté du blé, déclara-t-il. De l'eau et des fruits. La tempête se calme et, dans peu de temps, selon nos amis, nous pourrons partir en toute sécurité. »

Seth hocha la tête, préoccupé.

« Un problème ?

— Non. » Le scribe tenta de maîtriser sa voix. Aucun détail n'échappait au Chacal. « Oui. Je suis inquiet. Alexos... Il n'a que dix ans. Ce sera une épreuve terrible pour les plus forts d'entre nous. »

Le pilleur de tombes but. Ses longs cheveux blonds lui tombaient sur les épaules.

« Occupe-toi de toi. Un scribe ne fait pas beaucoup d'exercice.

— Mon cerveau, si », rétorqua-t-il. « Et vous en aurez besoin.

— Si je me souviens bien, constata le Chacal, ton intelligence est au service exclusif de la traîtrise.

— Et la vôtre, au service de la malhonnêteté. »

Hared les considérait, le visage marqué par l'étonnement.

« Vous n'êtes pas amis ? C'est de la folie de continuer si vous n'avez pas une confiance absolue les uns dans les autres ! Le désert est un endroit qui décape le corps d'un homme et lui met l'âme à nu. »

Seth détourna le regard.

« Espérons, remarqua le Chacal, que cette expérience ne dévoilera pas trop notre âme. »

Alexos, somnolent et échevelé, et Oblek, grincheux, entrèrent dans la tente. Les femmes arrêtèrent leurs métiers et observèrent l'Archonte. Elles semblèrent alors bouleversées, le visage empreint d'une immense tendresse. La jeune épouse de Hared eut les larmes aux yeux.

Alexos s'assit et prit quelques figues.

« Ce sont mes préférées », se réjouit-il.

Oblek se versa du vin, but cul sec et se servit un autre gobelet. Ses mains tremblaient. La peau de son visage et de son crâne chauve était couverte de croûtes et de taches. Ses petits yeux étaient gonflés, ses habits souillés.

« Il n'y aura pas de vin dans le désert, assena le Chacal.

— Juste ce que je pourrai transporter.

— Nous emmenons de l'eau, bouffi. De l'eau et rien que de l'eau.

— Oui, Oblek, renchérit Alexos. Tu ne dois pas prendre d'alcool. Ce n'est pas bon pour ta santé et cela gâche ta musique. »

Le colosse le regarda puis, troublé, il lui ébouriffa les cheveux.

« Je ferais mieux de boire tant que je peux maintenant, alors ! Quant à mes talents de musicien, mon vieil ami, n'en parlons plus. Les chansons sont noyées.

— Nous les retrouverons. » Alexos examina Hared, l'air songeur. « Merci pour votre gentillesse. Je vous bénis, toi, ton peuple et tes enfants. »

L'homme braqua son œil valide sur lui.

« Je n'ai pas d'enfants », marmonna-t-il.

Alexos haussa les épaules.

« Nous sommes à un carrefour. De nombreuses routes partent d'ici. »

Au milieu du silence perplexe, le Renard souleva le rabat et passa sa tête rousse à l'intérieur.

« La tempête est finie, Chef ! On peut y aller. »

Tous portaient un lourd fardeau de nourriture et d'eau, sauf l'Archonte : il ne tenait que le bâton remis par la Porte-Parole. Il jouait avec, à présent : il taquinait les chiens enchaînés qui aboyaient joyeusement et se roulaient même par terre pour lui. Alors qu'il enfilait son sac et ajustait les lanières, Seth l'enviait. Le poids le paralysa. La seule pensée de marcher avec cette charge sous le soleil brûlant l'emplit de crainte, mais il était inutile de se plaindre. Le Renard n'attendait que cela. Il garda donc un silence borné.

« Bonne chance. Que la Reine des Pluies vous accompagne. Que l'Ombre vous soit favorable.

— L'ombre, remarqua sèchement le Chacal, c'est justement ce qui nous manque. »

Il se mit rapidement en marche ; Oblek et le Renard le suivirent d'un pas lourd.

« Au revoir ! » lança Alexos, qui partit devant au pas de course, se servant de son bâton pour sauter par-dessus les rochers.

Seth s'éloigna à son tour, puis regarda en arrière. Les femmes étaient sorties de la tente. Il aperçut la jeune fille dont le visage était à moitié voilé. Leurs regards se croisèrent. Il parlerait à Alexos, mais que pouvait-il faire ? La lettre était secrète. Pendant un instant, le scribe envisagea de se confier aux autres. Pourquoi pas ? Pourquoi ne pas leur dire qu'Argelin le faisait chanter, qu'il menaçait sa famille ? Il reprit sa marche. Il savait pour quelles raisons il se tairait : il préférait ne pas voir la vérité en face. En effet, si aucun événement funeste ne se produisait, il serait obligé d'exécuter les ordres du Général.

Par ailleurs, si le Chacal ou Oblek découvraient son secret, ils lui trancheraient la gorge.

Au bout d'un moment, il jeta un nouveau coup d'œil en arrière, mais le camp était désert. Devant lui, le paysage n'était que poussière rouge et silence flétri, aride, brume de chaleur frémissante.

Il souleva le fardeau qui lui meurtrissait déjà les épaules et continua d'un pas lourd et déprimé. Il s'enfonça dans le désert.

CINQUIÈME OFFRANDE

Du vin renversé

Les gens ignorent qu'il existe un monde autour d'eux.

Dans ce monde, la terre prend les contours de grands animaux, les arbres sont des femmes et les étoiles tombent comme des fruits mûrs. Les seuls à les voir sont les poètes et les chanteurs. Dès qu'ils oublient, ils deviennent malheureux et partent à la recherche du Puits.

Celui qui boira l'eau du Puits sera doté d'attributs divins, il connaîtra la part de vérité des rêves.

Une telle connaissance m'inquiète. Une telle connaissance est dangereuse.

Voilà pourquoi le Puits doit être surveillé.

Elle assiste à l'effondrement du cosmos

***M**irany.*

La voix n'était qu'un murmure.

Sors, Mirany. Viens voir !

Elle ouvrit les yeux. Éclairée par des rayons de lune argentés, sa chambre était plongée dans le silence. Seul le clapotis lointain des vagues rompait le calme de la nuit.

Tous les sens en alerte, Mirany s'assit lentement dans son lit. La main sur le couteau qu'elle cachait sous son oreiller, elle scruta chaque recoin de la vaste pièce.

« C'est toi ? »

Qui d'autre ? J'aimerais que tu voies quelque chose. Sors sur la terrasse. Tu ne cours aucun danger. Promis !

Elle se sentait bizarre, tenaillée par une sorte de faim légère et étourdissante. Depuis des jours, elle ne mangeait rien d'autre que des fruits et des œufs, aliments qu'il était difficile d'empoisonner, pensait-elle. En effet, depuis la mort de l'esclave de Rhetia, elle appréhendait de toucher quoi que ce fût. Ses repas, ainsi que ceux de Rhetia, étaient préparés séparément par des servantes en qui elles avaient toute confiance, et qui devaient elles-mêmes goûter leurs mets avant de les leur présenter. Malgré ces précautions, Mirany sentait que la mort rôdait. À son retour, Seth découvrirait peut-être une nouvelle Porteuse, une nouvelle hiérarchie.

Personne ne s'apercevra de rien. Regarde derrière toi, Mirany.

Frissonnant dans sa fine tunique, elle obtempéra et faillit hurler. Une terreur infinie la transperça, elle porta la main à sa bouche. Pelotonnée dans son lit, une autre Mirany dormait d'un sommeil profond, comme si c'était elle le fantôme, le spectre qui était sorti de son corps.

N'aie pas peur. Ce n'est pas toi. Tu es toi.

« Suis-je morte ? »

Il parut rire. Son joyeux.

La mort t'effraie trop, j'ai préféré te l'éviter, pour l'instant. J'ai donc décidé de t'emmener dans le monde des dieux, quelque temps. Allez ! Sors !

Elle avait des vertiges. Ses mains et ses pieds étaient glacés, son corps aussi solide et réel qu'avant, elle en était persuadée. La peau sèche de son talon, là où sa sandale avait frotté, lui faisait encore mal. Impossible donc qu'elle fût morte. Elle entrouvrit la porte et jeta un œil à l'extérieur.

Pas un bruit dans la loggia baignée de lune. Les statues des Porte-Parole scrutaient la mer, projetant de longues ombres sur le sol. La plus proche tourna la tête vers elle. Son visage de marbre frais était piqué par la curiosité. Convaincue à présent de vivre un rêve, Mirany sortit.

Le sol était froid sous ses pieds nus, mais aussi humide. L'eau ruisselait le long de la façade de la Maison Haute, tel une cascade ou un torrent qui luisait et éclaboussait, projetait d'infimes gouttelettes parées des couleurs de l'arc-en-ciel.

En contrebas, le reste de l'Enceinte était plongé dans la pénombre. Dans la cour, des chauves-souris voletaient et quelques chats du Temple – petites boules de fourrure – dormaient.

« Est-ce vraiment de l'eau ? »

Elle en prit dans ses mains, qu'elle porta à sa bouche.

Elle est aussi vraie que ce qui t'entoure. Elle ruisselle jour après jour, mais quand tu es éveillée, tu ne la vois pas. Lève les yeux. À droite de la lune.

Le ciel était noir, les étoiles brillaient – parfois passait l'ombre d'une chauve-souris qui poursuivait des insectes invisibles. Mirany patienta.

« Je ne vois rien. »

Cela commence ainsi, Mirany. Guerres et merveilles sont préfigurées de cette manière. Par la chute des étoiles et la lecture des présages dans le firmament. Regarde.

Un éclair zébra les ténèbres, laissant Mirany bouche bée, aveuglée. En un instant, la nuit se remplit d'étoiles filantes, douche immense de petits météores, pluie argentée au-dessus du Temple plongé dans le silence, déluge de lumière.

« Les étoiles tombent ! s'inquiéta-t-elle. Toutes ? »

Non, pas toutes. Les trois que j'ai volées doivent choir sur terre. La première y est déjà. Les autres ne vont pas tarder...

Au loin, à l'est, deux éclairs cinglèrent le ciel. Sous les yeux de Mirany. Ensuite jaillit un son, un terrible déchirement, un grondement qui fit trembler les murs et la terrasse de la Maison, tant et si bien qu'une des statues bascula et s'écrasa en mille morceaux sur le sol.

Des portes claquèrent. On cria. Un chien de garde aboya.

Deux étoiles tombèrent. Au ras du toit, elles fouettèrent la nuit en direction du désert, loin à l'ouest. Le sillage des météores ressemblait à une averse. *De la pluie !* constata-t-elle. Une ondée qui tombait dans la mer, luisait sur les poissons volants, les énormes Léviathan et autres monstres issus des profondeurs, les hideux tritons à moustache, les superbes naïades dressées vers le ciel.

La porte de Rhetia s'ouvrit en grand. La jeune fille sortit en courant sans remarquer Mirany. Son visage, bouleversé, rayonnait. D'abord étonnée, puis triomphante, elle afficha une joie extrême qui glaça Mirany.

« Peut-elle me voir ? »

Personne ne te voit, mais il est temps de rentrer.

« Elles sont tombées dans le désert. Cela signifie-t-il... ? »

Seth en possède une. Ils doivent trouver les autres, au risque que mon larcin ne soit jamais châtié. Il y a eu tant de vols, Mirany... Que les pilleurs soient vivants ou morts, d'ailleurs. Retourne dans ta chambre.

Elle ouvrit les yeux. Rhetia la secouait de toutes ses forces.

« Viens voir ! Les étoiles tombent ! C'est un signe, Mirany, un grand signe ! »

Mirany s'assit. La tête lui tournait. Son visage la brûlait comme sous l'effet d'un étrange coup de soleil. Ses pieds étaient mouillés.

Trois kilomètres après le rocher qui marquait le début du sentier, le Chacal passa à l'action.

Oblek traînait à l'arrière. Il s'arrêta, se gratta, tourna le dos à la troupe et fouilla dans son sac. Il n'eut pas le temps de porter la gourde à ses lèvres : un bras agile s'enroula autour de son cou et le souleva. La pointe d'un couteau s'enfonça entre ses omoplates. Furieux, Oblek jura et se démena tel un ours.

« Seth ! Au traître ! »

Seth ne bougea pas.

Le Renard se baissa, lui attrapa le bras gauche en parfait expert, et le tordit. Le musicien grognait de rage et de douleur.

« Hum... marmonna le Chacal. C'est bien ce que je pensais. »

Il s'empara de la gourde qu'il renifla. Puis, d'un geste lent qui brisa le cœur du musicien, il la renversa. Un mince filet écarlate s'écoula sur le sentier, bientôt avalé par la poussière.

Oblek donna un grand coup de reins, ce qui obligea le Renard à resserrer son étreinte.

« Espèce de salopard ! vociféra le musicien. Fumier vérolé ! Sale traître ! »

Le Chacal ne cilla pas. Il jeta la gourde vide par terre.

« C'est pour ton bien. Dis-le-lui, Archonte.

— Il a raison, Oblek, déclara Alexos d'une voix triste. Je t'avais dit de ne pas en prendre.

— Il y en a d'autre ? s'enquit le pilleur de tombes.

— NON !

— Renard. »

En un clin d'œil, le Renard renversa le sac d'Oblek. Le Chacal se pencha afin de procéder à une fouille minutieuse, indifférent au chapelet de jurons dont l'abreuvait le musicien. Au moment où il sortit la seconde gourde, Oblek se tut. Le Chacal le regarda droit dans les yeux.

« Non, grommela Oblek, qui se tourna vers Alexos. Mon vieil ami, écoute-moi. Une seule gourde ! Pas plus ! Dans tout ce désert... Nous mourrons peut-être bientôt de soif. Nous regretterons alors de ne plus l'avoir. Ne le laisse pas la vider. » Il s'humecta les lèvres, les yeux de nouveau rivés sur le Chacal. « Ne le laisse pas la vider ! »

Seth n'avait jamais assisté à une telle métamorphose. Oblek était terrorisé. L'homme intrépide et carré s'était transformé en une loque abjecte et désespérée. Alexos pesa le pour et le contre. Quand il releva la tête, son regard était innocent et dénué de pitié.

« Il le faut, Oblek.

— Bien parlé, renchérit le Chacal en ouvrant la gourde. Nous n'avons pas le choix. Le nomade avait raison de dire que le désert met l'homme à nu. Nous devons nous faire confiance. Nos vies en dépendent. »

Oblek ne répondit pas, effondré. Quand le Renard

le lâcha, le musicien faillit tomber en avant. Ses petits yeux étaient rivés sur le filet de vin, gargouillis humide sur le sable qui l'absorba peu à peu. Terminé.

Pendant quelques instants, personne ne dit rien. Tendu, Seth s'attendait à un éclat, une bagarre, mais Oblek semblait trop abasourdi pour réagir. Il fit un pas en avant, ramassa son paquetage et le jeta sur son épaule. Puis, les yeux rivés sur les montagnes, il passa devant ses compagnons, sans un mot pour Alexos. Il semblait avoir rapetissé, comme si on lui avait arraché une partie de lui-même.

Le Renard rengaina son couteau à sa ceinture.

« Ce n'est que le début, Chef.

— Je sais. » Le Chacal observa le colosse. « Surveille-le. Il est sous ta responsabilité. »

Le Renard ouvrit une bouche édentée.

« Moi, nounou !

— Il en a besoin. »

Le voleur borgne hocha la tête avant d'ajouter : « Et s'il nous cause trop d'ennuis ? »

Le Chacal jeta un coup d'œil à Seth et Alexos.

« Nous l'abandonnerons, Renard. Nous le confierons aux vautours.

— C'est une bonne chose que vous ne le pensiez pas, affirma Alexos, qui reprit la route. Cela risquerait de me contrarier.

— Mais je le pensais ! » Le voleur esquissa une gracieuse révérence. « Votre Sainteté ! »

Seth n'en doutait pas. Alexos était en sécurité tant que ces hommes étaient persuadés que l'Archonte connaissait le chemin. En revanche, Oblek et lui n'étaient pas indispensables. Ils devaient se serrer les coudes – même si, pour l'instant, le colosse ne lui était d'aucune utilité, pauvre épave minée par le désespoir. Fermant la marche, Seth se traînait comme il pouvait en cet après-midi torride. Tête baissée, les pieds endoloris, la peau du visage déjà brûlée par le soleil, il s'était enveloppé la tête dans une écharpe, couvrant ses lèvres et ses joues. Ses yeux étaient aveuglés par le sable éblouissant et les mirages créés par la chaleur. Comme l'avait indiqué le vieil homme, le dernier jour était apparue une pente douce, interminable. Le sentier de grès était bordé de pierres. La veille, ils étaient passés devant des arbres morts, forêt gris pâle de troncs desséchés. Le bois était si sec et si fragile que les branches se brisaient sans aucun effort. La nuit précédente, ils avaient allumé un grand feu. Le Chacal avait tout d'abord monté la garde pendant que les autres dormaient, puis il avait été relayé par le Renard. Seth avait l'intention de garder un œil sur les deux brigands, mais il était si épuisé qu'il avait plongé dans un profond sommeil. Ce fut Alexos qui le réveilla peu avant l'aube. Leur plan était de se mettre en route de bonne heure et de dormir aux heures les plus chaudes, à l'ombre si possible, sachant que plus ils avanceraient, plus l'ombre se raréfierait.

Seth scruta les alentours. Le désert était loin d'être inhabité. De petits arbustes rabougris aux feuilles charnues y poussaient. Il vit des débris de carcasses et des terriers, bien qu'ils n'eussent encore croisé aucun des rats dont lui avait parlé le vieillard. Peut-être ne sortaient-ils qu'à la nuit ?

Les insectes le harcelaient, lui bourdonnaient au visage. Il les chassait tout en regardant ses compagnons.

À l'avant, Oblek avançait d'un pas volontaire et plein de rage. Alexos discutait avec le Chacal, qui marchait avec aisance. Quant au Renard, il se tenait en alerte, observait le ciel, les lointaines collines. De temps à autre, il se retournait pour surveiller Seth.

Celui-ci était obnubilé par sa mission – comment il s'y prendrait, s'il y était contraint. Si aucune autre option ne se présentait. Alexos était d'une telle curiosité : il fouinait dans les trous, grattait sous les cactus... Tout le fascinait. Il serait si facile – trop facile – de le pousser, de laisser les roches glissantes ou les sables mouvants faire la basse besogne. Aussitôt que ces pensées lui traversaient l'esprit, Seth était révolté, furieux contre lui-même. Il aimait beaucoup Alexos, ce garçon à la fois étrange et familier, candide et omniscient. Leur équipée ne s'arrêterait pas avec sa disparition, parce qu'il y avait Oblek, et le Chacal, même si Seth ignorait comment ce dernier réagirait. À moins qu'ils n'aient déjà trouvé le Puits. Dans le cas contraire, ils avaient besoin de lui, car il détenait la Sphère.

Il se rendit compte qu'il était fatigué, usé par l'inquiétude. Après tout, il était capable de se montrer plus malin qu'Argelin ! Pour se redonner du courage, il leva le menton et repensa à la manière dont ils avaient permis à Alexos de devenir Archonte, en dépit de tous les obstacles. Il était Seth ! Le comploteur, celui qui connaissait toutes les combines ! Oui, Mirany recevrait la lettre. Oui, Pa et Telia seraient conduits à l'abri.

Sur l'Île.

Il fronça les sourcils. Un instant, il songea que l'Île était aussi dangereuse que le désert. Voire plus dangereuse.

Ils formaient un groupe bien peu héroïque pour se lancer dans une telle aventure. Une bande de voleurs, de fous et de conspirateurs. Nul n'accordait sa confiance à son voisin. Alors qu'il trébuchait, il regretta que Mirany ne les accompagnât pas, même si elle se méfiait de lui.

Lorsque le soleil fut à son zénith, ils s'arrêtèrent. Le seul abri qui s'offrait à eux dans ce désert était un fourré de cactus agressifs. Alexos rampa au-dessous et s'endormit sur-le-champ. Après avoir vérifié qu'aucun scorpion ne rôdait, le Renard but une rasade et se mit en boule. Trois de ses couteaux étaient plantés dans le sable, prêts à l'emploi.

Le Chacal adressa un sourire cassant à Oblek.

« On se sent mieux ? »

Le musicien avait les yeux rouges. Ses mains tremblaient.

« Crève ! »

Le pilleur hocha la tête.

« Doucement avec l'eau. Rationne-toi. »

Oblek lui lança un regard assassin par-dessus sa gourde.

« Pas d'inquiétude. Quand la mienne sera vide, il me restera la tienne. »

Le Chacal jeta un œil à Seth avant de s'allonger sur le côté.

« Dors, bouffi », ajouta-t-il sur un ton calme.

Tout le monde sommeilla, du moins le crut Seth. Mais quelques heures plus tard, une pierre qui lui meurtrissait le dos lui arracha un grognement et l'obligea à changer de position ; il ouvrit les yeux et aperçut le Chacal debout, en plein soleil. Il examinait les montagnes. Seth fut intrigué par la rigidité de sa posture, la brise légère dans ses cheveux, la manière dont son visage était braqué sur les pics lointains. Le voleur se tourna soudain, comme s'il avait senti qu'on l'observait. Aussitôt, Seth ferma les yeux. Quand il les rouvrit, le Chacal était assis, adossé aux sacs empilés. Son regard étrange scrutait l'immensité désolé.

Plus tard dans l'après-midi, ils firent leurs bagages et reprirent la route. La nuit tomba brutalement. Ils s'enfoncaient dans l'obscurité qui semblait monter de la terre, tandis que là-bas, au loin, les sommets continuaient de briller un peu, comme si tout là-haut se trouvait le pays des dieux. Le désert fraîchissait. Les insectes diurnes firent place aux papillons de nuit et aux nuages de moustiques qui voletaient, s'amoncelaient, dansaient. Une brise se leva et retomba juste avant minuit. Étonné par le calme tendu qui régnait tout à coup, le Chacal s'arrêta et leva les yeux au ciel.

« Chef ?

— Attends, Renard. Écoute. »

Le groupe se rassembla autour de lui ; Oblek entoura le jeune garçon de son bras. La nuit semblait tellement silencieuse que Seth crut percevoir les frottements des grains de sable entre eux.

« Je vais poser quelques pièges, si on s'arrête », déclara le Renard, optimiste.

Le Chacal scruta l'est. Un murmure de terreur lui échappa.

« Archonte, que fais-tu ? Regarde le ciel... Que fais-tu ? »

Alexos bâillait – il s'étrangla. Les yeux écarquillés, il fixait le ciel, soudain transformé en une explosion de lumières, une cascade éclatante. Malgré toute cette splendeur, Seth sentit son cœur se figer sous le coup de la peur.

« Ce n'est pas moi, haleta Alexos. Du moins, je ne pense pas. Regarde, Seth ! »

Les étoiles filantes tombaient à toute vitesse, pétillaient. Les zébrures étaient si fulgurantes qu'ils n'avaient pas le temps de les voir. Leurs visages étaient striés de lumière argentée. L'énorme crâne d'Oblek luisait de sueur dans cette clarté surnaturelle.

Enfin, dans un grand bruit, deux étoiles se détachèrent et dégringolèrent. Leur chute fut accompagnée par un grondement et un coup de tonnerre qui firent trembler la terre. Seth plongea à plat ventre sur le sable, aussitôt imité par les autres.

Un incendie éclata en plein ciel. Ils sentaient la chaleur s'abattre sur eux.

Abasourdis, ils virent les étoiles percuter les montagnes sombres.

Au loin, un choc violent ébranla le monde.

Puis le silence revint.

Au bout d'un moment, le Chacal s'appuya sur ses coudes et épousseta le sable qui lui maculait le visage.

« Encore des étoiles filantes. C'est un bon présage, j'espère. »

Il se leva, ombre souple et élégante. Il s'était efforcé de parler d'une voix calme, mais Seth le savait plus troublé qu'il ne voulait le montrer.

Perclus de douleur, le jeune scribe se mit à quatre pattes. Il enfonça les doigts dans le sable froid. L'éclat de la pluie de météorites illuminait le désert à des kilomètres à la ronde. Il aperçut alors des lignes inquiétantes, pâles et fantomatiques, des tourbillons phosphorescents qui grouillaient par centaines. Ces traits s'enchevêtraient, se rejoignaient, comme si un doigt géant avait tracé un symbole secret. Quand il tourna sur lui-même, il constata que les lignes les cernaient. Sans le savoir, ils s'étaient aventurés jusqu'au cœur du dessin.

« Qu'est-ce que c'est ? » s'enquit Seth dans un souffle.

Ce fut Oblek qui répondit, la voix rauque à force de s'être tu.

« Tes précieux parchemins ne t'ont donc rien appris, gratte-papier ? C'est le Premier des Grands Animaux. »

Mal à l'aise, il prit Alexos par le cou, avant de préciser : « Il s'agit du Lion. »

Ça lui est complètement égal

« Il faut que je le fasse. » Alexos parlait d'un ton grave et sérieux. « En tant qu'Archonte, je dois longer le sentier rituel du Lion, même si cela me prend une journée entière. Maintenant que nous sommes repus, je me mets en marche. C'est entendu ? »

Seth secoua la tête.

« À quoi bon ? Pourquoi ne passerions-nous pas simplement notre chemin ?

— Ce ne serait pas bien, Seth. C'est une des raisons pour lesquelles je suis venu. Si je ne m'exécute pas, le Lion nous pourchassera, et qui sait ce qu'il arrivera... Il faut que je lui parle. »

Inutile de discuter, pensa Seth. Quand il avait une idée derrière la tête, Alexos n'en démordait jamais. Le scribe jeta un œil au Chacal qui rongeait les petits os d'un rat du désert.

« Pars quand tu veux, déclara le pilleur. Mais ne compte pas sur nous pour t'attendre. »

Alexos mit les mains sur les hanches et se redressa.

« Je vous conseille de ne pas me contrarier, roi des voleurs. » Sa voix résonnait – le désert semblait en renvoyer l'écho. « Rappelez-vous qui je suis.

— Oh ! Je m'en souviens ! » Le Chacal s'essuya les doigts sur un carré de tissu. « Tu es l'enfant fou qui prétend connaître le chemin menant au Puits des Chansons.

— Ce qui fait de moi le dieu.

— Si tu le dis. » Il se leva et commença à mettre ses affaires dans son paquetage. Puis il s'adressa au Renard : « La lune va bientôt se lever, il nous restera cinq heures d'obscurité. Je crois que nous devrions les utiliser. On s'arrêtera pour dormir quand le soleil tapera trop fort.

— Vous allez m'écouter ! » Alexos tapa du pied, furieux. « Arrêtez de parler comme si je n'étais pas là ! Dis-le-lui, toi, Oblek. »

Le musicien fronça les sourcils.

« Laisse le garçon tranquille », marmonna-t-il sans grande conviction.

Silencieux et morose, il était assis à l'endroit où il s'était affalé quand le feu avait été allumé. Il n'avait rien mangé, la tête lourde, comme remplie de cailloux. Il s'empara de la gourde et but une gorgée d'eau. Seth remarqua combien ses mains tremblaient.

Le Chacal s'en aperçut lui aussi. Alexos lui jeta un regard mauvais, puis il lui tourna le dos et se dirigea vers la plus proche des étranges lignes. Seth lui emboîta le pas. Les traits semblaient composés d'une matière légère. Il donna un coup de pied dans l'un d'entre eux, qui brillait à la lueur des étoiles, tel du cristal en poudre ou du verre pilé.

Alexos s'avança sur une ligne et entreprit de la suivre, comme s'il s'agissait d'un chemin. Prudent mais déterminé, il longea le tracé sinueux, les pieds nus sur la matière froide et granuleuse. La ligne serpentait sur elle-même, formait une spirale, un labyrinthe. Cela lui prendrait des heures pour suivre les contours du Lion, se dit Seth. Il fit marche arrière et ramassa son sac.

Le Chacal se dirigea droit dans le désert, se moquant bien des lignes. Le Renard le suivit, puis Oblek. Le colosse traînait les pieds sans regarder à droite ni à gauche.

« Viens ! » appela le pilleur.

Alexos ne tint pas compte de lui. D'un pas ferme, il marchait sur la pointe des pieds, les bras tendus, le long des lignes pâles dessinant la silhouette du dieu.

« Va le chercher, ordonna le Chacal.

— Allez-y vous-même », marmonna Seth entre ses dents.

Ce qui lui valut un long regard appuyé. Puis le Chacal finit par s'approcher d'Alexos : il le prit par la taille et le souleva de terre. Le garçon poussa un cri aigu.

« Non ! Posez-moi... Je dois le faire. »

Il avait beau donner des coups de pied, le Chacal le tenait fermement.

« Ta folie était plutôt distrayante dans le Port, chuchota-t-il. Sache qu'ici, ce n'est pas un endroit pour s'amuser.

— Mais je suis le dieu !

— En effet. Eh bien, foudroie-moi sur place et retourne à ton jeu !

— Oblek ! »

Alexos était affolé, mais le musicien continuait de cheminer, montrant une totale indifférence.

« J'ai peur qu'Oblek ne soit guère en mesure de t'aider, railla le Chacal en regardant le musicien par-dessus la tête d'Alexos.

— Posez-moi ! »

L'Archonte se débattait avec une telle force que Seth craignit qu'il ne s'étouffe.

« Lâchez-le, adjura-t-il.

— Dans ce cas, déclara le Chacal sur un ton sévère, il marche avec moi. Pas question qu'il s'enfuie. » Il posa le garçon, mais garda une main ferme sur son épaule. « Ne m'oblige pas à t'attacher... »

Le Chacal continua sa route. Une secousse et Alexos fut poussé en avant, après qu'il eut jeté un dernier regard éperdu derrière lui.

« Vous faites une erreur, affirma-t-il, la voix teintée de colère, les yeux mouillés. Et vous le regretterez. Le Lion nous suit, à présent.

— Quel dommage ! ricana le Chacal. Le dieu sera obligé de s'en charger, pas vrai ? »

Ils marchèrent pendant des heures dans une obscurité blême. Le sol devint plus mou, les buissons se raréfièrent. Finalement, Alexos fut si fatigué que le Chacal dut le porter. Il s'endormit sur son dos. Seth et les autres furent alors contraints de se relayer pour prendre le sac du pilleur – poids insupportable.

Le désert était étrange, dans la nuit. Le ciel immense montrait des étoiles que Seth n'avait jamais vues auparavant, rouges, bleues, étincelantes, par millions. Il connaissait le nom de certaines constellations – le Scorpion, le Coureur, le Collier de la Reine des Pluies –, mais même les formes familières semblaient noyées dans la multitude de points lumineux. Il les observa jusqu'à en avoir le torticolis. Il contempla également les montagnes devant eux. Leurs cimes noires lui paraissaient aussi lointaines qu'à l'époque où il les scrutait depuis les remparts de la Cité. Comment quatre hommes et un garçon pourraient-ils les atteindre ? Personne n'était revenu des montagnes depuis que les rivières s'étaient taries. Il devait être fou d'avoir accepté de les suivre.

Seth avait mal aux pieds et des crampes aux mollets. Le glissement constant du sable fin leur coûtait à tous des efforts constants. Il souffrait du dos et des épaules à force de ployer sous le poids du paquetage. Il avait du sable dans les cheveux, les narines, les yeux (plus il les frottait, plus il les irritait). Des paquets de poussière se plaquaient sur l'écharpe nouée autour de sa bouche. Il mourait de soif et ne buvait qu'une gorgée à la fois, instant précieux et béni. L'eau diminuait peu à peu dans sa gourde en cuir. Le moment viendrait où, pensa-t-il avec amertume, il prierait pour sentir son poids contre sa cuisse.

Le Renard s'arrêta pour l'attendre.

« Je prends le sac, mon joli.

— Je m'en sors très bien.

— Bien sûr, mais n'oublie pas qu'on se relaie. »

Le simple fait de déposer le paquetage le fit grincer des dents. Grand fut son soulagement, car son sac à lui ne pesait rien, comparé à celui du Chacal. Il en attrapa les lanières et aida le Renard à l'enfiler.

Nerveux, le borgne le balança sur son épaule comme s'il s'agissait d'une plume.

Soudain, il se retourna.

« C'était quoi ?

— Où ?

— Un bruit. Écoute ! »

Ils se figèrent dans l'obscurité. Derrière eux s'étendait le désert, mélange de brume et de mirages. Un filet de fumée sembla s'élever du sol et demeura là, dans l'air, en suspens.

« Je n'ai rien entendu, finit par admettre Seth. C'était quel genre de bruit ? »

L'œil unique du Renard scruta l'ombre.

« Des pierres qui roulaient. » Au bout d'une seconde, il ajouta : « Je me suis peut-être trompé.

— Des ennuis ? s'enquit le Chacal qui patientait un peu plus loin.

— Rien, Chef. » Mais, dans un souffle, il donna ce conseil à Seth : « Garde les yeux ouverts. Nous sommes dans un pays de bandits. »

Ils accélérèrent le pas. Inquiet, Seth ne désirait plus fermer la marche. La fraîcheur précédant l'aube s'abattit sur eux, tandis que le brouillard, furtif, à ras de terre, les poursuivait, rôdait autour des buissons épineux. Il entendit des bruits, un cliquetis, un glissement. Le sable ondula, lentement. Quelque chose lui frôla la cheville.

Seth s'arrêta. Quand il se retourna, il constata que la brume l'avait rejoint, grise et silencieuse. Il perçut un mouvement au loin, une silhouette menaçante qui avançait à pas feutrés. Il fit un bond en arrière, la bouche ouverte, mais il n'eut pas le temps de crier. Le brouillard l'engloutit, l'étrangla, roula sur lui, l'enveloppa. En un instant, il perdit tout sens de l'orientation, aveuglé.

« OBLEK ! » haleta-t-il.

Une réponse étouffée lui parvint. Il s'accroupit, les mains dans les gravillons. Il était là. Seth l'entendait. Ses pattes légères sur le sol instable, son grand corps tout en souplesse. Gelé, en nage, Seth avança à quatre pattes. Il était derrière lui, devant lui, partout en même temps. Seth chercha son couteau et le dégaina. La brume soufflait sur la lame, devenait un animal à crinière qui plaquait sa gueule contre son nez, le léchait avec sa douce langue de nuage, le giflait avec sa patte, le faisait rouler sur lui-même, si bien qu'il criait, hurlait, reculait à tâtons dans les épines et les cactus.

« OBLEK ! CHACAL ! »

Une lueur fauve troua la fumée, un œil doré s'ouvrit. Seth leva une main pour ne pas être ébloui. Soudain, un éventail de rayons aveuglants perça le brouillard, le colora d'ambre, puis le désagrégea. Le corps du scribe projeta alors une ombre longue et chétive, semblable à la souche d'un arbre mort. À l'horizon, à une distance affreusement lointaine, le soleil se leva sur le désert.

Une main sur son épaule fit sursauter Seth. Le Chacal était là, armé, tandis que les autres l'observaient.

« Qu'as-tu vu ? » demanda le pilleur d'un ton calme.

Seth se passa une main sur le visage. Sa voix était rauque, pleine de terreur.

« Un lion. Dans la brume.

— Un lion ?

— Je l'ai vu.

— Je vous avais prévenus. » Alexos semblait au bord de l'épuisement, mais il croisa les bras sur sa poitrine. « Vous auriez dû me laisser lui parler. »

Le Chacal esquissa un lent hochement de tête.

« Cela signifierait que nous sommes poursuivis par des démons. » Le soleil éclairait son visage. « Certains d'entre nous en ont l'habitude.

— Qu'est-ce qu'il voulait ? demanda le Renard qui croisa le regard du Chacal. « Je veux dire... Non que je...

— Il voulait nous arrêter. » Alexos le fusilla du regard. « Nous dévorer.

— Ce n'est pas un problème. » Le sinistre Chacal reprit sa marche. « On pourra toujours attacher l'autre bouffi dans le sable. Histoire de boucher la dent creuse de ce lion fait de nuages et de peur.

— Il était réel, marmonna Seth, encore bouleversé.

— Bien entendu. Dans ta tête. Qu'en penses-tu, musicien ? »

Oblek leva les yeux. Son regard était vide. Il s'obligea à entrouvrir ses lèvres craquelées.

« Je m'en fiche, grommela-t-il.

— On est d'accord ! » Le Chacal se tourna. « Maintenant, en route. Et vite. Les contreforts de la montagne sont encore loin et nous devons trouver de l'eau dans les deux jours à venir si nous ne voulons pas mourir de soif. C'est le seul danger qui nous menace. Oubliez les mirages et les rêves. » Il reprit son sac au Renard. Son ombre élancée s'allongeait en direction des collines. « En route ! » répéta-t-il.

Alexos s'approcha de Seth.

« Je te crois, Seth. Il est là-bas, en train de renifler. » Il jeta un coup d'œil, derrière lui, à l'étendue déserte.

« Regarde nos empreintes de pas. Elles sont si faciles à suivre. » Il baissa d'un ton. « Que dit la Sphère ?

— Que le Premier Animal "doit être apaisé, car la colère est dans sa nature. Il rôde dans les esprits et ses crises de jalousie sont de vraies griffes." Il est aussi question de "fleurs". Je n'ai pu traduire que quelques passages, car le reste était trop usé. » Seth leva la tête, frappé par le doute. « Quelque chose ne tourne pas rond. Si le Chacal pense que tu connais le chemin qui mène au Puits, il doit croire que tu es le dieu. Or, à l'évidence, il est persuadé du contraire. » Seth fixa le jeune garçon. « Tu crois qu'il est au courant pour la Sphère ?

— Comment le serait-il ? »

Seth réfléchit à toute vitesse.

« Il a un espion dans... » Pendant un instant, un instant épouvantable où il faillit dire : *le quartier général d'Argelin*, il se mordit la langue. « Dans toutes sortes d'endroits. Il sait peut-être que Mirany te l'a apportée. »

Sa réponse lui parut minable. Si le Chacal connaissait l'existence de la Sphère, pourquoi ne pas la prendre et s'en aller avec, tout simplement ? *Et s'il connaissait son existence, était-il au courant de l'ordre qu'on avait donné à Seth ?*

« Nous ferions mieux de nous montrer prudents, affirma l'Archonte sur un ton grave.

— Tu as raison », marmonna Seth.

Tout à coup, il jeta son paquetage par terre, fouilla dans le compartiment secret qu'il avait cousu au fond et sortit le parchemin sur lequel il avait retranscrit le texte traduit de la Sphère. Il le parcourut en vitesse.

« Que comptes-tu en faire ?

— Le détruire. La Sphère ne leur apprendra rien. Ils auront besoin de moi vivant. »

Alexos hocha la tête.

« Bonne idée. Si tu peux tout mémoriser.

— Je l'apprendrai par cœur. »

Aussitôt, il s'attela à la tâche, ce qui n'était pas difficile vu les heures qu'il avait passées dessus. Ensuite, il déchira le parchemin en morceaux minuscules qu'il éparpilla dans le désert, sans quitter le Chacal des yeux.

Personne ne parla pendant quelques centaines de mètres. Seth lécha ses lèvres desséchées.

« Archonte...

— Oui ?

— La nomade... Elle souhaiterait un fils.

— Ce serait bien, déclara Alexos d'un ton rêveur.

— C'est vrai... Je sais que tu es le dieu. Je t'ai vu changer les pierres... apporter la pluie. Dans ce cas, tu dois être capable de l'aider. Tu dois savoir... des choses... »

Seth parlait dans le vide. Alexos s'aidait de son bâton pour sauter par-dessus les pierres. Il ne semblait pas prêter attention aux paroles du scribe.

« Je sais des choses.

— Sur moi ? »

Alexos éclata de rire.

« Je te sais intelligent, Seth. »

Celui-ci ferma les yeux.

« Intelligent, répéta-t-il.

— Et tu es mon ami », ajouta l'Archonte, avant de rejoindre Oblek en courant.

Seth regarda son corps svelte, sa tunique d'un blanc sale, ses pieds nus, ses cheveux noirs en bataille.

« Méfie-toi de tes amis », murmura-t-il.

À midi, ils étaient épuisés. Le soleil s'était hissé au-dessus de leurs têtes tel un brasier en fusion. Son éclat était un poids mort qui pesait sur leurs épaules. Le Renard était allé en reconnaissance : ils n'avaient nulle part où s'abriter. Ils avaient pénétré dans une vallée asséchée, au sol composé de gravier, comme si plusieurs siècles auparavant un fleuve l'avait traversée. Désormais, plus rien ne poussait dans la chaleur impitoyable. Le paysage miroitait, chatoyait malgré l'absence de brise pour soulager la fournaise.

Seth but quelques gorgées d'eau chaude et s'accroupit.

« Nous devons nous arrêter.

— Pas ici. » Les lèvres du Chacal étaient crevassées. « Il n'y a pas d'ombre.

— Nous devrons nous en passer. Alexos est épuisé. »

Le pilleur de tombes regarda le garçon déjà endormi.

« Couvre-le ou il va brûler. »

Oblek sortit une cape de son sac et la déploya sur Alexos. Puis il prit sa gourde et étancha sa soif. De l'eau coula le long de son menton.

« Doucement », chuchota Seth.

Une étincelle de colère passa dans les petits yeux d'Oblek. Son visage était couvert de croûtes. Avec son écharpe mal nouée, il prenait peu à peu l'apparence d'un paria, d'un lépreux.

« Laisse-moi, grogna-t-il. Nous aurons assez d'eau, l'Archonte et moi. Bientôt. »

Finalement, ils durent dormir en pleine canicule. Couché en boule sous son manteau étalé, Seth transpirait, suffoquait. De minuscules moustiques parcouraient son nez, ses joues, ses paupières fermées. Il finit pourtant par s'endormir, persuadé de se trouver dans un four chauffé à blanc.

Un son le réveilla.

Un halètement réprimé, empreint de peur.

Il ouvrit les yeux, souleva le rebord de son manteau et jeta un œil autour de lui. La lumière l'éblouit. Il se brûla quand il plongea les doigts dans le sable.

Le Chacal dormait à quelques mètres de lui. L'homme était bien recouvert par sa cape, allongé sur le côté, mais, loin de reposer immobile, il était agité par des convulsions. Le pilleur poussa un cri de douleur aigu. Il se leva d'un bond et soupira longuement en jetant des regards éperdus autour de lui.

Cet air hagard ne lui ressemblait guère. Il ne dura pas. Il se frotta le visage et se rassit, les genoux sous le menton. Il reprenait son souffle. Le Renard s'agenouilla à côté de lui et lui tendit une gourde. Ils parlèrent à voix basse, si bien que Seth ne capta aucun mot de leur conversation. Le Chacal but, puis éclata de rire – son sinistre dans le désert. Il se leva, brossa le sable de ses habits. Quant au Renard, il reprit sa place.

Seth rabaissa le coin de son manteau et se mit à réfléchir, allongé dans le noir. Un cauchemar. Il ne s'attendait pas que le Chacal fût assailli de mauvais rêves. Pendant une seconde, une seconde très brève, le pilleur de tombes avait eu peur.

Seth se tourna. Somnolent, il pensa à Pa et à Telia. Le message était-il parvenu à Mirany ? Serait-elle en mesure d'agir ? Tandis qu'il plongeait à nouveau dans le sommeil, le désert remua sous lui. Il se rendit compte avec une clarté étrange qu'il était couché contre son grand flanc chaud, que les poux pullulaient sur son corps, que ses collines et ses vallées étaient des muscles et des os sous une fourrure de sable mouvant. Il envisagea de se lever et de crier aux autres de se méfier.

Mais le désert ronronna à son oreille et Seth s'endormit.

Des hurlements.

Un rugissement furieux.

En un seul geste, il dégaina son couteau, se débarrassa de sa cape et se leva.

Il avait dormi trop longtemps. Le soleil se couchait. À l'ouest, le ciel prenait une couleur cuivrée, inquiétante. La vallée aride s'était métamorphosée en une mer de fleurs jaunes et bruissantes. Une épaisse végétation avait germé et poussé avant de monter en graine à une vitesse incroyable, stimulée par le dieu savait quoi. Une brise, une baisse de température, un changement de lumière ? Devant lui, à hauteur de poitrine, des hectares de fleurs chétives se balançaient dans le vent. Leurs tiges, leurs feuilles craquaient, leurs pétales séchaient à vue d'œil avant de se détacher et de tomber.

Au cœur de ce paysage étincelant, le Chacal et Oblek se battaient. Leur combat s'accompagnait de rugissements, de chocs et d'injures. Alexos criait, paniqué, tandis que le Renard le retenait. Seth se précipita à travers l'étrange végétation pour mieux voir. Les grands bras d'Oblek enserraient l'homme mince. Il le souleva du sol, le jeta à terre et l'écrasa de tout son poids. Mais le Chacal était agile – bien que piégé et meurtri, il se tortilla, se contracta puis donna un coup de coude dans le ventre d'Oblek. Profitant de la détresse du colosse, il se libéra et l'assaillit par-derrière. De son bras fluet, il l'étrangla.

Oblek rugit, battit des bras. Alexos hurla :

« Ne lui faites pas de mal ! Il n'a plus toute sa tête ! »

Plongés jusqu'à la taille dans les tournesols desséchés, les deux hommes luttaient avec rage. Oblek était plus fort : il parvint à se dégager, le visage rouge de colère. Ses larges mains se refermèrent sur les bras du Chacal, qu'il frappa de toutes ses forces, une seule fois.

« Que s'est-il passé ? hoqueta Seth.

— Le fou a essayé de nous voler de l'eau. Ne t'en mêle pas. »

Le Renard poussa l'Archonte vers Seth et avança d'un pas alerte, un couteau dans chaque main.

« Ils vont le tuer. » Alexos était blanc comme un linge, les yeux écarquillés par la terreur. « Ne les laisse pas le tuer, Seth. »

Hésitant, Seth saisit une poignée de fleurs sèches. Il était scribe et les scribes ignoraient comment se battre. Soudain, il se sentit submergé par la colère. Tandis que le Chacal vacillait et que le Renard se ruait sur Oblek, il plongea dans la bataille, incertain de frapper le bon adversaire, poussé par une violente envie de blesser, d'attaquer. Lorsqu'il s'empara du bras du colosse, il le tordit. Le musicien poussa un hurlement avant de le projeter au loin avec une telle aisance qu'il s'écrasa au milieu des fleurs. Il en eut le souffle coupé. Alors qu'il se mettait à quatre pattes, il vit le couteau du Renard partir et se ficher dans le sable à quelques centimètres de l'œil d'Oblek. Aussitôt, le musicien fut cloué au sol. Meurtri et épuisé, le Chacal s'était faufilé par-derrière et lui avait piétiné le bras avant de s'agenouiller sur lui. Le pilleur de tombes leva la tête. Il avait les yeux aussi jaunes et luisants que ceux d'un chat.

« Finissons-en ! grogna-t-il.

— NON ! »

On aurait dit que le désert hurlait. Rugissement qui venait de nulle part, voix assourdissante, roulement de tambours.

La terre trembla. Des rochers délogés roulèrent.

Alexos écarta les bras.

Je ne le permettrai pas.

Tous le dévisagèrent. Il était blême de colère.

Je vous avais dit de me laisser parler au Lion. Le Lion est là, nous marchons sur son dos. Le Lion est en vous ! Sa colère est la vôtre. Sa colère est la mienne !

Autour de lui, à ses pieds, rayonnaient de grands cercles. Les fleurs mouraient. Leur brève existence se terminait. Lentement, elles se flétrissaient, se courbaient et tombaient en morceaux. Au fur et à mesure de leur désintégration, Seth s'aperçut que le désert grouillait de vie – scarabées, rats, scorpions, fourmis, petits lézards pressés, araignées d'une taille gigantesque qui se nourrissaient des graines et de leurs congénères qu'elles tuaient avec férocité.

Alexos se tourna vers l'est, en direction de la lointaine Cité d'où ils venaient.

Montre-toi, siffla-t-il.

Parmi les millions de fleurs flétries, Seth aperçut le Lion gigantesque. Ses pattes étaient les affleurements des collines, son corps les flancs de la vallée. Un immense amas de pierres se souleva : il s'agissait de sa tête au museau planté de moustaches épaisses, aux yeux ambrés. Ses pupilles noires étaient de profondes crevasses qui s'élargissaient au fur et à mesure qu'il les observait.

Le silence n'était brisé que par de petits grattements, la chute des fleurs sèches, la respiration d'Oblek, un juron sifflé par le Chacal.

Le Lion guettait en remuant la queue. Quand il prit la parole, sa voix crissa telle une craie sur le tableau noir.

« Ils ont déshonoré ma personne et ton voyage. Je devrais les dévorer. »

Ils sont désolés, répondit calmement Alexos avant de poursuivre : « Je vais m'assurer qu'ils fassent plus attention, désormais. Et qu'ils honorent les signes. » Il s'avança, garçon vêtu d'une tunique sale, jusqu'à se trouver sous l'animal. Sa patte la plus proche était plus haute que la tête de l'enfant, ses griffes étincelaient. « Je te le promets, parce que je suis l'Archonte, mais eux, ce ne sont que des hommes. Ils ignorent tout. Ils ne savaient rien de toi. »

Le Lion ouvrit la gueule et rugit. À moins que ce ne fût un glissement de terrain... Ou l'écho éclatant du dernier rayon de lumière faisant miroiter les collines.

À cet instant précis, le soleil plongea derrière les Montagnes de la Lune. Le félin avait disparu.

Elle est entravée dans sa quête

Les éléphants étaient descendus en une longue file indienne, chacun tenant la queue de l'animal devant lui. À présent, ils pataugeaient dans la mer. L'écume s'enroulait autour de leurs grosses cuisses. Des mouettes stupéfaites riaient au-dessus de leurs têtes. Les pachydermes s'aspergeaient d'eau salée, pendant que leurs gardiens les frottaient à l'aide de grandes brosses. Des gamins jouaient au bord de l'eau, poussaient des cris et s'éclaboussaient, tout en se tenant à une distance respectueuse. Dans le Port, les remous faisaient tanguer les bateaux amarrés, aux cordages tendus, ruisselants.

Chryse recula dans l'ombre.

« Je me demande s'ils se servent de leur trompe pour boire. Après tout, c'est leur nez ! »

Mirany s'appuya sur la balustrade blanche et regarda en bas.

« Je suppose. »

Elle ne regardait pas les éléphants. En arrière-plan, quelques navires marchands s'éloignaient en mer. D'autres restaient immobiles, regroupés en flotte. Ils devaient avoir eu des nouvelles de l'Empereur. Il se passait quelque chose – des marins couraient, les voiles étaient soudain abaissées. Rentraient-ils chez eux ?

« Je te jure qu'ils respirent par là. » Chryse tapota son nez retroussé. « Ce doit être horrible !

— Chryse, pour l'amour du dieu ! » Mirany la fusilla du regard. « Tu n'as rien d'autre à faire ? »

La blondinette haussa les épaules.

« J'ai nagé, j'ai déjeuné, je me suis peint les ongles des orteils. Que faire d'autre ? » Tout à coup, une lueur traversa son regard. Elle s'approcha de Mirany. « Pourquoi ? Que se passe-t-il ? Tu as eu des nouvelles de l'Archonte ?

— Non, répondit-elle aussitôt.

— Pas même à travers l'Oracle ? »

La voix de Chryse était d'une suffisance crispante. Mirany lui lança un regard courroucé.

« Pas même à travers l'Oracle.

— C'est dommage, parce que moi j'en ai.

— Pardon ? » s'étonna Mirany.

Pendant une seconde interminable, elle crut que le dieu avait parlé à Chryse. Un horrible sentiment de jalousie la submergea. La douleur lui coupa le souffle. Puis elle se dit : *Pourquoi ne lui parlerait-il pas, à elle aussi ?*

« C'était hier. » Chryse s'assit sur le banc en marbre blanc et lissa sa robe. « Après le Rituel de l'Aube. Rhetia la snob et toi étiez parties de votre côté, j'étais la dernière dehors. Il y avait de nombreux pèlerins, comme toujours. Des riches, avec des offrandes. Je passais devant eux, quand une femme s'est avancée et m'a interpellée : “Votre Sainteté ?” »

Chryse jeta à Mirany un regard dérobé, perçut l'étonnement de sa compagne et sourit.

« J'ai dit : “Oui ?” Elle a regardé autour d'elle, comme si elle voulait s'assurer que personne n'écoutait. C'était l'une de ces très belles femmes du désert, Mirany. Ses cheveux luisaient, ses lèvres étaient d'un tel rouge... Comment obtiennent-elles une couleur pareille, tu sais, toi ?

— Je n'en ai pas la moindre idée. »

Mirany la toisa.

« En tout cas, on n'en trouve pas au marché. Peu importe. Elle était accompagnée d'autres femmes, elle devait donc être importante. “C'est vous, la Porteuse du dieu ?” m'a-t-elle demandé. Je ne sais pas ce qui lui a fait croire cela. Quelqu'un a dû se tromper et lui indiquer que c'était moi. C'est vrai, avec nos masques... J'ai répondu oui.

— Chryse ! » Mirany bouillonnait de colère. *Qu'as-tu fait ?*

Ses yeux bleus, tranquilles, croisèrent ceux de Mirany.

« En fait, considère que je t'ai fait une faveur, Mirany. Si je ne l'avais pas prise, Rhetia aurait pu mettre la main dessus.

— Sur quoi ?

— La lettre. »

Considérant qu'il était inutile de déverser sa colère sur elle, Mirany s'obligea à prendre une profonde inspiration. Avec un calme inquiétant, elle poursuivit.

« Quelle lettre ?

— Je te raconte, enchaîna Chryse, tout sourires. J'ai dû la cacher. Cette femme, elle a sorti sa main de sous sa robe – elle avait des dizaines de ces fabuleux bracelets en argent – et elle me l'a tendue. "Il m'a demandé de vous la remettre en main propre", m'a-t-elle déclaré. Elle paraissait réellement effrayée. Alors moi, j'ai pris la lettre. Elle portait un sceau. J'ai dit : "Merci" et elle a ajouté : "Dites-le-lui, dites à l'Archonte qu'il m'a offert quelque chose de merveilleux. Hared et moi sommes tellement heureux." J'ai vu des larmes dans ses yeux, Mirany. Je ne sais pas qui c'est, Hared.

— Et la lettre ?

— Je t'ai dit qu'elle était cachée. Je possède un endroit secret. »

Elle était si contente d'elle que Mirany faillit la prendre par le bras et le lui tordre dans le dos.

Elle préféra s'écrouler sur le banc.

« Que veux-tu en échange, Chryse ? »

Chryse eut un sourire satisfait.

« Voilà ce que j'aime chez toi, Mirany. Tu sais comment les choses fonctionnent. Moi, je veux simplement te montrer que je suis de ton côté. Afin que tu me fasses confiance. Après tout, j'aurais pu remettre la lettre à Hermia.

— C'est peut-être le cas. Tu l'as ouverte ? »

Chryse fit la moue.

« Oui.

— De quoi parle-t-elle ?

— Je l'ignore ! »

Mirany hocha la tête. Chryse ne savait pas lire, elle en était persuadée.

« L'as-tu montrée à qui que ce soit ?

— Bien sûr que non, Mirany ! On fait un marché ? »

Avait-elle le choix ?

« Oui.

— À partir de maintenant, tu prendras ton petit déjeuner avec moi, d'accord ? »

Elle aidait peut-être à sa propre mort, mais il fallait qu'elle voie cette lettre.

« D'accord. Bon, donne-la-moi, maintenant ! »

Elles coururent jusqu'à la Maison Basse. Chryse lui demanda de l'attendre dans la cour, à l'écart du bâtiment. À cet endroit, les fleurs écarlates formaient une tonnelle où bourdonnaient les abeilles. Pendant ce temps-là, Mirany bouillait d'impatience. Elle intercepta une esclave qui marchait d'un pas pressé, les bras chargés d'assiettes remplies de confiseries.

« Que se passe-t-il ?

— Le Prince des Perles a rendez-vous avec la Porte-Parole, Votre Sainteté. »

Surprise, Mirany vit alors Chryse revenir vers elle.

« Je l'ai ! » s'écria celle-ci.

Elle lui tendit le parchemin, minuscule et sale. Bien que le sceau fût brisé, Mirany reconnut les emblèmes de la Cité. Elle déplia la missive et découvrit l'écriture de Seth. Il s'était appliqué, comme s'il avait eu peur qu'elle ne pût pas le lire.

PA ET TELIA EN DANGER. FAIS-LES VENIR SUR L'ÎLE. JE T'EN PRIE.

« Tu l'as depuis hier ! Pourquoi ne me l'as-tu pas donnée avant ? »

Chryse parut surprise.

« Est-ce si important ? »

Mirany poussa un juron digne d'Oblek. Puis elle déchira le parchemin en mille morceaux avant de le jeter dans le brûloir à encens. Elle tisonna jusqu'à ce qu'elle fût sûre que chaque fragment avait été réduit en cendres.

« Alors ? s'enquit Chryse, d'une curiosité maladive.

— C'est une requête de Seth.

— Oh, Mirany ! Tu avais promis...

— Je t'en parlerai. Aussitôt que ce sera fait. »

Il n'y avait pas de temps à perdre. “Je t'en prie.” Ces quatre petits mots lui indiquaient que sa mission était urgente. Seth paraissait terrifié. Ce qui ne lui ressemblait pas. Ne se souciant pas de savoir si Chryse la suivait ou non, elle courut jusqu'à l'entrée et trouva six porteurs. Quand sa litière fut prête, la première à monter fut Chryse.

« Où allons-nous ?

— Au Port. Ne parle pas. Il faut que je réfléchisse. »

Elle ordonna aux hommes de se dépêcher, mais la route, brûlante, était encombrée par les marchands de fruits, les ânes et les pèlerins. Tout le long du chemin, elle se rongea les sangs. Pourquoi le père de Seth courait-il soudain un danger ? Argelin le menaçait-il ? Par ailleurs, emmener Pa et Telia sur l'Île était trop risqué, même pour la petite fille. Hermia serait tout de suite mise au courant. Les sourcils froncés, Mirany secoua la tête. Elle n'avait aucune idée, vraiment aucune idée, de la situation dans son ensemble. Le repaire de Kreon était le seul endroit où ils seraient en sécurité. Il faudrait qu'elle les conduise dans la Cité, puis dans les tombeaux. Il n'y avait pas d'autre solution.

Comme elle ne s'était jamais rendue dans leur nouvelle maison, elle fut surprise que celle-ci se trouvât sur les hauteurs. Impatiente, elle s'agrippait au siège chaque fois que les porteurs faisaient une embardée à l'angle d'une rue, demandaient leur chemin, évitaient les détritus amoncelés au milieu de la chaussée, grimpaient les rues pentues écrasées de chaleur. Pour finir, la litière ne put passer sous une arche dans une venelle, si bien que Mirany sauta à terre et partit à toute vitesse, en criant à Chryse de la suivre. Elles montèrent des marches quatre à quatre, gravirent des ruelles sinueuses encombrées d'immondices. Toujours plus haut, dans le labyrinthe étouffant bordé d'étroits bâtiments blancs. Alors qu'elles abordaient le dernier coin de rue, Mirany s'arrêta si brusquement que Chryse faillit la percuter.

Un des gardes d'Argelin était posté devant la porte de la maison.

Au bout de quelques instants, elle murmura : « Attends-moi là ! », et s'avança. Le soldat la dévisagea.

« La famille qui vit ici... commença-t-elle, le souffle court. L'homme et la petite fille. Puis-je leur parler ?

— Ils sont partis », déclara le soldat.

À l'évidence, il ignorait complètement à qui il avait affaire.

« Partis où ? »

Il lui lança un regard mauvais, passa la langue sur ses dents.

« Les donjons d'Argelin, mon trésor. Ils ont été arrêtés. »

« Elle a montré la lettre à Hermia ! »

Les Neuf étaient assises en cercle autour de Chryse. Celle-ci pleurait, alors que Rhetia venait à peine de commencer à parler. La grande fille la toisait, silhouette menaçante.

« Forcément. Elle a eu le mot en sa possession une journée. Assez longtemps pour envoyer un message à Argelin, qui a aussitôt dépêché des soldats. On ne peut pas lui faire confiance, Mirany ! Tu devrais le savoir, depuis le temps !

— C'est faux ! sanglota Chryse. C'est faux, c'est faux, c'est faux !

— Contrairement aux apparences, cette fille n'est pas idiote. » Rhetia lança un regard glacial à la jeune blonde. « Je le croyais avant. Non, elle est dangereuse. » Rhetia se tourna vers les autres. « Quel sort lui réservons-nous ? »

Embarrassée, Mirany se tenait près de la fenêtre. Elle était accablée par la chaleur, l'inquiétude et la colère. Seth l'avait suppliée de l'aider et elle lui avait fait faux bond.

« Elle m'a donné la lettre, intervint-elle. Si elle était à la solde de Hermia, elle ne m'aurait tout simplement jamais parlé. Je n'aurais jamais eu vent de son existence.

— Oui ! » s'exclama Chryse. Et son visage barbouillé de khôl respirait l'espoir. « C'est exact !

— Cela fait partie de son plan. Utiliser le message pour faire arrêter ces gens, puis pour regagner ta confiance. » Rhetia haussa les épaules. Elle était lasse. « C'est évident, Mirany. » Elle s'adressa au petit groupe. « Je crois que nous devrions la punir. La punition de l'Exclusion. »

Chryse poussa un gémissement pitoyable.

Mirany se tourna vers la fenêtre. En théorie, nul ne pouvait lever la main sur l'une des Neuf. Cependant, elle savait que Rhetia était capable de convaincre certaines autres – Ixaca, par exemple – d'organiser un empoisonnement. En définitive, l'Exclusion représentait la solution idéale, même si Chryse pensait le contraire. Personne ne lui parlerait, ne mangerait en sa compagnie, ne lui prendrait la main. Ses affaires seraient détruites, ses colliers défaits, ses parfums renversés, ses robes déchirées. Des remarques malveillantes seraient prononcées en sa présence et, au moment où elle sortirait de ses gonds, elles la coinceraient. Rhetia ou une autre la giflerait, frapperait une partie de son corps où les ecchymoses ne se verraient pas. Et son supplice continuerait à l'infini. Mirany en savait quelque chose : elle avait subi ce sort pendant une semaine, dès son arrivée. Chaque soir, elle s'était endormie en larmes, priant pour qu'on la renvoie chez elle. Pour une personne comme Chryse, qui souhaitait être aimée, être au centre de l'action, ce châtiment serait intolérable.

Mirany fit face aux autres.

« Non. Vous avez besoin de toutes les voix et il n'est pas question que je vous donne la mienne. Cette punition est mesquine et cruelle. Elle ne servira qu'à la rapprocher de Hermia. En outre, Rhetia, tu veux qu'elle soit Exclue pour ton bien, et non pour le nôtre. Au cas où elle découvrirait tes projets de guerre. »

Un silence consterné s'abattit, brisé par le long cri d'une mouette. Mirany ignorait qui était au courant de quoi, mais, à leurs visages circonspects, elle vit que sa déclaration les stupéfiait.

Oubliant ses larmes, Chryse chuchota :

« Quelle guerre ? »

Mirany et Rhetia se défièrent du regard. Cette dernière ne s'abaisserait pas à supplier, ni même à menacer. Sous ses cheveux bouclés, ses yeux étaient de glace.

Mirany baissa la tête puis prit la parole.

« Rhetia a raconté au Prince Jamil que l'Oracle était corrompu. Elle lui a demandé des renforts armés, pour renverser Argelin et Hermia. »

Pendant une fraction de seconde, les autres prêtresses n'en crurent pas un mot. Soudain, Chryse bondit sur ses pieds.

« Et c'est moi, la traîtresse !

— C'est vrai ? s'enquit Ixaca, la Détentrice des Onguents, debout elle aussi.

— Oui. » Rhetia demeurait calme. « C'est vrai. Nous savons toutes que l'Oracle a été trahi. Moi, j'agis. J'ai l'intention de devenir Porte-Parole. Vous qui souhaitez garder votre poste, vous avez intérêt à me soutenir. »

Durant son discours, elle ne quitta pas Mirany des yeux. Celle-ci lécha ses lèvres sèches. Elle était si tendue qu'elle avait envie de hurler.

« Je vais voir Hermia, déclara Mirany.

— Pourquoi ? l'interrogea Chryse, les yeux écarquillés.

— Afin d'arrêter cette mascarade. Si elle cédait sa place. Si elle acceptait que Rhetia devienne Porte-Parole... »

Rhetia fit un pas en avant.

« Elle ne le fera pas. Si tu te rends chez elle, Mirany, si tu oses aller la voir, tu nous perdras. Toutes. Tu seras seule, prise entre deux feux. »

Mirany vécut un instant de peur panique. Parce que Rhetia disait la vérité. Seth était parti, ainsi qu'Alexos et Oblek. À présent, les Neuf étaient liguées contre elle et Hermia continuerait de la détester. Elle n'avait plus personne au monde pour l'aider.

Moi, je suis là.

Mirany sursauta. Il avait parlé avec une telle douceur, une telle tristesse. Contre toute attente, sa voix lui fournit un regain de courage. Elle hocha la tête.

« Je sais », répondit-elle à ses deux interlocuteurs.

Puis elle fit volte-face et s'éloigna.

Malgré l'esclave qui coiffait Hermia, Mirany se lança.

« Laisse-nous, s'il te plaît. »

La fille obtempéra après avoir obtenu l'accord tacite de la Porte-Parole. Lentement, Hermia se leva, comme si la seule vue de Mirany l'éclairait sur la raison de sa visite.

« Tu ne devrais pas être en train de t'habiller pour la venue du Prince Jamil ? se contenta-t-elle de lui demander.

— Je doute qu'il vienne. » Mirany leva les yeux. « Hermia, je sais que vous me détestez. Pour tout ce qui est arrivé, pour avoir établi Alexos Archonte, pour ce que je vous ai dit. Aujourd'hui, je suis venue vous mettre en garde...

— Me mettre en garde ?

— Vous supplier... de démissionner. De céder la place à une nouvelle Porte-Parole. Vous avez quasiment atteint l'âge de partir. Si vous ne... »

Hermia éclata d'un rire rauque.

« Me menacerais-tu ? » Elle s'avança d'un pas rageur. « Toi ! Toi qui crois entendre le dieu ! Qui penses savoir ce que le dieu veut ! » Elle eut un sourire glacial. Ses boucles parfaites étaient noires sur sa peau blanche. « Moi aussi, je le croyais, Mirany. Quand j'étais jeune et naïve, je croyais savoir ce que voulait le dieu. Puis je me suis rendu compte que c'était ma propre voix, mes propres désirs que j'entendais. Quand je suis devenue Porte-Parole, je croyais que cela changerait. Que l'Oracle palpiterait, résonnerait, rugirait. »

Du bout des doigts, elle s'empara d'un peigne en ivoire.

« Le premier jour, j'étais si terrifiée que j'avais du mal à respirer. Une cité orientale avait envoyé des émissaires pour savoir s'ils devaient envahir le territoire ennemi. J'ai posé la question, j'ai attendu. »

Elle se tourna.

« Est-ce que tu imagines ce que j'ai pu ressentir ? Ce silence. Ce gouffre envahi de fumée, cette bouche ouverte de laquelle rien ne sortait. Rien. L'horreur qui s'insinue en toi quand tu réalises que ces hommes dont le front touche les dalles attendent une réponse. Immédiate. Qu'un millier de Porte-Parole avant toi ont entendu sa voix ou ont prétendu l'entendre. Que personne ne saura jamais combien ont menti. Que personne ne sait si toi, tu dois mentir ! »

Choquée, Mirany ne dit rien. Elle n'avait jamais vu Hermia dans un tel état. Les yeux de la Porte-Parole la transpercèrent.

« Tu aurais échoué. Comme beaucoup. Moi, j'ai réussi. Parce que ma seconde pensée a été la suivante.

Elle était presque aussi époustouflante, aussi jubilatoire : je tenais entre mes mains le destin des cités, la vie de milliers d'hommes et de femmes. Mes paroles pouvaient bâtir des empires ou provoquer leur chute, détrôner des rois. Les paysans pouvaient cultiver les céréales qui me chantaient, les marchands se rendre à l'autre bout du monde si je leur en donnais la permission. Moi ! »

Elle reprit son souffle. Les yeux étincelants, elle posa le peigne qui claqua sur la table en marbre.

« Ce pouvoir est un poison, Mirany. Je ne quitterai pas l'Oracle, que ce soit toi ou Argelin qui me le demande. Quoi que Rhetia puisse faire.

— Vous êtes au courant !

— Je sais que quelqu'un conspire avec le Prince des Perles. Le Général le sait. »

Mirany fit un pas en avant.

« Vous pouvez l'arrêter. L'Oracle...

— Je devrais proclamer que le dieu désire ma démission ! » Elle rit avec froideur. « Dire que tu étais si pressée d'assainir l'Oracle ! Et maintenant, tu veux qu'il répète tes paroles ! Quelle belle hypocrite tu fais, Mirany.

— Et l'Archonte ? »

Elle avait posé sa question avec douceur.

Hermia leva la tête et jeta un regard troublé à Mirany.

« Je suis désolée pour l'Archonte, déclara la Porte-Parole.

— Désolée ? »

Mirany fut pétrifiée.

« Je commençais à penser que tu avais peut-être raison à son sujet. Il y a... Il y avait quelque chose... »

Le ton lugubre de sa voix poussa Mirany à s'avancer et à l'attraper par le bras. Sa force était si grande qu'elle en fut elle-même surprise.

« Il y *avait* ? Qu'est-il arrivé à Alexos ? »

Hermia se dégagea.

« C'est le destin de l'Archonte, chuchota-t-elle, de se sacrifier pour son peuple. Surtout s'il est le dieu. »

La porte s'ouvrit en grand. Six gardes du corps armés jusqu'aux dents pénétrèrent dans la pièce. À leur suite, Argelin entra, l'armure poussiéreuse, la cape rouge sang volant derrière lui. Son air digne masquait mal sa fureur.

« Que se passe-t-il ? s'exclama Hermia. Comment oses-tu...

— J'ose, ma Dame, car les racines de la traîtrise se trouvent en ces lieux.

— Ici ! » Courroucée, elle lui fit face. « M'accuserais-tu ? »

Son visage lisse demeureait impassible.

« Tu es à la tête des Neuf ?

— Tu sais que je ne suis pas responsable des faits et gestes de Rhetia. » Pendant quelques instants, ils se jaugèrent avec la plus grande méfiance. Puis, comme si une part d'elle-même se rassurait, Hermia s'approcha de lui et lui parla d'une voix plus douce. « Qu'y a-t-il ? Que s'est-il passé ? »

La tension retomba. Il agita sa main gantée en direction de la fenêtre.

Mirany regarda au-dehors, bouche bée.

La mer bleue était envahie de bateaux. D'innombrables rangées de galères s'élevaient et retombaient sur les vagues – caravelles, négriers, quinquérèmes[1], tous surmontés d'un grand drapeau arborant le blason de l'Empereur, un cheval rubis au galop. Une multitude de mouettes affolées les survolaient en hurlant. Dans le Port régnait le chaos le plus total : les gens érigeaient des défenses à grands cris, fuyaient, renversaient les cageots de poissons, tiraient d'énormes catapultes le long des quais en pierre.

« Les navires de Jamil sont partis discrètement en oubliant leurs fichus éléphants, déclara Argelin. Le Port est bloqué, toutes les portes des remparts sont fermées. La Cité est barricadée, mais l'Île demeure sans défense. Tu dois m'accompagner, pour ta sécurité.

— Non. » Elle jeta un rapide coup d'œil à Mirany. « Ma place est ici. Je n'abandonnerai pas l'Oracle.

— Hermia, je n'ai pas assez de troupes...

— Le dieu protégera les siens. »

Il tendit la main, lui toucha le bras. Comme elle se raidissait, il l'ôta aussitôt.

« Qu'il en soit ainsi. Le reste des Neuf sera assigné à résidence. Quiconque essaiera de partir sera tué. Le temps de la prudence est terminé. » Il regarda Mirany. « Je suppose que vous êtes contente, maintenant. Le sang coulera dans les rues par votre faute. »

Elle déglutit, pétrifiée par la peur.

Le visage noir de colère, il se pencha vers elle.

« Suis-je aussi terrible, ma Dame ? Suis-je aussi impitoyable que ma chute vaille de tels sacrifices ? »

1. Navire à cinq rangs de rameurs. *(N.d.T.)*

SIXIÈME OFFRANDE
La dispersion des plumes

Ils croient que je veux beaucoup de choses.

Des milliers d'offrandes me parviennent – oiseaux, petites créatures, émeraudes, argenterie. Que donner à un dieu quand il a tout ?

Mon Ombre ne désire rien d'autre que l'obscurité. La Reine des Pluies dispense ses arts, apporte la vie sans rien demander en échange.

Depuis, j'ai réfléchi et j'aimerais certaines choses. Votre cœur et votre esprit. Les trois étoiles.

Qu'on ne me laisse pas seul.

Les privations les tourmentent

Après le Singe vint l'Araignée. Point minuscule au loin, Alexos longeait les sentiers sinueux, silhouette patiente qui progressait d'un pas lourd.

« À quoi pense-t-il ? » demanda le Renard d'une voix rauque.

Seth secoua la tête. Il lui était devenu trop difficile de parler. Comme ils en étaient réduits à une gorgée d'eau toutes les trois heures, il avait la langue enflée, la gorge pleine de poussière. Déglutir demandait un effort surhumain et, pourtant, il s'y obligeait, même si la salive lui manquait.

Selon la Sphère, le point d'eau suivant se trouvait à deux heures à l'ouest. Il fallait qu'il les y conduise. Enfin, Alexos devait les y conduire.

L'Archonte fit demi-tour. À l'instant où il tomba, Seth bondit sur ses pieds, fou d'inquiétude, mais le garçon se releva et poursuivit son chemin, titubant de fatigue. Quand il finit par les rejoindre, il s'assit à côté d'Oblek.

En silence, le Chacal lui tendit l'eau. Il but avec précaution. Une seule petite gorgée.

Les yeux d'Oblek, injectés de sang et douloureux, étaient rivés sur son ami. Depuis deux jours, le musicien n'avait quasiment pas parlé, il se traînait pour suivre la marche. Pendant son sommeil, il transpirait et poussait des hurlements. À présent, il jetait des regards furtifs et effrayés autour de lui. « Il se passe des choses dans le désert », avait-il murmuré à Seth. Il affirmait être poursuivi par des monstres – démons et chiens enragés, spectres qui rampaient sur ses pas...

Seth savait que ces délires étaient dus à la chaleur et aux mirages, mais surtout au manque d'alcool. Oblek séchait sur place. Son corps réclamait du vin dont l'absence le tourmentait. La chaleur et la soif lui dérangeaient l'esprit. *On s'en sortirait mieux, sans lui*, pensa Seth avec amertume. Ce jour finirait par arriver, car depuis peu le musicien trébuchait à chaque pas.

Sans un mot, le Chacal se leva et regarda aux alentours. Accablés, las, ils le suivirent.

Au moins, les Animaux étaient apaisés. Alexos avait insisté pour marcher sur leurs contours. Il leur avait parlé et avait enterré une petite mèche de ses cheveux aux pieds de chacun. Seth frotta son visage douloureux et se souvint du Lion, de la colère qui s'était emparée d'eux. Depuis, ils n'avaient croisé aucun être vivant, pas même un insecte. À présent, les montagnes apparaissaient sur toute leur largeur. Il discernait chaque vallée, chaque pic, bien qu'à l'aube et au crépuscule les sommets les plus hauts fussent perdus dans le brouillard. Parfois, une lueur blanche le mettait au supplice. Était-ce de la neige ? Il n'en avait jamais vu, mais il avait lu de vieux récits de voyages qui en parlaient. De l'eau solide. Cela semblait impossible.

Ils marchaient.

Au fil des heures, leur périple se transformait en supplice interminable. Sous leurs pas trébuchants, le sol était dur et craquelé, vaste plaine saline incrustée de cristaux étincelants. Seuls leurs yeux n'étaient pas couverts, mais ils les protégaient d'une main en visière, pour ne pas finir aveugles.

Les mirages se déplaçaient avec eux – arbres brumeux au loin, jeux de lumière sur miroirs d'eau. Par trois fois, le Renard dut empêcher Oblek de les rejoindre. Le musicien divaguait, racontait des inepties. Leur provision d'eau était épuisée.

Le monde ressemblait à une fournaise scintillante que Seth traversait d'un pas lourd. Toute humidité en lui s'étant évaporée, il ne transpirait même plus. Des histoires et des bribes de comptines flottaient dans sa mémoire défaillante. Il oublia où il se trouvait, qui il était.

Il oublia tout, sauf de mettre un pied devant l'autre. Et l'insupportable soif qui l'étranglait.

Soudain, cette odeur, ce lieu...

Seth secoua la tête. Une puanteur âcre et brute le prit à la gorge et le fit tousser. Le terrain s'était creusé en une immense cuvette. Tandis qu'ils dévalaient la pente, le sol devint poisseux. S'en échappait une matière noire qui se coagulait en flaques. Par-ci par-là, des mares noires et épaisses s'étaient formées, trop visqueuses pour être qualifiées de liquides, même si elles s'écoulaient quand on les observait assez longtemps. Des bulles s'élevaient à la surface, lentement, puis éclataient.

Devant lui, Oblek s'arrêta. Il arracha le turban qui lui cachait le visage.

« Là ! » cria-t-il. Sa grosse main, lourde et tremblante, s'empara de Seth. « Tu as vu ? Regarde ! »

Une vision, encore, terrifiait le musicien. Épuisé, Seth tituba. Des fumées âpres s'élevaient des mares. Des flammes d'un bleu étrange vacillaient à leur surface. Toutes les dix secondes, le bourbier éructait. D'énormes bulles explosaient, comme poussées par en dessous. Était-il possible de vivre là-dedans ? Si tel était le cas, Seth ne voulait pas assister au spectacle.

« Des démons. » Alors qu'il marchait à reculons, Oblek sembla remarquer les mares pour la première fois. Il trébucha, tomba à genoux dans le magma huileux. Voyant qu'il en était couvert, il se frotta le corps, terrorisé.

« Archonte ! Sauve-moi ! Je les sens, Archonte, les oiseaux aux ailes métalliques, les gros serpents enroulés ! Regarde ! Ils s'avancent vers moi ! Archonte ! »

Le Chacal enleva le foulard qui lui protégeait la figure. Ses cils et ses sourcils étaient couverts de sable.

« Il est cuit, conclut-il d'une voix rauque.

— Non. » Alexos paraissait mort de fatigue. Il trouvait à peine la force de parler. « Il n'y a rien ici, Oblek. Il faut qu'on s'en aille. Il y a de l'eau tout près. Vraiment tout près. »

Oblek fit la sourde oreille.

« Partez sans moi, marmonna-t-il. Laissez-moi ici. Les oiseaux ne sont pas loin. Je sens leur odeur.

— C'est cette huile noire...

— Et si je faisais demi-tour, hein ? » Oblek leva les yeux au ciel, le visage illuminé par un sourire dément. « Je retourne au Port. Cela ne me prendra pas longtemps. Une heure. Et je nous rapporterai de l'eau. Du vin. »

Le Chacal et le Renard échangèrent un regard perplexe. Puis le pilleur de tombes entraîna Alexos à l'écart.

« On continue.

— Je ne pars pas sans lui. » Le garçon tapa du pied et tint bon. « Pas question.

— Il est incapable d'aller plus loin. Même toi, tu peux le voir. Il n'a plus sa tête. Il est dangereux.

— Il ne me fera pas de mal. »

Le Chacal fronça les sourcils.

« Petit, il te trancherait la gorge contre un verre de vin.

— Je ne l'abandonnerai pas. Dis-le-leur, Seth. »

Seth suça ses lèvres desséchées. Articuler quelques mots lui faisait souffrir le martyre. La pitoyable silhouette recroquevillée d'Oblek le mettait au désespoir. À sa grande surprise, il dit :

« L'eau n'est pas loin. Nous pouvons le porter jusque là-bas. »

Le Chacal ne bougea pas. Puis il sourit, glacial.

« Surprenant comme le désert dévoile les petits secrets, scribe !

— Il dévoile aussi les noms, Seigneur Osarkon. »

Cette annonce surprit le pilleur, qui ne put cacher l'étincelle dans ses yeux. Seth fut content.

« Ainsi, tu as effectué quelques recherches sur moi. Aurais-je un dossier dans la Cité des Morts ?

— Il en existe un sur les membres de votre famille. Leurs tombeaux. L'un d'eux était Archonte, il y a des siècles.

— Le pire : Rasselon.

— Même lui n'aurait pas laissé un homme mourir dans le désert. »

Le Chacal le toisa avec froideur.

« Que dois-tu au bouffi ?

— Il m'a rattrapé un jour. Alors que je tombais. »

Derrière eux, Oblek poussa un grognement – signe qu'il se rappelait. Pendant un instant, il dévisagea Seth et une vague lueur de sa vigueur passée traversa son regard.

Le Chacal haussa les épaules, s'approcha d'Oblek et, avec fermeté, glissa un bras sous son aisselle. Seth se plaça de l'autre côté. Ensemble, ils remirent le colosse sur ses pieds et disposèrent ses bras sur leurs épaules.

« Montre-nous la route, petit, ordonna le Chacal. Tu as une heure et pas une minute de plus pour nous conduire au point d'eau. Nous mourons de soif. »

C'était sans compter le terrain visqueux, glissant, qui ralentissait leurs pas. Brumes et fumerolles voilaient le soleil. Leur odeur les rendait malades, leur tournait la tête. Tandis qu'ils titubaient, Seth pria pour qu'Alexos se souvînt de la direction qu'il lui avait murmurée quelques heures plus tôt – maintenir le cap sur la fissure dans la montagne devant eux, surveiller la pente, l'apparition des cactus.

Au bout d'une heure de marche dans la touffeur caniculaire, ils ne s'étaient toujours pas écartés du champ d'huile noire, et il n'y avait aucun cactus en vue. Alexos s'effondra à quatre pattes et fondit en larmes.

Seth scruta le désert. *Et si la source s'était tarie...*

« Qu'est-ce que c'est ? » demanda le Renard.

Des oiseaux.

Haut dans le ciel, ils planaient sur les courants ascendants.

Le Chacal qui se tenait le flanc leva les yeux.

« C'est là ? »

Alexos se tourna vers Seth qui esquissa un petit signe de la tête. Ce que le Chacal remarqua. Aussitôt, il lâcha Oblek et tira son épée, une lame étincelante et mortelle.

« Chef ? » s'exclama le Renard qui avait déjà sorti deux couteaux.

Le pilleur de tombes s'approcha de Seth, appuya la lame sur son cou et lui souleva le menton. Le bord aiguisé était chaud. Le scribe sentit la piqûre d'une entaille.

« Dis-moi, grommela le Chacal, ce qu'il se passe ici.

— Rien », haleta Seth.

D'un geste rapide, le Chacal coupa la lanière de son paquetage qui s'écrasa au sol.

« Fouille ce sac ! » ordonna le pilleur.

Au bout de quelques secondes, le Renard sortit la Sphère. Il la jeta au Chacal qui l'attrapa d'une main et écarquilla les yeux.

« D'abord une étoile, et maintenant la lune ! Que me cachez-vous d'autre, bande de fous ?

— Sale voleur, marmotta Oblek. Si mes pieds m'obéissaient... »

Le Chacal l'ignora. Il rengaina son arme et examina brièvement la Sphère. Ses doigts effleuraient les lettres ciselées.

« Très vieil objet. Une carte ? »

À contrecœur, Seth fit oui de la tête, tout en se frottant le cou. La fine coupure le picotait.

« Qui indique le chemin du Puits, sans doute. Tu l'as lue. Quelle en est la traduction ? »

Seth demeura muet. Le pilleur leva un sourcil.

« Le crois-tu, Renard ? Il nous cache encore des choses ! Comme la dernière fois ! » Il s'approcha de lui. « Je suppose que tu as également mémorisé cette carte !

— Sans moi, cette Sphère ne vous servira à rien.

— Non ?! Et si je pouvais la décrypter, moi aussi ? »

La panique dut se lire sur le visage de Seth, car le Chacal éclata d'un rire grinçant.

« Sache, scribe, que j'ai eu pour maîtres les meilleurs que tu aies jamais rencontrés. J'ai peut-être un peu perdu, mais je crois être capable d'en déchiffrer une partie. Regarde, nous sommes ici. » Il toucha les signes indiquant le champ d'huile, les minuscules lettres cunéiformes, l'emblème du vautour emprisonné que Seth avait mis des heures à interpréter.

« Ce hiéroglyphe dans le coin, c'est la source. » Il leva les yeux. « Le paysage s'est asséché. Des siècles de sécheresse se sont écoulés depuis la création de cette Sphère. Cependant, il se peut que la source soit encore là. »

Une demi-heure plus tard, alors que le musicien engourdi frissonnait, Alexos couché en boule contre lui, Seth se redressa en grimaçant, le dos rompu.

« J'ai trouvé ! »

Le Renard plongea dans le trou, s'empara de la pelle en bois et creusa avec frénésie. Affaibli, mais soulagé, Seth s'extirpa de la fosse et s'agenouilla sur le sable brûlant, les mains écorchées. Pendant qu'il creusait, le Chacal n'avait cessé de l'observer. Assis, les doigts serrés autour de la Sphère, ses yeux en amande ne l'avaient pas lâché.

« De l'eau, Chef ! »

Le trou ne faisait qu'une cinquantaine de centimètres, mais le fond était déjà boueux. Le sable s'assombrissait au fur et à mesure qu'une petite mare se formait. Le Renard en écopa un peu, goûta avant de cracher.

« De l'eau pure, mais il faudra attendre qu'elle se décante.

— Agrandis la fosse. Nous devons remplir tous les récipients. »

Cette tâche prit une heure supplémentaire. Au bord de la folie, brûlants de soif, ils patientèrent jusqu'à ce que le sable se dépose au fond du trou. Le soleil s'était couché. Au loin, à l'ouest, les oiseaux qu'ils avaient repérés décrivaient des cercles devant les contreforts. Alexos les observait.

« Ce ne sont pas des oiseaux », déclara-t-il soudain.

Le Chacal mâchonnait une olive sèche.

« Vraiment ?

— Ce sont des hommes ailés. »

Le Renard renifla.

« Vous ne me croyez pas ? » Alexos le dévisagea, surpris. « Je suis l'Archonte. Je sais certaines choses.

— Tu ne sais même pas où se trouve ton cerveau, chevrier ! »

Alexos fronça les sourcils.

« Lui me croit. »

Il avait désigné le Chacal qui essayait d'avaler la dernière olive sans y parvenir.

« Il a raison, Renard. Je commence à le croire. L'ancien Archonte était un vieux fou furieux. Il se peut qu'il se soit réincarné dans ce garçon. »

Le Renard grimaça. Alexos s'agenouilla dans le sable.

« Ce n'est pas ce que je voulais dire. Et vous le savez. »

La nuit était tombée, très vite. La pénombre leur apporta un certain réconfort. Le pilleur de tombes et Alexos se faisaient face. Quand il reprit la parole, le Chacal avait la gorge sèche.

« Pendant un instant, quand il s'est mis à pleuvoir, j'admets que peut-être... j'ai pensé... je me suis demandé si tu n'étais pas l'Archonte, le vrai. Mais le dieu ne se sert pas de voleurs, de gros musiciens et de scribes menteurs pour arriver à ses fins. À mon avis, je ne suis pas un instrument du destin.

— Tout le monde, déclara Alexos sur un ton solennel, sert la cause des dieux, Seigneur Osarkon.

— Même le dernier des derniers ? Même ceux qui violent les tombes ? »

Le visage parfait d'Alexos demeura stoïque.

« Pourquoi vous détestez-vous autant ? Est-ce à cause des morts dont vous rêvez ? Vous tourmentent-ils, la nuit, dans le noir ? »

Le Renard se raidit. Oblek n'en perdait pas une miette, la fascination se lisait dans son regard pourtant vitreux.

Au bout d'un moment, le Chacal aux yeux manaçants approcha son visage de celui du garçon.

« Qu'en sais-tu ?

— Je connais la souffrance infligée par le remords. J'ai volé les pommes d'or.

— Le remords ? » Le Chacal esquissa un sourire. « À quoi ça sert ? Leurs trésors leur manquent-ils, aux morts ? L'eau et la nourriture qu'ils peuvent acheter avec leurs bijoux leur restent-ils en travers de la gorge ? »

Tu sais que oui.

Le voleur faillit ciller. Au lieu de gifler ou de frapper Alexos, comme le craignait Seth, le Chacal murmura :

« C'est ce que je me dis. Parfois. »

Leurs pas hantent tes rêves.

« Le dieu, lui, doit savoir. »

Je sais, mon fils.

« Alors, emmenez-les avec vous, Votre Sainteté. Je vous en supplie, enlevez leur poids de mon âme et c'est avec joie que je croirai au dieu qui est en vous. Montrez-moi vos pouvoirs. Ôtez-moi cette culpabilité. Je veux croire. » Il y avait dans ses yeux une douleur sourde que Seth n'avait jamais vue auparavant. Quand le Chacal se redressa, cette lueur s'envola. Puis il déclara d'un ton nonchalant : « Et pendant que tu y es, pourquoi tu ne transformerais pas le désert en un verger de figuiers ? »

Le Renard poussa un râle. *De soulagement*, se dit Seth.

« Vous vous moquez de moi ! lança Alexos, boudeur.

— Si tu es le dieu, tu dois voir clair dans mon jeu. » Avec mille précautions, il déposa la Sphère dans son sac. « Je n'ai donc pas à m'inquiéter pour ta sécurité, n'est-ce pas ? »

Un bruit l'interrompit. Allongé de tout son long sur le sable, Oblek lapait l'eau tel un chien.

Plusieurs heures plus tard, épuisé, plongé dans un sommeil profond qui le berçait et l'enveloppait comme un cocon chaud, Seth s'aperçut que la source débordait. L'eau était montée durant la nuit et, à présent, les rebords sablonneux s'effondraient dans la fosse. L'eau inondait le désert – grand lac brillant au clair de lune.

Sur ce lac voguaient des navires, une flottille entière de bateaux de guerre de toutes les tailles. Ils avançaient vers lui, leurs voiles bombées alors qu'aucun vent ne soufflait. Leurs lourdes quilles traçaient des sillons dans le sable.

Seth vit Mirany debout à ses côtés.

« Je suis venue de Mylos dans un bateau identique », lui apprit-elle.

Il hocha la tête.

Des soldats sautaient par-dessus bord. Ils portaient les armes de l'Empereur. Les éléphants barrissaient. Tout autour, dauphins et poissons volants bondissaient, ainsi que les néréides[1].

1. Nymphes maritimes, ou sirènes. *(N.d.T.)*

« Que comptes-tu faire ? » chuchota Seth, inquiet.

Elle secoua la tête.

« Je ne sais pas, Seth. Je ne sais plus de quel côté je suis. Il ne reste plus que moi. Je suis seule. »

La flotte disparut. Mirany se tenait sur un rocher, minuscule esquif au milieu de la mer déserte. Il s'éloignait d'elle, emporté par le courant. Et il ne savait pas nager, il coulait à pic.

« Oblek ! » haleta-t-il. Pas de réponse.

En bas, loin sous ses pieds, le visage noyé et boursouflé d'Oblek le fixait.

Il se réveilla.

Quelqu'un le tenait par le bras et le secouait très fort.

Tout en essuyant la sueur de son visage, il roula sur le côté.

« Seth ! appelait Alexos. Écoute ! Qu'est-ce qu'il voulait dire, tout à l'heure, quand il a parlé d'une étoile ?

— Pardon ?

— Le Chacal. Que voulait-il dire par “D'abord une étoile et maintenant la lune” ? Quelle étoile ? »

Seth laissa retomber sa tête ; sa cape lui parut si douce... Il se sentait à bout de forces, les mains encore endolories par le manche de la pelle.

« Dors ! grommela-t-il.

— C'est important ! » Alexos semblait désemparé. « S'il te plaît !

— Une étoile. Je l'ai achetée. Il me l'a prise. » Il marmonna ces quelques mots dans le demi-sommeil qui l'engoutit de nouveau, délicieux.

« Une vraie étoile ?

— Demande au Chacal. »

Et Seth se rendormit. Jusqu'à ce qu'une petite voix au loin déclare :

« Je ne peux pas. Il est parti. »

Pendant une grosse seconde, Seth ne réagit pas. Puis il ouvrit les yeux.

« Qui est parti ?

— Le Chacal, et le Renard aussi. »

D'un coup de reins, il s'assit et regarda devant lui. Puis il jura et bondit sur ses pieds.

Oblek ronflait près du trou d'eau, deux sacs pleins à ses côtés.

Aux alentours, le paysage sauvage, immobile, baignait dans le silence précédant l'aube. Une faible lueur rose naissait à l'est. À l'ouest, les montagnes brillaient, leurs cimes étincelaient. Quant au désert, il était vide de toutes parts.

La liberté s'achète et se vend

Les termes étaient clairs.

Le Port devait se rendre, désarmer, et remettre Argelin. Dès que l'Empereur aurait installé un Satrape[1], l'Oracle subirait un rituel purgatoire et une nouvelle Porte-Parole serait désignée.

« Par Jamil, soupira Chryse, je te parie ce que tu veux que ce sera lui, le *Satruc.* »

Mirany secoua la tête, impatiente.

« S'ils croient qu'Argelin se laissera capturer aussi facilement ! Quoi d'autre ?

— Un tribut. Cinq millions de shekels, à remettre à l'Empereur. Imagine qu'ils nomment Porte-Parole une étrangère, Mirany ! »

Épouvantée, elle agrippa le siège quand la litière vacilla.

« Il se battra.

1. Gouverneur de province chez les anciens Perses. *(N.d.T.)*

— La relève de la garde à l'extérieur de la Maison Basse a eu lieu à midi. Ceux qui venaient du Port n'arrêtaient pas d'en parler. Un homme est descendu d'un bateau et a apporté la lettre de reddition. Argelin a mis le feu au document devant tout le monde. Ensuite, il a demandé au messager d'enlever ses habits et ses bijoux, un soldat lui a coupé les oreilles et ils l'ont renvoyé à Jamil en haillons, en lui indiquant que ce serait le seul tribut que le Prince obtiendrait des Deux-Terres. Puis le Général a ordonné le bombardement. »

En effet, Mirany entendait le fracas au loin. Les grandes catapultes disposées sur les quais avaient fonctionné toute la matinée. Depuis l'Île, on percevait le cliquetis du dispositif d'enroulement, le sifflement, le souffle puis le claquement de la corde détendue, les bruits d'éclaboussures quand les boulets plongeaient dans la mer, le grésillement et la puanteur de la poix brûlante.

« Mais cela ne sert à rien ! » continua Chryse. « Leur flotte est hors de portée !

— Il ferait mieux d'économiser ses munitions. »

Mirany jouait avec le masque posé sur ses genoux. Un siège, même bref, serait désastreux. Les navires de l'Empereur bloquaient le Port, empêchant quiconque d'entrer ou de sortir. L'ennemi savait que leur pays ne vivait que d'importations. Quasiment rien ne poussait sur ces terres, par ailleurs arides. Derrière s'étendait le désert infini. Au bout de quelques jours, les restrictions commenceraient, entraînant la faim, les bagarres, etc. Sans marchands, le peuple du Port mourrait de famine, les milliers d'employés de la Cité ne seraient pas payés. Elle n'osait penser aux émeutes qui ne manqueraient pas de se produire.

Tandis que la litière arrivait sur la place du marché, elle s'aperçut que la panique régnait déjà. Les tensoins étaient palpables. Elle entrebâilla les rideaux et vit les étals vides, les files d'attente, les soldats omniprésents. Les prix avaient flambé : les sacs de blé se vendaient trois fois plus cher que la veille ; une femme insultait un forain entouré de trois grands esclaves. Mais les gens payaient. La nourriture serait amassée comme autant de bijoux, les déchets jetés la semaine précédente seraient récupérés dans les tas d'ordures.

« Et nous ? chuchota Chryse. Les offrandes continueront-elles à nous parvenir ?

— Je ne sais pas. Pendant quelque temps, oui, car l'Île est mieux lotie. »

En effet, c'était le seul lieu de verdure à des kilomètres à la ronde, pensa-t-elle. Y poussaient des oliviers, des citronniers, des orangers. Les resserres situées sous le Temple étaient toujours remplies. Combien de temps les gens tiendraient-ils avant de se ruer sur l'Île ?

Soudain, elle agrippa le cadre en balsa de la litière et cria :

« Stop ! Stop ! STOP ! »

Les six esclaves s'arrêtèrent, la litière chancela. L'un d'eux se tourna avec gaucherie.

« Votre Sainteté ? »

Elle sauta à terre après avoir jeté le masque de Porteuse dans les mains de Chryse.

« Tiens-moi ça !

— Où vas-tu ? Oh ! Mirany ! Les soldats... ! »

La jeune prêtresse rabattit son châle sur sa tête.

« Vite, donne-moi tes bijoux, Chryse.

— Pardon ?

— Maintenant ! »

Elle s'empara des bagues que Chryse enlevait à contrecœur, puis elle lui arracha ses boucles d'oreilles.

« Non ! Pas mes boucles ! » hurla Chryse.

— Attends-moi ici. » Elle saisit l'esclave par le bras. « Garde les rideaux fermés. »

Mirany prit ses jambes à son cou et traversa la place. Elle sautait par-dessus les tas d'ordures, le crottin d'âne, se faufilait entre les files d'attente sinueuses et les chiens qui se battaient pour des restes. Elle s'arrêta pour regarder autour d'elle. Elle l'avait vu. Où étaient-ils ?

Soudain, un reflet de bronze attira son attention.

Deux soldats le conduisaient au marché aux esclaves. Pa était attaché par une corde passée à ses poignets. L'autre extrémité était enroulée autour de l'épaule d'un soldat. Mirany fut soulagée de constater qu'il n'était pas enchaîné. Elle courut à leur poursuite.

Ils tournèrent au coin de la rue. Elle les vit dévaler un petit escalier blanc qui menait à la terrasse inférieure. Une arche enjambait la ruelle. Au-dessus, quelques fleurs rouges poussaient à une minuscule fenêtre munie de barreaux.

« Attendez ! Attendez ! C'est le dieu qui l'ordonne ! »

Les gardes se retournèrent. L'un leva sa lance, mais quand il constata que Mirany était seule, il inclina son arme, réticent, puis baissa la tête. L'autre, plus insolent, la regarda droit dans les yeux.

« Sais-tu qui je suis ? se hâta-t-elle de lui demander.

— L'une des Neuf.

— La Porteuse. La Porteuse du dieu. »

Elle s'approcha du soldat. Il était jeune, le regard sévère. *Mon dieu, comment vais-je m'y prendre ? Aide-moi. J'ai besoin de ton secours, maintenant.*

Le garde hocha la tête. Était-ce en signe d'approbation ?

« Cet homme... Il y a eu un changement de plan. Vous devez me le remettre. »

Immobile, Pa prenait soin de ne pas la regarder.

Les soldats échangèrent un coup d'œil.

« On nous a dit...

— Peu importe ! » Elle se redressa, leva le menton. « Je vous dis qu'il vient avec moi. »

Le soldat à la lance passa la langue sur ses lèvres. Celui-ci ne lui poserait pas de problème, contrairement à l'autre, qui la dévisageait d'une manière déplaisante.

« Argelin veut qu'il soit vendu, déclara-t-il. Le Général nous a ordonné de ramener l'argent comme preuve. »

Elle acquiesça. Le garde ne la quittait pas des yeux.

« Vous comprenez, ma Dame...

— D'accord. Je l'achète. »

Sa réponse fut trop rapide. Elle trahissait sa hâte, sa peur. Seth s'en serait mieux sorti – une prétendue réticence, l'annonce d'une somme à laquelle il se serait tenu. Elle n'avait pas le temps. Si Argelin s'en prenait à elle ensuite...

Elle leur tendit les bijoux, les siens et ceux de Chryse.

Malgré sa défiance, le soldat écarquilla les yeux.

« Nous ne...

— C'est pour vous. Je vous l'achète. Prenez. Vendez-en une partie et donnez l'argent à Argelin. Gardez le reste. C'est le prix de dix esclaves, à l'heure actuelle. Mais cela doit rester secret. »

La main de Pa se raidit sur la corde. Pendant un instant, seul le cri des mouettes brisa le silence. Tout à coup, le garde s'empara des bijoux et fit glisser l'extrémité de la corde dans la main de Mirany.

Aussitôt, Pa se tourna et prit la fuite, suivi de près par Mirany. Soudain, il pivota au milieu de la place et cria :

« Telia ! Où est Telia ?

— La litière ! Là-bas ! »

Chryse était sortie. Les esclaves attendaient près de la litière. Ils restèrent bouche bée quand ils virent Mirany arriver en courant. Elle poussa Pa à l'intérieur et hurla à Chryse :

« Monte ! Vite ! »

En toute hâte, les esclaves se courbèrent et les soulevèrent. Comme le poids supplémentaire les ralentissait, Chryse passa la tête au-dehors et aboya :

« Dépêchez-vous ! »

Hors d'haleine, Mirany s'adossa au banc moelleux. En face d'elle, Pa était effondré.

« Où est Telia ?

— Je l'ignore ! Seth m'a demandé de prendre soin de vous. Et quand je suis allée chez vous, vous aviez disparu !

— Argelin nous a arrêtés. » Pa la dévisageait. Il avait les traits tirés, le visage hagard. « Je ne sais pas pourquoi. » Puis il ajouta : « Ils doivent vouloir se servir de nous pour l'atteindre. Ils ont emmené Telia, ce matin. Où est-elle ? Que lui font-ils ? »

L'angoisse lui nouait la gorge.

Mirany enfila son masque. Sa voix étouffée leur parvint comme un écho.

« Je vous promets que nous la retrouverons. »

Les traces que suivait Seth étaient nettes. Elles menaient à l'ouest. À ses côtés, Oblek cheminait, courbé sous le poids du paquetage. Fatigué, Alexos errait sur la droite.

Le vent qui s'était levé charriait du sable qui les cinglait. La chaleur les taraudait. Ils avaient mis des heures à remplir leurs gourdes en cuir avec de l'eau sableuse. Pendant ce temps-là, Oblek avait maudit le Chacal, sa maison, ses parents, les parents de ses parents. Malgré le paysage désert, aucun d'entre eux ne parvenait à croire que le Renard et lui avaient disparu. Seth continuait de les chercher du regard, une main en visière.

Quand ils avaient fini par admettre l'évidence, les disputes avaient commencé. Seth avait suggéré de faire demi-tour, Alexos avait insisté pour poursuivre.

« Jamais nous ne parviendrons au Puits.

— C'est pour Oblek que nous y allons, Seth. C'est Oblek qui a besoin des chansons ! »

En conclusion, le colosse avait posé une main sur le sable, s'était soulevé et avait jeté le sac sur son dos. Puis il avait toisé Seth.

Quelque chose avait changé en lui. Ses yeux étaient fixes – endoloris et rouges à cause des grains de sable, mais fixes. Ils ne cherchaient plus des démons, et ses mains tremblaient moins. Le musicien bomba le torse, enroula son écharpe autour de sa figure et de sa tête avant de l'enfoncer dans le col de sa tunique sale. Puis il ramassa la dague que le Renard avait laissée fichée dans le sable, et passa le pouce le long de la lame. N'ayant pas parlé depuis longtemps, il avait la voix rauque.

« Je suis ton débiteur, gratte-papier.

— Je suis ton débiteur. Par deux fois. »

Le musicien hocha la tête.

« Il m'aurait abandonné là. En tout cas, il y a de la nourriture, de l'eau. Il nous a donné les moyens de rentrer. Si tu veux partir, pars. Tu t'en sortiras.

— Il n'y a pas si longtemps, tu mourais d'envie de...

— Il n'y a pas si longtemps, je n'avais plus toute ma tête. À présent, je suis au bord du gouffre : je n'arrête pas de trembler, j'ai les jambes en coton, et j'ai l'impression que des petits asticots rouges grouillent sous ma peau. Mais je suis redevenu Oblek. Et il n'est pas question que je rentre ou qu'un rat de tombeau prenne pitié de moi. » Il essaya de croiser les bras. « Autrefois, j'étais musicien. Le meilleur, le plus rare. J'ai goûté à la vie sans ce privilège et elle empeste. Je ne veux pas être sec, scribe. Je ne veux pas continuer à vivre sans chansons. Quoi qu'il y ait là-bas, je m'y rendrai, même s'il me faut parcourir chaque centimètre en rampant. » Il se tourna vers Alexos. « Conduis-moi à ton Puits magique, mon vieil ami. »

Depuis, plusieurs heures s'étaient écoulées et Seth l'observait. Il devait admettre que le colosse était robuste. La chaleur prodigieuse aurait tué n'importe qui, mais, bien que secoué de frissons, Oblek était sorti de son délire, d'une descente aux enfers dont Seth n'avait pas idée. Le Chacal avait eu tort de le considérer comme perdu. Le scribe fronça les sourcils. Le pilleur de tombes détenait la Sphère et n'avait plus besoin d'eux. Mais il leur restait leur propre voyage à terminer.

Oblek se retourna. Il avait la voix rauque.

« J'ai soif », dit-il d'une vois éraillée.

Seth hocha la tête.

Ils s'accroupirent. Ils n'avaient nulle part où s'abriter, aucun rocher, aucun buisson.

Les empreintes du Chacal se perdaient sur le sol aride.

Une gourde en cuir passa de main en main, les yeux demeuraient rivés sur le récipient pendant que chacun buvait à petites gorgées. Oblek prit soin de lécher une goutte sur ses lèvres brûlées.

« Indique-moi le chemin. Si quoi que ce soit t'arrivait... »

Avec un haussement d'épaules, Seth murmura :

« Nous avons passé la région des Animaux. Il y en a d'autres : le grand Scarabée et une bête qui ressemble à un crocodile, mais ils sont plus loin au nord et nous ne les croiserons pas. »

Tant mieux. La Sphère désignait le Scarabée en ces termes : « Voici l'animal du déclin et de la rédemption de la corruption. Son pouvoir réside dans les endroits les plus intimes, dans les fines couches et les moisissures de l'ensevelissement, dans les contagions de la pestilence. »

Inapaisée, sa vengeance était terrible.

« Ensuite ? » Oblek se frotta le menton d'une main tremblante. Il ferma le poing.

« Difficile. Le texte était usé. Une histoire de migration d'oiseaux dans le ciel... De perchoirs. » Seth gratta son genou qui pelait. Il avait déchiffré un autre mot qu'il ne désirait pas mentionner.

« Parle », demanda Alexos sur un ton calme.

Le scribe leva des yeux effarés. Il déglutit.

« Un hiéroglyphe. J'ai passé des heures à chercher sa signification dans de vieux rouleaux. J'ai découvert un syllabaire écrit à l'époque de Sretheb.

— Et... ? » grogna Oblek.

Seth fronça les sourcils.

« Dévorer. Manger vivant. »

Silence.

« Un endroit où il y aurait de la nourriture ? » marmonna Oblek.

Il haussa les épaules. Aucun d'entre eux n'y croyait vraiment.

« Le Chacal aurait-il pu lire ce signe ? demanda Alexos.

— Aucune chance, déclara Seth avec mépris. Il est si imbu de sa personne ! Même moi, j'ai dû chercher des heures et des heures.

— Même toi ! » opina Oblek. Les yeux rivés sur le paysage désolé, il ruminait. « Il n'aurait pas dû nous abandonner. Je ne manquerai pas de le lui dire quand j'écrabouillerai son petit visage d'aristocrate.

— Le vieil Oblek est de retour ! »

L'attention de l'Archonte fut soudainement attirée par un mouvement flou, au loin, du côté des montagnes.

« Des oiseaux ? demanda Seth.

— Non. » Le garçon lui lança un regard entendu avant d'ajouter : « Je crois qu'ils se sont échappés. De ses rêves. »

Le théâtre était bondé. Chaque siège, chaque bout de banc en pierre était occupé par un homme, une femme, un scribe, un marin, un marchand ou une prostituée, tandis que les rangées du haut accueillaient les esclaves. Le charivari de la foule et le tapage des soldats d'Argelin étonnèrent Mirany. Le bruit résonnait sur la scène comme sur les pentes d'un coteau – tohu-bohu marqué par la peur. Sous son masque, des gouttes de sueur lui chatouillaient le front. Quand les soldats croisèrent au même moment leurs lances, formant ainsi une phalange serrée autour de la scène, le cliquetis lui fit penser à un ensemble de cymbales annonçant le début d'une pièce de théâtre.

Les Neuf étaient assises sur des tabourets bordés d'argent soigneusement disposés autour d'un brasero. Derrière elles, une image du dieu regardait dans un miroir – deux visages opposés du marbre blanc le plus pur.

Alexos. Qu'avait voulu dire Hermia à son sujet ?

Grande, royale, la Porte-Parole se tenait devant les prêtresses. L'assistance se tut dès qu'Argelin gravit les marches pour se placer en face d'elle.

Les Neuf se levèrent, bruissement de robes blanches, froufrous de leurs coiffes en plumes et lapis-lazuli.

Leurs masques impassibles et souriants observaient la foule. Au-dessus de leurs têtes, dans le ciel d'un bleu limpide, trois oiseaux décrivaient des cercles.

Galant, Argelin s'inclina devant la Porte-Parole, puis se tourna vers l'assemblée.

« Citoyens, nous sommes attaqués. Un grand Empire menace de nous envahir. Il est plus fort que nous et possède plus de navires, plus d'armes. Nos échanges sont empêchés, le Port est en état de siège parce que les Princes des Perles désirent contrôler le plus grand trésor de nos terres : la bouche du dieu ! »

L'acoustique était parfaite. Il élevait à peine la voix. Le silence répondit à son discours.

La brise soulevait le bord souple des capes et des toges.

« Ils veulent notre reddition. Ils veulent régner, prélever des taxes et vous vendre comme esclaves. Ils veulent obtenir le pouvoir de dire au monde ce que désire le dieu. Moi, je déclare que jamais ils n'auront ce pouvoir. L'Oracle nous indiquera comment gagner cette bataille. Le dieu sauvera son peuple ! »

Un applaudissement. Timide, incertain. Puis les soldats rugirent, la clameur envahit le théâtre. Le visage lisse et calme, Argelin regardait. *Un acteur*, pensa Mirany. *Un grand acteur qui sait que son public le craint*. Il leva le bras, le bruit s'atténua.

« Ils veulent que vous me remettiez entre leurs mains. Si tel est votre désir, je partirai. Vous n'avez qu'un seul mot à prononcer. »

Silence complet, excepté un léger soupir de mépris de la part de Rhetia. Personne ne bougea, tous demeuraient pétrifiés, comme si le moindre mouvement risquait de les condamner. Argelin scruta les gradins. Les soldats l'observaient, impassibles.

Ils ont peur de respirer, pensa Mirany.

Tu as un masque derrière lequel te cacher, souviens-t'en.

Elle faillit pousser un cri de surprise. Derrière les fentes de son masque, Chryse la fusilla du regard.

« Tu... Tu ne veux pas que je prenne la parole, hein ? Pas ici, devant tous ces gens ? »

Tu le pourrais. « Rendez-vous ! » pourrais-tu crier. La foule se joindrait à toi, taperait du pied, applaudirait. Les plus audacieux. Tu pourrais le mettre au pied du mur, Mirany.

Le silence était terrible. Il étouffait la jeune prêtresse. La voix du dieu était grave et froide.

Non. Ne les méprise pas, Mirany, parce qu'ils sont comme toi.

Argelin fit la révérence avant de lever les yeux.

« Votre confiance, mes amis, m'honore. »

Son ton dédaigneux n'échappa ni à Mirany ni à Rhetia. L'Échanson fit un petit pas en avant.

Les autres prêtresses se figèrent.

En toute hâte, Hermia tendit les mains et jeta une poignée d'encens dans le brûle-parfum. La poudre crépita, de la fumée parfumée s'éleva.

Les bras écartés, Hermia respira à pleins poumons.

« Dis-nous, Porte-Parole du dieu. Que nous conseille l'Oracle ? Car l'Oracle se trouve ici, où que tu sois. Le dieu est ici, et toi seule peux l'entendre », clama Argelin.

Mirany se tourna. Rhetia se tenait immobile, trop immobile.

« Ne la laisse pas intervenir ! »

Je ne peux pas l'arrêter. Mais je crois qu'elle ne prendra pas de risque. Elle pense qu'Argelin va perdre cette guerre.

« La perdra-t-il ? »

Silence, Mirany. Je ne m'entends pas parler.

Hermia oscillait, son masque à la bouche ouverte émettait de petits halètements. Chryse et Ixaca se tenaient derrière elle, au cas où elle tomberait.

« Notre Lumière, Seigneur Soleil, Dieu-Souris, Roi Scorpion, scanda Argelin, conseillez-nous. »

Des mots sortirent de la bouche. Le théâtre entier entendit leur écho.

« Un sacrifice. Donnez-moi ce que vous avez de plus précieux. »

« Ils ont tué quelque chose ? »

Dans la pénombre, Seth agenouillé examinait les marques sur le sable.

« Peut-être. C'est du sang... Regardez ! Des plumes.

— Avec quoi ? grommela Oblek. Le Renard n'avait pas d'arc. »

Les bras croisés, le colosse transpirait à grosses gouttes.

« Peut-être que l'oiseau est descendu en piqué. Attiré par une charogne. »

Les plumes à la main, Alexos les examinait avec soin.

« Elles n'appartiennent pas à une seule espèce d'oiseau, Seth, déclara Alexos. Mais à plusieurs. »

Le scribe se leva, et son ombre s'étendit sur la dune derrière lui. La nuit était tombée, aussi brusquement que les jours précédents. La lune frôlait les montagnes.

Seth tendit la main pour toucher les plumes – quelques-unes jaunes et petites, une longue noire et blanche, cassée, une poignée de duvet gris, deux ou trois roses, d'un flamant, peut-être.

« Regardez ! s'exclama Alexos, qui fouillait le sable. Des plumes de mouette.

— Il n'y a pas de mouettes dans ce fichu désert.

— Non, Oblek, je le sais. Attends ! Ce n'est pas tout ! »

Un morceau de chiffon dépassait. Le garçon tira sur l'étoffe, qui vint de manière si soudaine qu'il tomba à la renverse. Le tissu était rouge foncé, rayé – des couleurs criardes. En silence, ils l'étudièrent. Il était lacéré et ensanglanté. Oblek parla le premier.

« Le Renard portait une écharpe comme ça. »

Seth retourna la toile. Elle était couverte de sang.

« Quel oiseau est capable de cela ? » murmura-t-il.

Tout à coup, Alexos leva la tête. Au loin, à l'ouest, se confondant presque avec la chaîne de montagnes, une silhouette sombre battait des ailes.

« Quoi que ce soit, souffla-t-il, il revient. »

Ils l'avaient vêtue d'une robe blanche ornée de plumes.

Derrière les fentes de son masque, Mirany assista à la scène. Ils la transportèrent en haut des marches. Autour d'eux, une nuée de colombes s'envolait, telle une douleur blanche et papillonnante, des paniers qu'ouvraient les soldats.

Telia.

Un geignement tragique fendit la foule. Si c'était Pa, elle pria pour qu'on le retienne.

Le plus calmement du monde, la fillette fit face à l'assemblée. Impassible, Telia scrutait la mer de visages, sans crainte.

Argelin s'approcha d'elle et lui mit la main sur l'épaule. La fillette le regarda avec gravité. Puis il la conduisit vers l'autel, la souleva et la posa assise, sur le marbre. Ses pieds nus balançaient dans le vide.

Enfin, il se tourna vers Hermia.

« Notre Lumière. L'Archonte est absent. Il ne peut pas offrir sa vie à son peuple. C'est pourquoi nous t'apportons celle-ci à sa place. »

Tassés les uns contre les autres

L'oiseau était gigantesque.

Il était d'une telle envergure que le ciel semblait ne pas pouvoir le contenir. Immobile, il se laissait porter par les courants d'air, se livrant avec paresse à la chaleur mordante qui montait des terres. Tout à coup, il plongea.

Lentement, il zigzagua sans quitter des yeux la dune, les plumes éparpillées, le tissu maculé de sang. Autour, tout indiquait qu'une lutte avait eu lieu. Les empreintes de pas conduisaient à cet endroit et stoppaient net.

Le regard perçant du volatile ne déviait pas, les serres acérées plaquées sous son ventre. Dans ce paysage nocturne, nul ne bougeait, ni souris, ni scarabée. Il n'y avait rien nulle part, à des kilomètres à la ronde.

« Que pouvons-nous faire ? » haleta Mirany.

Nous ?

« Nous devons agir ! Il m'a demandé de prendre soin d'elle. Ne vois-tu pas que tout cela est ma faute ? »

Elle aurait aimé crier, bondir, hurler. Penser à Seth lui brisait le cœur.

C'est idiot, Mirany. Certaines personnes agissent de concert. Chryse ne t'a pas donné la lettre, Argelin les a arrêtés. Les gens pensent si souvent que leurs actes sont importants.

Il semblait presque maussade. Consternée, elle chuchota :

« Tu ne comptes pas accepter ce sacrifice ? »

Silence.

C'est un autre problème. Les gens sont persuadés de savoir ce qu'il y a de mieux pour eux.

Fumée, encens. Chaleur croissante dégagée par des milliers de spectateurs. Chaleur de la journée accumulée par la pierre des bancs, par l'estrade dallée. Elle ferma les poings.

« Je ne les laisserai pas faire. »

Derrière sa frange, les yeux marron de Telia la regardaient. Argelin se tourna et hocha la tête. Un esclave s'approcha et aida la fillette à s'allonger. Sa sérénité laissait deviner qu'elle avait été droguée. Soudain, une pensée frappa Mirany : Hermia avait contribué à planifier ce sacrifice, Argelin et elle avaient tout manigancé.

La Porte-Parole s'avança d'un pas hésitant. Elle était entourée d'un parfum d'épices noires, sa coiffe semblait trop lourde, son cou gracieux était incliné. Elle posa les mains à plat sur l'autel et leva le menton. L'étincelle qui luisait dans ses yeux quand elle fixa la foule la fit songer à un aigle...

« J'accepte votre offrande, mon peuple. Et croyez-moi, je vous sauverai. »

Des applaudissements crépitèrent. Sincères, cette fois-ci – clameur brute et rauque exprimant le soulagement. En arrière-plan, il était impossible de ne pas entendre le fracas de l'artillerie sur les quais.

« Ils croient que tu t'adresses à eux. » Mirany bouillait de colère. « Pourquoi ne leur montres-tu pas... »

Pourquoi ne leur montres-tu pas, toi... chuchota le dieu.

L'oiseau décrivait de grands cercles dans le ciel. Son long bec... une horreur crochue.

Il s'éleva pour redescendre en piqué et continua de tournoyer.

Son instinct lui dictait que sa proie se trouvait là. Mais le désert était vaste et quelque chose s'était traîné à l'est, fuite en avant, raclements, légères vibrations, frottements de pattes.

Il tourna, vira, battit des ailes avant de disparaître.

Plongé dans le silence, le monde sauvage demeurait inchangé sous la lune. Quand, soudain, il entra en éruption.

Un bras émergea du sable, puis un autre, une bouche qui toussait. Seth respira de grandes bouffées d'air, cracha son brin de paille creux et souleva de pleines poignées de sable qui lui recouvraient le ventre et les jambes.

« Oblek ! » hurla-t-il.

Le monticule à ses côtés s'était déjà affaissé. Tel un mort vivant, le musicien se leva en toussant. Dégoulinant de sable, il formait une masse difforme et terrifiante. Aveuglé, Seth s'agenouilla. Il gratta les cheveux collés sur son visage avant de chercher Alexos à tâtons.

« Archonte ! Il est parti ! La voie est libre ! »

Un bras le repoussa. Oblek plongea les mains dans le tas de sable, à la recherche du corps du garçon, s'arrêta, puis reprit sa fouille avec frénésie.

« Alexos ! »

Il lança un regard incrédule à Seth. Et tous deux se mirent à creuser, à jeter le sable sur le côté. Avec fureur, ils remuèrent la dune jusqu'à ce que Seth se lève d'un bond et scrute le vide qui les entourait.

Le rugissement d'Oblek s'apparenta à un hurlement de terreur.

« Archonte ! Où es-tu ? »

La vasque en bronze posée aux pieds de Mirany était vide. Bien qu'elle se fût tenue devant l'Oracle depuis de longues minutes dans la matinée, aucune bestiole rampante n'était entrée à l'intérieur. Hermia avait envisagé cette éventualité, car elle ne s'approcha pas de Telia les mains vides. Elle brandissait un couteau pointu et incurvé, dont le manche était orné d'émeraudes et de perles. Sa lame en bronze était dentelée.

Ruisselante de sueur, pétrifiée par la terreur, Mirany ne savait que faire. Si elle s'interposait, elle n'aurait le temps de prononcer que quelques mots avant que les soldats n'interviennent, et l'on annoncerait que la jeune prêtresse s'était évanouie. Elle jeta un coup d'œil à Rhetia, droite comme un I. Laisserait-elle un tel crime se produire ? Probablement. Rhetia ne connaissait pas la pitié. Si Hermia sacrifiait la fillette et s'ils perdaient tout de même la guerre, Rhetia n'aurait aucune peine à prouver que la Porte-Parole n'avait pas les faveurs du dieu et à monter le peuple contre elle. Rhetia se moquait bien du sort d'une petite fille.

« Moi, je m'en préoccupe ! Tu m'aideras, dis ? Je sais que tu m'aideras. »

Comme il ne lui répondait pas, elle leva le menton, bomba le torse et fit un pas en avant.

« ATTENDEZ ! »

Trois syllabes seulement, mais elles produisirent leur effet. Elle-même sursauta, apeurée. Son injonction lui revenait de toute part en écho, tranchante, féroce.

Le masque de la Porte-Parole se tourna aussitôt. Le visage d'Argelin était nimbé d'une lumière rougeâtre.

Avant qu'ils ne donnent leurs ordres, elle répéta : « Attendez ! » Et tout à coup, comme Mirany était submergée par une paix soudaine, la lune apparut et les éclaira de sa lumière argentée. Mirany sut qu'il se tenait derrière elle, au fond de la scène, sur la grande arche où le dieu apparaissait toujours, à la fin de la pièce. Elle le vit à l'expression de leurs visages, à la rigidité des soldats, à la manière dont les premiers rangs, accablés, s'étaient levés avant de s'agenouiller. Une vague d'effroi envahit le théâtre et monta jusqu'aux sièges les plus hauts, tel un coup de vent couchant un champ de blé.

« Le dieu est là, déclara-t-elle d'une voix haute et claire. Le dieu. »

D'abord, il ne bougea pas. Il préférait regarder son peuple, grande silhouette à la tunique blanche, au visage masqué, aussi beau que la statue du Temple, aussi pur, le même regard triste qu'elle lisait dans ses yeux tous les matins, simplement éclairé par la lune qui lui caressait les cheveux. Après avoir descendu les marches d'un pas leste, être passé devant elle, devant Hermia, figée près de l'autel, il prit Telia par la main et l'obligea à se redresser. Puis il la souleva sur son épaule où elle s'assit, somnolente, se frottant les yeux.

Le silence se remplit de bruits. Il ne s'agissait plus des bombardements, mais de milliers de bêtes, oiseaux, insectes, mulots, souris – tous s'éveillaient et s'agitaient au beau milieu de la nuit. Les chats étaient venus eux aussi, des centaines de chats de gouttière efflanqués qui arrivaient du Port, couraient sous les porches, sur les linteaux, se faufilaient entre les jambes des soldats, les yeux aussi verts que des émeraudes. La vie entière du dieu se précipitait vers lui. Sans compter... les scorpions.

Argelin poussa un juron. Chryse ne put retenir un sanglot étouffé.

En effet, la scène autour d'eux bougeait, grouillait, vivait. Le clair de lune capturait des carapaces et des pinces, mêlée maladroite et saccadée. Les scorpions sortaient de tous les orifices, des fissures dans la maçonnerie, ils apparaissaient sous les bancs, les dalles, derrière les colonnes en marbre. Ils tombaient des architraves ornées d'acanthes, du toit, du fronton sur lequel était assise la Reine des Pluies au stoïque visage de pierre. Rouges, dorés, noirs, minuscules ou gros comme des crabes, les scorpions attendaient leur Maître.

Nul sur scène n'osa bouger d'un pouce.

Et le dieu dit :

Il y aura la mort si vous désirez la mort. Il y aura la paix si vous désirez la paix. Il n'est rien que je puisse faire, si ce n'est rendre les pommes que j'ai autrefois volées et vous montrer le chemin qui mène au Puits afin que vous buviez. Oui, si tel est votre désir, les rivières couleront à nouveau.

En douceur, il posa Telia à côté d'Ixaca qui lui prit la main. Puis, ignorant les scorpions qui glissaient entre ses pieds nus, il se dirigea vers Hermia.

De masque à masque, ils se dévisagèrent. Seuls leurs yeux étaient visibles derrière le métal brillant.

« Qui es-tu ? chuchota-t-elle.

Écoute-moi, Porte-Parole. Ouvre-toi à moi.

Stupéfaite, elle le fixa.

« Serait-ce toi ? »

Pas de sacrifice. Tant que je ne serai pas revenu. À ce moment-là, si nécessaire, ce sera moi. Qui je suis, tu le sais déjà.

Il lui tourna le dos et regagna le fond de la scène, s'arrêta devant la sortie, éclairé à la perfection – tel un acteur dans une mise en scène parfaite.

N'aie pas peur, Hermia. Cela fait longtemps que tu le sais, maintenant.

« Seth, parle-moi de l'étoile. »

Le scribe sursauta et se tourna, tel un chat. Alexos était assis en tailleur à côté du sac contenant les gourdes.

« D'où viens-tu ?

— Je me suis enterré. » Le garçon les regardait d'un air étrange. « Vous avez cru que j'étais étouffé ? »

Couvert de sable, le teint gris, Oblek le fixait. Puis il déglutit et passa une main râpeuse sur son visage.

« Pourquoi le Chacal a-t-il dit qu'il possédait une étoile ? »

Seth jeta un coup d'œil au musicien. Tous deux savaient que le garçon n'était pas là quelques instants plus tôt. Oblek tendit une main mal assurée vers la gourde sans rien dire. Après avoir scruté le ciel, Seth s'assit lentement.

« Je l'ai achetée pour te l'offrir, déclara-t-il d'une voix sourde. Le Chacal me l'a prise. Il l'a sur lui.

— Elle est tombée ? Comme les autres ?

— Dans la mer.

— Alors c'est la troisième. » Ses yeux foncés s'illuminèrent. « Ne comprenez-vous donc pas que ce sont les trois pommes que j'ai transformées en étoiles ? Je croyais les avoir solidement accrochées, mais elles se sont détachées, et maintenant qu'elles sont là, nous devons les emmener avec nous. »

Les yeux d'Alexos pétillaient de joie.

« Mon vieil ami, marmonna Oblek, où étais-tu, au nom du dieu ? »

Alexos le dévisagea, surpris.

« Mais j'étais ici, Oblek. »

Le musicien lécha ses lèvres brûlées.

« Non. Nous t'avons cherché partout. Nous étions inquiets. »

Il regardait le garçon avec une expression de peur que jamais Seth n'avait vue auparavant. Oblek plissa les yeux.

« Une fois que l'oiseau est parti, tu n'étais pas à l'endroit où nous t'avions enfoui. »

Doucement, Alexos haussa les épaules avant de se lever.

« Je parlais avec Mirany. Elle prend soin de Telia, Seth. »

Horrifié, le jeune scribe blêmit.

« Vraiment ? s'enquit-il dans un souffle.

— Oui. Comme tu le lui as demandé. » Alexos lui adressa son plus beau sourire. « Dépêchons-nous ! Il nous faut rattraper le Chacal. Je veux mon étoile. »

Tous se turent. Trois ombres reprirent la route en silence sous le clair de lune, guettant le prédateur qui patrouillait dans le ciel. Enveloppé dans son long manteau fin, Seth réfléchissait à toute vitesse. S'il était au courant pour la lettre, que savait-il d'autre ? Savait-il pour les ordres d'Argelin, pour ce qui se tramait dans leur dos ? Les hommes d'Argelin les suivaient-ils ? Aucun signe pourtant de leur présence. Par ailleurs, quelle espèce d'oiseau pouvait être aussi grande ? Avait-il tué le Chacal ? Trébucheraient-ils bientôt sur leurs ossements, à moitié dévorés par les crabes des sables, débarrassés de toute chair ?

« Seth. » Borborygme d'Oblek qui s'était arrêté devant lui.

Pendant un instant terrifiant, Seth sut exactement ce qu'il avait trouvé. Cette épouvante le surprit : pourquoi serait-il touché par le destin du Chacal ? Celui-ci n'avais jamais fait preuve de bonté à son égard.

Le musicien se contenta de montrer quelque chose du doigt.

« Qu'est-ce que c'est ? »

Le désert était en pente depuis des kilomètres. En face d'eux, forme sombre contre le ciel étoilé, s'élevait un bâtiment. Des murs, des tourelles, un créneau brisé. D'abord, il eut l'impression que la structure était perchée sur un rocher escarpé, un affleurement imposant des Montagnes de la Lune. Puis il comprit que le rocher était fortifié. Ce qui ressemblait à de la pierre était en fait des remparts effondrés, une multitude de tours et de minarets en si mauvais état qu'il était difficile de différencier la pierre brute de la maçonnerie. La bâtisse paraissait noire, quand soudain la lune se réverbéra sur des dalles qui étincelèrent.

Sous leurs yeux, le ciel pâlit. Derrière eux, à des lieues de là, à des vies de là, au-dessus de l'Île, du Port et de la mer, au-dessus de la Cité des Morts, le soleil se levait.

Seth resta bouche bée.

« Cette ruine est habitée... Regardez, il y a des gens partout.

— Ce ne sont pas des gens, mais des *choses*. Tassées les unes contre les autres. » Oblek plissait les yeux pour les protéger de la poussière soulevée par le vent. « Il y en a des millions. »

Alexos secoua la tête.

« Ce sont des oiseaux », les informa-t-il sur un ton badin.

On alluma des torches tout autour de l'arène. La lumière chassa les scorpions qui se réfugièrent dans l'obscurité. Les insectes s'enfuirent, les chats regagnèrent les maisons. Quant aux gens, c'était une autre histoire. Ils s'agglutinaient autour des lampes, parlaient, pleuraient, ressassaient les détails de la vision, se répétaient le message, comme si, se dit Mirany, ils avaient assisté à une étrange pièce de théâtre. Peut-être était-ce le cas ? Argelin s'était retiré avec sa garde rapprochée et, bien qu'il eût lancé un regard soucieux à Hermia, elle ne lui avait pas répondu. En fait, elle s'était éclipsée sans dire un mot à quiconque, était montée en toute hâte dans sa litière et avait refusé que Chryse l'accompagne.

Perturbées, les prêtresses se dévisageaient.

Mirany ôta son masque et souffla les cheveux qui lui tombaient sur les yeux. Puis elle prit Telia par la main.

« Me reconnais-tu ?

— Tu es cette fille, l'amie de Seth.

— Mirany.

— Il t'aime beaucoup. »

Telia regarda Pa qui dévalait l'escalier raide. Il la prit dans ses bras et la serra très fort. Quand il leva les yeux, il semblait avoir vieilli de plusieurs années.

« Où pouvons-nous aller ? » demanda-t-il simplement.

Mirany réfléchit à toute allure.

« La Cité. Utilisez le laissez-passer de Seth. Cherchez une femme de ménage du nom de Patty et dites-lui que c'est moi qui vous envoie. Elle vous conduira à Kreon. Restez avec lui.

— L'albinos.

— Hum... Pas seulement. Il est au courant de votre venue. »

Pa regarda vers les soldats impatients.

« Et vous ?

— Je suis plus utile ici. Partez ! Vite ! »

Il hocha la tête et poussa la petite en avant. Au pied des marches, il se tourna.

« Jamais je ne pourrai assez vous remercier. C'est vous qui l'avez fait venir. »

Elle était trop fatiguée pour lui répondre. L'homme et l'enfant s'éloignèrent en courant. Soudain, venu du Port, retentit un grand fracas. Grondement, explosion, canonnade terrible. Aussitôt, un officier prit Mirany par le bras.

« Ma Dame ! Vite ! »

Elle grimpa dans la litière. Aussitôt les esclaves la soulevèrent et se mirent à courir.

« Qu'est-ce que c'est ? Que se passe-t-il ? »

Le visage radieux, Rhetia avait ouvert les rideaux. Les flammes vacillantes projetaient une lumière rouge sur sa peau ; l'Échanson rayonnait.

« Jamil attaque », chuchota-t-elle.

SEPTIÈME OFFRANDE

Un œuf bleu

Il ne faut pas croire que les dieux sont forts. Ils sont plus frêles que vous.

On nous oublie avec une telle facilité ! La foi est éphémère. Nous dépendons entièrement de vous qui êtes d'une telle inconstance.

Vous avez déifié des arbres, des oiseaux, d'étranges démons. Vous avez adoré des pierres et tissé des millions de mythes autour de nous. Vous vous êtes moqués de nous quand nous étions forts. Au bord du désespoir, vous avez prié quand nous étions affaiblis.

Je tiens le monde telle une sphère bleue dans mes deux mains, mais poussez un seul cri et je serai transpercé. Je ne peux la détruire.

Les dieux sont des enfants devant vous.

Un nid d’horreurs

Des passereaux, décida-t-il en avançant avec précaution sous l’arche.

Des millions et des millions d’oiseaux : passereaux, perruches inséparables, perroquets, aras, moineaux, espèces inconnues, espèces à des kilomètres de leur route, espèces à longue queue... tout droit sortis d’une histoire de djinn et de princesse à la peau de porcelaine.

Ils recouvraient la cité en ruine – couche emplumée s’agitant sans cesse. Le brouhaha de leurs pépiements, de leurs disputes, de leurs chants résonnait parmi les vieilles pierres renversées et les dunes de sable. Au fur et à mesure que Seth avançait sur le sol blanchi par les fientes, ses bottes s’enfonçaient dans les déjections collantes accumulées au fil des siècles. L’air empestait. Oblek s’était bien emmitouflé le visage, contrairement à Alexos que l’odeur ne semblait pas gêner. Le garçon tentait d’attirer des perruches sur son bras à l’aide de miettes de pain dur.

Les volatiles les observaient de leurs petits yeux ronds. Leurs corps minuscules s'entassaient en rangées sur les rebords de fenêtres et le long des toits, certains suspendus la tête en bas, sur le point de chuter, battant des ailes, picorant, le tout dans un mouvement perpétuel.

Sans eux, le lieu n'aurait été qu'une ruine désolée.

Devant une herse, Oblek fit une pause. Il prit le temps de regarder autour de lui puis fit signe à Seth d'approcher. Plus ils avançaient, plus ils trouvaient la citadelle impressionnante. Cela faisait plus d'une heure qu'ils gravissaient les rues et traversaient les places détruites ; les briques brunes étaient déjà brûlantes sous le soleil.

« Ne traîne pas ! ordonna Seth à Alexos qui lambinait derrière lui.

— Il y a tant d'oiseaux, Seth ! Que mangent-ils ? »

Bonne question. Rien ne poussait dans cette ville. Nul point d'eau. Au-dessus de leurs têtes, les bâtiments en ruine grimpaient jusqu'au sommet du rocher escarpé. Ils passaient devant des pièces vides et poussiéreuses, des toits envolés, des colonnes esseulées, des statues au torse brisé plus grandes que nature, érodées par le vent du désert. Seth examina l'une d'elles : une jambe et un corps vêtu d'une tunique courte, le dos emprisonné dans un immense bloc de pierre fracassé dont les roches éparpillées représentaient une barricade qu'ils durent escalader. Seth tituba lorsqu'un caillou roula sous son pied. Il posa la main par terre, ce qui retourna une pierre. Elle était ornée de plumes sculptées, serrées les unes contre les autres. Immenses. Une aile. Seth leva la tête. Une double rangée de grands êtres ailés était accroupie de part et d'autre de la rue pavée. Nul ne possédait un visage, comme si une armée vengeresse avait envahi cette ville plusieurs siècles plus tôt, tout anéanti sur son passage et fracassé les visages de ces étranges divinités.

« Ce sont des dieux ? » chuchota-t-il.

Oblek haussa les épaules. Ils se tournèrent vers Alexos. Petit bonhomme à la mine pâle et fatiguée, posté sous une silhouette en basalte noir.

« Si c'en est, espérons qu'ils n'ont pas d'adorateurs. »

Au fur et à mesure qu'ils escaladaient la citadelle, les masses noires décapitées semblaient se recroqueviller et replier leurs ailes. Au sommet, le vent brûlant du désert soufflait. Dans le ciel, un point tournoyait.

« Le Chacal serait-il venu ici ? marmonna Oblek.

— La Sphère indique que le chemin passe par là et mentionne un puits. Ils ont dû le chercher.

— S'ils sont encore vivants. »

L'arche devant eux était couverte d'oiseaux – des milliers d'yeux les regardèrent s'approcher –, leur agitation devenait de plus en plus bruyante, de plus en plus frénétique.

« Rasons le mur, murmura Seth. Ne les dérangeons pas. »

Oblek scruta les alentours.

« Toi d'abord », souffla-t-il.

Seth le fusilla du regard avant de faire un pas en avant en direction de la voûte plongée dans l'obscurité. La puanteur empirait. La route était maculée de blanc. Il devait choisir son chemin, marcher à petits pas en redoublant d'attention et surtout respecter un silence absolu. Au-dessus de sa tête, la présence menaçante des oiseaux lui pesait. Leur surveillance obsédante l'oppressait. Alors qu'il se rapprochait, il distingua un passage au milieu des gravats. Des pierres avaient été poussées sur le côté. Soudain, sur le sentier poussiéreux traversant un tas de débris éparpillés, un détail lui sauta aux yeux.

En silence, il se tourna vers Oblek et pointa le doigt vers le sol.

Des empreintes. De bottes. Probablement deux hommes, peut-être plus, entourés de plusieurs autres aux pieds nus, dont la forme étrange présentait une sorte d'ergot au talon et de longs orteils, presque crochus.

Il entendit Oblek inspirer.

Ce n'était rien, un bruit infime, mais cela suffit. Un oiseau piailla, battit des ailes. Surpris, un autre s'envola et, en un instant, tous s'élevèrent, masse prise de panique et de terreur, battant des ailes, claquant du bec, magma hurlant.

« À terre ! »

Oblek attrapa Alexos par le bras et le jeta au sol, une main protégeant le garçon, l'autre repoussant les assauts des volatiles affolés. Seth plongea sous l'arche envahie de corps tourbillonnants, furieux, qui s'écrasaient contre la maçonnerie, se jetaient sur son crâne, son visage, lui lacéraient les mains tandis qu'il se pelotonnait sur lui-même, terrorisé. Le bruit était insupportable. Il savait que, le long des rues qu'ils avaient gravies, de la cité entière, les oiseaux montaient jusqu'à eux, portés par une vague hurlante, gigantesque alarme multicolore pour celui qui vivait là. Car quelqu'un devait bien vivre ici. Ou quelque chose.

« Là-dedans ! » hurla Seth.

Oblek chancelait, assailli par les oiseaux. Pourtant, plié en deux, les bras autour d'Alexos, il réussit à tituber jusqu'à l'arche en proférant mille jurons. Seth tendit la main pour l'attraper et tous trois basculèrent à l'abri de la voûte. Ils étaient couverts d'ecchymoses et de coupures cuisantes. Les oiseaux volaient partout autour d'eux, désorientés. Évitant de justesse un coup de patte sauvage qui aurait pu l'aveugler, Seth sentit une surface dure céder dans son dos.

Une porte.

Il la poussa de toutes ses forces. Bien que bloquée par des gravats, elle bougea. Oblek donna un violent coup d'épaule qui l'ouvrit en grand : ils s'échappèrent. Des marches montaient dans l'obscurité. Ils les gravirent en courant. Puis ils ralentirent peu à peu – en bas, le vacarme s'estompait. Bientôt, ils n'entendirent plus que le bruit de leur respiration et de leurs pas.

Soudain, Oblek s'arrêta et se laissa glisser le long d'un mur, hors d'haleine.

« Mon dieu ! » parvint-il à articuler.

Seth se plia en deux de douleur. Puis il s'assit à son tour.

Alexos pleurait, en silence, encore sous le choc. On ne lui voyait qu'une égratignure au visage, alors qu'Oblek avait le dos des mains à vif, lacéré par les serres des oiseaux apeurés. Seth avait l'impression de n'être qu'un bloc de meurtrissures, aussi sec que de la poussière, la gorge tapissée de sable. Il sortit une gourde de son sac et but de bon cœur avant de la passer aux autres. En silence, les mains tremblant,

Oblek s'en empara et n'en renversa pas une goutte. Dès qu'il eut terminé, le colosse secoua la tête. De la poussière tomba de sa peau en sueur.

« Dans quel nid d'horreurs avons-nous pénétré ? »

Au bout d'un moment, Seth leva les yeux.

Les marches s'enfonçaient dans les ténèbres. Là-haut, un rai de lumière semblait indiquer une fenêtre. Il faisait plus frais en ces lieux, comme si les murs étaient assez épais pour protéger de la canicule.

« Inutile de redescendre. Si nous continuons par là, nous devrions atteindre un niveau supérieur. Qui sait ? Nous trouverons peut-être un nouveau passage ? »

Oblek se releva.

« Cela ne sert à rien de marcher sur la pointe des pieds non plus. Ça va, Archonte ?

— Je n'aime pas cet endroit, Oblek.

— Moi non plus, mon vieil ami.

— Il est peuplé de créatures. Qui ressemblent aux oiseaux. Pleines de frénésie. »

Oblek passa un gros bras autour du garçon qui leva les yeux. Son visage grave était sale.

« Je t'aime, Oblek, déclara-t-il soudain.

— Je t'aime aussi, mon vieil ami. Quand nous rentrerons, je t'inventerai des chansons comme jamais, au cours de tes milliers de vies, tu n'en as entendu. En route, maintenant ! Ne traînons pas ici. »

L'escalier était large. Sur le premier palier, des portes brisées donnaient sur des pièces abandonnées. Celles qui ne possédaient pas de plafond étaient envahies par les oiseaux

Ils explorèrent un long couloir où des rideaux en lambeaux autrefois rouges oscillaient au gré des courants d'air. Cette partie du bâtiment était vide et silencieuse, excepté quelques cris d'aras et de perroquets de temps à autre, au loin.

Soudain, Alexos s'arrêta. Sa main se crispa dans celle d'Oblek.

« J'entends des voix », chuchota-t-il.

Mirany se cramponnait désespérément à la litière qui vacillait.

« Ils vont nous faire tomber », s'inquiéta-t-elle.

Ils avaient atteint la porte de la Cité. Des soldats aboyèrent, la litière se posa brutalement. Rhetia ne mit pas longtemps à descendre.

« Ouvrez cette porte !

— Ma Dame, vous êtes folle !

— Je vous dis d'ouvrir cette porte ! Les Neuf doivent retourner sur l'Île. »

Le garde jeta des regards éperdus autour de lui.

« Le Port est attaqué !

— Raison de plus pour ne pas traîner ici. » Rhetia s'approcha de lui telle une furie. « À moins que vous ne vouliez endosser la responsabilité de notre mort. »

Comme il hésitait, elle lui tourna le dos, un sourire triomphal aux lèvres.

« Ouvrez », ordonna l'homme, vaincu.

Derrière lui, les soldats se précipitèrent sur les grandes barres en bois. Sans attendre la litière, Rhetia se faufila à l'extérieur par les portes entrebâillées. Mirany la suivit en hâte. Le désert était écrasé de chaleur. Derrière elles, du côté du Port, la bataille faisait rage.

Mirany se demanda où leurs ennemis avaient accosté, s'ils avaient fait une brèche dans les remparts. Alors qu'elle courait après Rhetia, elle aperçut la palissade noire de la Cité des Morts qui se dressait au-dessus du sol, les statues des Archontes que la lumière de l'après-midi teintait de fauve. Un chacal passa, tête baissée, puis il s'arrêta et la fixa de ses yeux dorés.

Au fil de sa course, elle réfléchissait. *Où es-tu, Seth ?* Lorsqu'elles traversèrent les jardins de la villa de l'Archonte, elle pensa à tous les animaux qui s'y trouvaient, à la jungle de singes, aux cadeaux. *Où es-tu, Notre Lumière ?*

Cette fois-ci, elle n'obtint aucune réponse.

Tout à coup, Rhetia s'arrêta et regarda derrière elle. La porte s'ouvrait à nouveau. Quelques silhouettes vêtues de robes légères la franchirent. Droites, elles avançaient d'un pas digne le long du chemin sablonneux. Mirany posa la main sur son point de côté.

« Hermia ! »

Rhetia se renfrogna.

« Je la croyais plus peureuse.

— Pas elle. Ne la sous-estime pas. »

La Porte-Parole les rejoignit à grandes enjambées. Le visage pâle encadré de boucles parfaites, le nez long et droit, les sourcils épilés, sa beauté semblait ne pas souffrir de la chaleur. Cependant, Mirany la sentit troublée, affaiblie.

Hermia toisa l'Échanson.

« Rhetia, la Porteuse et toi marcherez derrière moi. »

Rhetia s'adressa à elle avec froideur.

« Je ne pensais pas que vous viendriez. Après ce qu'il vous a dit. »

La Porte-Parole s'approcha. Les yeux dans les yeux, les deux femmes éprouvaient la même colère sourde. Un instant, Mirany crut qu'Hermia allait frapper. Elle préféra parler d'une voix précise, teintée de courroux.

« Je suis la Porte-Parole. Contrairement à toi. Le Port n'a pas d'importance. Jamil veut l'Oracle et nous seules pouvons lui en refuser l'accès. Non par la violence, mais par le silence. » Avec calme, elle secoua la tête. « Nous ne laisserons pas tes ambitions mettre notre pays à feu et à sang, Rhetia. Nous, les Neuf, résisterons ensemble. Nous veillerons sur le silence courroucé du dieu. Malgré Argelin. Malgré Jamil. Jusqu'à ce qu'il y ait une fin à tout ceci. » Elle se tourna vers Ixaca et Gaia qui s'étaient approchées. Derrière elles, Chryse écarquillait les yeux. « Nous devons nous serrer les coudes. Es-tu de notre côté ? »

Rhetia recula d'un pas. Elle scruta Mirany et aucune autre. Puis elle contempla les navires dans le Port, enveloppés d'un voile de fumée.

« Pour l'instant », marmonna-t-elle.

Les mots résonnaient, étranges et rudes. En voulant se tapir sous le dernier rideau rouge, Seth se heurta à Oblek. Le musicien se poussa à peine, puis il lui montra de son doigt boudiné ce qu'il fallait voir.

Seth se mordit la langue. À côté de lui, il perçut l'étonnement d'Alexos.

Ils se trouvaient en hauteur, sur un balcon étroit. Au-dessous s'étendait une immense salle dont les murs étaient percés de fenêtres, si bien que le soleil entrait de biais et barrait la pièce de rais de lumière.

Au centre, sur une plate-forme en pierre, était érigée

une étrange construction, branlante et complexe, apparemment en bois. Mais d'où pouvait provenir ces milliers de fragiles brindilles ? Les arbres les plus proches se trouvaient à des centaines de kilomètres de là, de l'autre côté du désert...

« C'est un nid », murmura Alexos.

Seth écarquilla les yeux. *Un nid !* Qui n'était pas destiné à un oiseau, car on avait bâti un escalier pour y accéder. Ses marches n'étaient que bric-à-brac chancelant. Cette tour en équilibre précaire était composée de chaises et de tables cassées, de paravents brisés, de pieds de lit, de bouts d'acajou et d'objets précieux en tek sculpté. Et au sommet était allongée sur des oreillers, des coussins, des duvets et des milliards de plumes, une silhouette qui leur donna la chair de poule.

Gigantesque, bouffie, elle était affalée sur ce lit incongru. Sa robe était de plumes, son masque hideux, noir et rouge, comportait un bec, le bec cruel d'un aigle. Ses doigts semblaient gonflés. De là où il se trouvait, Seth vit que chacun d'eux était orné de liens aux nœuds élaborés, rouges, bleus et jaunes, et que ces mêmes liens étaient tressés dans ses cheveux luisants de graisse. Elle arborait un éventail, fait d'une peau noire, et l'agitait, mollement, tout en parlant d'une voix froide et gutturale.

La femme s'adressait au Chacal.

Seth écarquilla les yeux. Le pilleur de tombes avait mauvaise mine. Ses cheveux pâles étaient détachés, et son visage balafré. Le Renard était dans un état pire encore. Tapi sur le sol, il semblait souffrir le martyre, ne parvenant même pas à se tenir debout. Ils étaient emprisonnés dans une sorte de cage, faite de morceaux d'ivoire, ou peut-être d'os. Oui, d'os. Seth déglutit. Des ossements... humains ?

Les hommes qui les encerclaient portaient peut-être des masques d'oiseaux ignobles et des vêtements ornés de plumes, mais il s'agissait bel et bien d'hommes. Ils étaient armés de lances dont la pointe semblait taillée dans un minéral vitreux.

Oblek se gratta avant de marmonner entre ses dents :

« Et maintenant, qui a des ennuis, roi des voleurs ? »

Le Chacal s'agrippa aux barreaux de sa cage.

« J'ignorais tout de votre religion et de vos rituels. Nous ne savions pas que les oiseaux étaient sacrés ici. Nous cherchions simplement de quoi nous nourrir.

— Vous êtes des voleurs.

— Pas du tout », rétorqua le Chacal.

Oblek s'offrit un sourire narquois.

« Sale menteur !

— Vous avez tenté d'assassiner notre Sérénissime. Puis vous êtes montés jusqu'ici et nous savons pourquoi. Vous êtes à la recherche de l'étoile. Jamais vous ne la trouverez. »

Alexos se tortilla à côté de Seth.

« L'étoile ! Une de celles qui sont tombées.

— Et maintenant... » La femme leva la main. « Nous avons la vôtre. »

Elle luisait dans la paume de sa main, éclair blanc de lumière pure. Seth se renfrogna en pensant aux cent cinquante shekels qu'il devait encore. Dès qu'il la reconnut, l'Archonte poussa un petit soupir.

« Si longtemps, chuchota-t-il. Cela fait si longtemps que je ne l'ai pas vue. »

Le Chacal tendit ses mains fines.

« Je vous assure, Madame, qu'une seule nous suffit. »

Mauvaise pioche. Les Hommes-Oiseaux se rapprochèrent, en colère. La femme les arrêta d'un geste. Elle parlait d'une voix étrange, un son huileux sortait des profondeurs de sa gorge.

« Sa Sérénissime a dévoré l'étoile.

— Des oiseaux, marmonna Seth. Elle parle de ce grand oiseau.

— Un condor.

— Ou du même genre.

— Je parie qu'il ne doit pas manger que des charognes. »

Alors qu'il examinait la grande pièce, Oblek remarqua une porte dans un coin, une autre ouverture dans le mur est.

« C'est impossible ! gémit Alexos, épouvanté.

— Nous ne voulions pas vous manquer de respect, continua le Chacal. Gardez l'étoile. Nous vous demandons simplement de nous libérer. »

Seth admira le flegme du Chacal, qui devait très bien savoir que sa situation était désespérée.

Un son, visqueux et sinistre, retentit : la femme riait. Elle fit un signe de tête aux Hommes-Oiseaux.

« Vos âmes seront libérées. Au gré du vent, haut dans le ciel, comme vos lambeaux de chair. Où sa Sérénissime voudra les emmener... »

Par à-coups, après une embardée qui fit tituber le Chacal, la cage commença à s'élever. Le Renard poussa un hurlement de terreur qu'il étouffa dès qu'il sentit sur lui le regard courroucé de son Chef. Ce dernier se redressa de toute sa hauteur.

« Debout, Renard, marmonna-t-il. Après toutes ces années passées à la piller, la mort finit par avoir le dessus. »

Seth s'agita.

« Nous ne pouvons pas les laisser... commença-t-il.

— Si nous... ajouta Oblek, qui gigota à son tour.

— Non ! » s'exclama Alexos dans un souffle.

Le colosse lui tira les cheveux.

« Je plaisantais, mon vieil ami. » Le musicien grimaça. « Si quelqu'un doit achever ce scélérat, ce sera moi. Et c'est la seule raison pour laquelle nous nous préoccupons de leur sort, on est d'accord ? »

L'air grave, Alexos hocha la tête.

« Bien entendu, Oblek. »

La femme se leva. Cela nécessita un énorme effort de sa part. Quelque chose de pâle luisait dans le duvet, au creux de la couche. Seth écarquilla les yeux.

« Qu'est-ce que c'est ? »

Effaré, Alexos répondit dans un souffle :

« Un œuf. »

« Il me parle en tête à tête »

L'œuf était énorme, aussi long que le bras de Seth, d'un bleu très pâle et tacheté. Il nichait dans le duvet chaud. La femme empila avec soin des coussins et des couvertures sur lui. Puis, d'un pas malhabile, elle commença à descendre les marches.

« Elle le couve ? demanda Oblek, d'abord étonné, puis dégoûté. Ils croient que les oiseaux sont des dieux et ils font éclore leurs œufs ?

— Un seul. Le gros là-haut. » Seth jeta un rapide coup d'œil autour de lui. « Il faut que nous décrochions la cage. L'oiseau viendra par cette ouverture dans le mur. » Il se tourna en vitesse. « Archonte, peux-tu nous aider, faire quelque chose ?

— Bien sûr, s'enthousiasma Alexos. Tout ce que tu voudras.

— Je parle de... » Seth interrogea Oblek du regard. « Quelque chose de... magique. »

Le garçon fronça les sourcils. Quand il leva la tête, ses yeux étaient sombres et sa voix résonnait légèrement dans la pièce close.

Est-il juste qu'un dieu se ligue contre un autre ?

« Dans les légendes, cela se passe souvent ainsi », déclara le scribe, inébranlable.

— Je n'écris pas les légendes, Seth. » Il leva les yeux, inquiet. « Je crois que l'oiseau arrive. »

Parvenue à une grande hauteur, la cage oscillait sous la voûte. Les deux hommes attendaient, scrutaient la fenêtre, examinaient le sol. Seth comprit que le Chacal projetait de s'échapper, calculait son saut. Sous eux, les Hommes-Oiseaux et leur Reine reculaient. Pour la première fois, il s'aperçut que le dallage était recouvert d'une couche épaisse de cette même glu blanche qui jonchait la forteresse, l'éclaboussait et dégoulinait sous la grande poutre qui traversait le toit.

À l'extérieur, un cri sinistre et rocailleux lui glaça le sang.

« Oblek. Trouve comment descendre et occupe-toi des gardes, chuchota Seth.

— Tous ?

— À moins que tu ne veuilles grimper sur la corniche et couper la corde. »

Oblek se pencha au-dessus du vide et examina l'étroite moulure qui courait le long du mur. Puis il lui donna une claque sur l'épaule.

« Je te laisse ma place, gratte-papier », lui lança-t-il avant de s'éloigner à la suite d'Alexos.

Seth lécha ses lèvres sèches. Les mains agrippées au métal corrodé, il passa une jambe par-dessus le balcon, puis l'autre. Ensuite, il tâtonna du pied avant de descendre. La maçonnerie semblait tenir, mais dès que son poids fut sur la corniche, il sentit les rebords s'effriter. Aussitôt, il s'accrocha désespérément aux barres du balcon et, en silence, rassembla tout son courage.

Il lâcha, se cramponna à la pierre.

En bas, dans la pénombre, la salle s'assombrissait. On apporta des torches, si bien qu'une légère fumée s'éleva jusqu'à lui – l'odeur familière de l'encens. Une rapide inspiration lui donna envie de tousser, envie qu'il se dépêcha de refréner. Enfin, il glissa un pied en avant, le talon contre le mur noirci par la fumée, et s'avança jusqu'à la cage.

Le Renard priait, baragouinait des phrases décousues. Le Chacal aussi était à genoux, mais quand Seth lui jeta un nouveau coup d'œil, il s'aperçut que le pilleur se servait de ses longs doigts agiles pour tenter de défaire le nœud complexe qui maintenait la cage fermée.

À l'extérieur, un grand battement d'ailes retentit.

Seth se pétrifia, les yeux ronds, horrifié.

L'oiseau passa si près de lui qu'il vit son bec cruel et crochu. Ce n'était pas un vautour, mais une créature que les anciennes légendes baptisaient Roc. Peut-être en était-ce un ?

Un hurlement le fit sursauter, si bien qu'il s'agrippa et tourna la tête.

Il était démasqué. Un des Hommes-Oiseaux le montrait du doigt. La femme donna un ordre et l'homme s'empara de sa lance, la brandit et visa. Le Chacal écarquilla les yeux. Seth lut l'étonnement le plus total sur son visage.

La lance partit dans un sifflement et percuta le mur à sa gauche avant de s'écraser au sol. Des étincelles rebondirent dans ses cheveux. Aussitôt, il tendit le bras, empoigna la moulure et se hissa quelques mètres plus loin, le dos et les épaules raidis en attendant le point d'impact, appréhendant le prochain jet qui l'embrocherait à la paroi.

Sa main trempée de sueur glissa. S'il bougeait d'un centimètre, il tombait. Soudain, le Chacal hurla :

« Avance, Seth ! Avance ! »

Il se souleva, la pierre sombre et douce s'effritait contre sa joue. Ses mains tremblaient sous l'effort.

Du coin de l'œil, il aperçut les gardes qui visaient à nouveau. Il était mort. À cet instant retentit un rugissement qui attira tous les regards. En bas, Oblek brandissait son épée, fonçait tête baissée. Une pierre pointue lancée derrière lui atteignit un homme en plein visage. Il s'écroula. Le poids d'Oblek en envoya un autre au tapis.

« Seth ! »

Agrippé à la cage en os, le Chacal n'était plus très loin. Pendant une seconde, leurs regards se croisèrent, échange à la fois étonné et plein d'espoir. Tout à coup, ses mains glissèrent, Seth poussa un cri strident, tenta de se rattraper et, à l'aide de tous ses muscles, il saisit la corde accrochée au mur.

« Coupe-la ! » Le Renard s'était levé, les poings serrés, ses bracelets cliquetants. « Vite, mon garçon ! L'oiseau ! »

Le volatile se faufilait à l'intérieur, froissant ses ailes contre l'encadrement de la fenêtre. Une tête aux yeux féroces, un bec crochu, de grandes griffes jaune foncé qui grinçaient contre la pierre. En bas, les Hommes-Oiseaux tentaient de s'emparer d'Oblek, tandis que leur grosse Reine se tenait en retrait. Les bras écartés, elle chantait. Mélopée sans paroles, faite de claquements de la langue et de trilles, musique étrange qui se transforma en un charivari sans nom. Hypnotisé, l'oiseau écoutait, un œil doré rivé sur elle.

Seth sortit son couteau de sa botte. D'un geste désespéré, il le passa sur les fibres de chanvre, mais la corde était épaisse et ses fils serrés.

La femme termina sa chanson. L'oiseau et elle se dévisagèrent. Puis, avec une rapidité qui fit hurler le Renard et jurer le Chacal, l'oiseau entra entièrement dans la pièce, et vola jusqu'à la lumière. Les battements de ses ailes créaient de grands courants d'air.

Une partie de la corde céda. La cage bascula, ce qui déséquilibra les deux hommes.

En bas, Oblek hurlait. Cacophonie de coups assenés avec colère. L'oiseau se pencha en avant. Une de ses griffes crocheta la cage. Il ouvrit le bec et donna de méchants coups au Chacal.

Celui-ci se jeta en arrière et s'écrasa contre le mur. Habile, l'oiseau fit pivoter la cage et recommença à le picorer. Les deux hommes, chancelants, lui échappaient comme il pouvaient.

« Au nom du dieu, dépêche-toi, mon garçon ! » couinait le Renard.

Aveuglé par la transpiration, ne sentant plus ses bras, Seth entaillait la corde. Peu à peu, les fibres s'effilochaient, se détortillaient. Tout à coup, dans un craquement terrible qui le projeta en arrière et lui arracha un cri de terreur, la cage se décrocha.

Elle tomba et s'ouvrit dès qu'elle heurta le sol. Seth voulut se rattraper au mur, rata son coup et tomba sur une ombre molle, haletante, qui lui assena des claques en grognant :

« Mais enlève-toi ! Vite ! »

Le Chacal, brusque et agile, était déjà debout. Il s'empara d'une lance et au moment où l'oiseau déployait ses ailes pour descendre en piqué, il donna un coup en l'air. Un nuage de poussière s'abattit sur lui, telle une tempête de neige.

« Renard ! » cria-t-il.

Pendant ce temps, Seth se relevait à grand-peine. Oblek le poussa sur le côté.

Surpris par la lance agressive, l'oiseau poussa un cri perçant. Le Renard rampait parmi les vestiges de la cage. Oblek passa un bras autour de lui, tandis que Seth se saisissait d'une lance qu'il brandit en direction de la femme.

Elle ôta son masque. Caché sous des bourrelets de graisse, son visage était minuscule. Elle avait le crâne rasé. Elle bouillonnait de colère et de mépris. Paralysé par son hostilité, Seth était incapable de bouger.

Le Chacal, lui, n'avait pas de tels scrupules. Il fit volte-face et courut jusqu'à elle, s'empara de sa main qui détenait l'étoile et lui tordit méchamment le poignet. En riposte, elle le frappa avec violence au visage. Il resta sonné une seconde avant d'appliquer sa lance sous son cou boursouflé.

« Donnez-la-moi ! lui ordonna-t-il sur un ton glacial.

— Laisse tomber », hurla Oblek.

Le Chacal ne cilla pas.

Elle comprit le danger. Tout en lançant un regard haineux à ses hommes qui se relevaient, elle lui tendit lentement l'étoile qui brillait au creux de sa main.

« Qu'elle soit maudite, et vous avec.

— Trop tard, Madame. » Le Chacal se l'accapara. « J'ai peur de l'être déjà.

— Seth ! » rugit Oblek.

Le jeune scribe se tourna et vit l'oiseau au dernier moment. Sa serre l'accrocha. Un halètement de terreur le fit sursauter, il sentit les griffes de fer lui taillader le flanc, et il s'écroula. Aussitôt, les Hommes-Oiseaux l'assaillirent ; l'un d'entre eux subtilisa la lance qu'il tenait entre ses mains endolories. Puis ils le rouèrent de coups de pied. Oblek hurlait, se débattait, mais ils étaient trop nombreux. La partie était finie.

Jusqu'à ce qu'une voix limpide et haut perchée s'élève dans ce chaos.

« Que personne ne bouge ! »

Seth repoussa un de ses assaillants puis leva la tête.

Plein d'assurance, Alexos se tenait au-dessus d'eux, en équilibre sur le nid branlant. Entre ses mains reposait l'œuf bleu.

« Ne bougez plus, répéta-t-il calmement. Ou je le casse. »

Les Neuf traversèrent le pont ensemble.

Hermia se tourna vers les gardes.

« Quittez cet endroit. On a davantage besoin de vous au Port.

— Ma Dame...

— Obéissez. Nous garderons nous-mêmes l'Oracle. »

Tiraillés entre la tentation de quitter leur poste et l'attention portée aux bruits de bataille en provenance du Port, les hommes se dévisagèrent. Sans ajouter un mot, ils se précipitèrent le long de la route du désert. Hermia fit demi-tour et avança à grandes enjambées. Les Neuf marchaient en silence, chacune luttait contre sa peur. Désespérée, Mirany souhaita que Seth fût là, ainsi qu'Alexos. Imprévisible et étrange, il était aussi Archonte, le pouvoir du dieu était en lui. Même Oblek et sa violence, sa brusquerie, son caractère obtus lui manquaient. Les yeux rivés sur le dos de Hermia, elle se sentait inutile. Il y avait trop de complots qui se tramaient. Ce réseau d'intrigues, ces manœuvres silencieuses pour obtenir le pouvoir étaient plus difficiles à appréhender que n'importe quelle bataille. En outre, en qui pouvait-elle avoir confiance désormais ?

Le chaos régnait dans l'Enceinte. Les esclaves construisaient de fragiles barricades de meubles, dérisoires. Certaines femmes pleuraient, assises. Du haut de la loggia, Hermia s'adressa à elles d'une voix sèche.

« Nul besoin de paniquer. Vous vous trouvez sur l'Île, vous êtes plus en sécurité ici qu'ailleurs. La vie continue comme avant. Je ne tolérerai aucune interruption des rituels, aucune insulte au dieu. Je veux que ces barricades ridicules soient démontées et que les meubles soient remis à leur place. Maintenant ! Koret ! » Elle se tourna de manière impérieuse vers l'Intendant. « Dispose une sentinelle sur le toit du Temple. Je veux des comptes rendus réguliers sur ce qui se passe dans le Port. »

Aime-t-elle Argelin ? se demanda Mirany. *A-t-elle peur pour lui ?*

« Les préparatifs reprendront pour le repas du soir. Je m'adresserai aux Neuf au coucher du soleil. » Quand elle se tourna, un vent léger fit ondoyer les plis fins de sa toge rouge. « À présent, je souhaiterais parler à la Porteuse, en privé. Apportez de l'eau de rose et du jus de fruits glacé dans ma chambre. »

Tandis que Hermia longeait le couloir en marbre, Rhetia se pencha à l'oreille de Mirany.

« Sois prudente. Elle mijote quelque chose. »

La chambre de la Porte-Parole était lumineuse et fraîche. Des rideaux en mousseline ondulaient sous la brise chaude. Hermia s'assit sur une chaise dorée pendant qu'une esclave déposait avec respect le masque à la bouche ouverte sur son présentoir, arrangeait les plumes et les rangées de disques en or. Koret entra avec deux coupes rouges et une bouteille sur un plateau d'airain. Il y avait aussi une assiette en or garnie de minuscules figues fraîches. Mirany se rendit compte soudain qu'elle avait faim au point de toutes les manger. Elle ne craignait rien, sans doute. Hermia ne l'empoisonnerait pas dans ses appartements.

Immobile, Hermia la dévisagea. Elle avait le regard sombre, le visage tendu. Ses cheveux étaient couverts de poussière. D'un geste brusque, elle saisit la carafe, versa et offrit le verre à Mirany.

Toutes deux burent. Le liquide était doux et épais, parfumé à l'orange.

Hermia garda les yeux rivés au fond de la coupe qu'elle tenait à la main.

« Mirany, j'ignore ce qu'il se passe. »

Abasourdie, Mirany demeura silencieuse.

« Aujourd'hui, au théâtre, je l'ai vu. Nous l'avons tous vu. Il m'a parlé, je l'ai entendu comme jamais je ne l'avais entendu. » Elle leva les yeux. « Cela m'a terrifiée. »

Mirany n'en revenait pas qu'elle lui fît un tel aveu.

« Nous étions toutes... marmonna-t-elle.

— Pas toi. Je t'ai observée, tu étais étonnée, mais pas apeurée. Parce que tu le connais, Mirany. Et moi pas. » Le verre cliqueta contre le plateau lorsqu'elle le reposa. Elle croisa les doigts. Son regard était direct et froid. « J'ai commis une erreur impardonnable. J'ai fini par voir que tu avais raison au sujet d'Alexos et que j'avais tort. Il est le Dieu-de-l'Univers. Sa sécurité est vitale. Sa quête du Puits doit être couronnée de succès. Connais-tu un moyen de communiquer avec lui ? »

Le souffle coupé, Mirany serra sa coupe entre ses mains.

« Parfois... comment dire ? Je parle au dieu. Il n'est pas toujours présent, du moins, il ne répond pas toujours. » Elle s'interrompit, consciente du regard inquisiteur de Hermia, de la confusion, voire de la douleur qui luisait dans ses yeux. « Mais le dieu est en Alexos.

— Oui, je le crois en effet. » Hermia se leva de toute sa hauteur. « Et je me vois obligée de te demander de le mettre en garde. »

Le cœur de Mirany battit la chamade.

« Le mettre en garde ? Contre quoi ?

— Un complot destiné à le tuer. Argelin souhaite qu'il ne revienne jamais. »

Dans le silence qui s'ensuivit, une mouette cria par la fenêtre. Mirany voulut choisir ses mots. Avec un effort surhumain, elle parvint à émettre un chuchotement.

« Qui doit le tuer ? »

Elle ne pouvait pas y penser. Elle ne le voulait pas. Mais la missive qu'il avait envoyée respirait la peur.

« Le scribe. Je crois qu'Argelin détient sa famille. » Hermia observa sa réaction avec attention.

Paralysée, Mirany parvint à hocher la tête.

« Même... Il ne serait pas...

— Argelin s'est servi d'autres moyens de persuasion... Un poste de questeur... »

Mirany leva des yeux écarquillés.

Hermia secoua la tête.

« Maintenant, tu as peur. »

La terreur laissa la femme bouche bée.

Personne ne bougea. Même le gros oiseau s'était posé sur son perchoir. Irrité, il lissait les plumes de l'une de ses immenses ailes.

Lentement, Alexos leva l'œuf. Ses bras tremblaient sous son poids. La Reine-Oiseau se mordit la lèvre.

« Petit ! siffla-t-elle. Fais attention !

— Tous à la porte, ordonna le Chacal. Descends avec, Alexos. »

Marche après marche, Alexos descendit l'escalier. Terrorisés derrière leurs masques, les Hommes-Oiseaux hésitaient à intervenir. Aucun n'osa bouger.

« Vous êtes libres. » La femme écarta vite les bras. « Partez ! Personne ne vous en empêchera. Mais posez le Non-Éclos.

— Pas encore. » La voix du Chacal était autoritaire. « Apporte-le ici. Prends ton temps. »

Alexos hocha la tête, concentré. Des gouttes de sueur coulaient sur son visage. Il les essuya avec son avant-bras.

« Sois prudent, mon vieil ami », marmonna Oblek.

Alexos se trouvait à mi-chemin. Le nid grinçait et frémissait, en équilibre instable. Au-dessus de lui, le grand oiseau le fixait avec attention. Soudain, il étendit les ailes, et avant que Seth ait eu le temps de mettre le garçon en garde, il s'élança.

Alexos leva la tête, se contorsionna, se baissa. Son pied glissa et il se rattrapa à la rampe en criant.

L'œuf lui échappa.

Consternés, pétrifiés, tous le regardèrent tomber, chute lente et terrible dans la pénombre poussiéreuse de la grande salle. Lorsqu'il heurta le sol, ils ressentirent le choc dans leurs os et dans leur crâne. Seth grinça des dents. Le cri aigu que poussa la femme se mêla au craquement de l'épaisse coquille quand elle se brisa sur les dalles.

Ils jurent de garder le silence

Personne ne bougea. Tout à coup, Alexos poussa un cri de douleur et d'angoisse qui transperça Seth comme un couteau. Aussitôt, il courut à sa rescousse, bondit par-dessus l'œuf brisé et grimpa jusqu'au garçon.

Alexos était blanc comme un linge.

« Je l'ai tué », gémissait-il.

Seth le saisit par le bras.

« Tout va bien. Ce n'était pas ta faute ».

La coquille striée était en miettes. Un liquide incolore s'écoulait de l'œuf. Puis une aile mouillée, décharnée, émergea. Seth éloigna Alexos de ce spectacle et tourna la tête, dégoûté. Soudain, quelque chose attira son attention.

« Regarde ! »

Alexos sanglotait. Seth sauta et se pencha sur la coquille brisée. Ignorant la lance qui s'enfonçait dans son cou, il tendit doucement la main et ramassa l'objet luisant qui gisait au milieu des morceaux. Brillante entre ses doigts, il brandit... une étoile, aussi bleue que du saphir.

« La deuxième étoile ! »

Les gardes s'étaient emparés du Chacal qu'ils plaquaient contre le mur. Le pilleur ne cachait pas son étonnement.

« Elle était dans l'œuf ?

— Tuez-les ! » La voix de la femme était éraillée par le chagrin. « Tuez-les sur-le-champ.

— Non ! Attendez ! »

Alexos se tourna, des larmes coulaient le long de ses joues. Il inspira.

« C'est ma faute, pas la leur. Si quelqu'un doit mourir, que ce soit moi. »

Le cœur de Seth bondit dans sa poitrine. Pendant une seconde, il se dit : *S'ils le tuent, je n'aurai pas à le faire.* La seconde d'après, il ressentit une haine si forte contre lui-même qu'elle le brûlait comme du feu. Il se tourna avec véhémence vers le garçon.

« N'importe quoi ! Agis ! Fais quelque chose ! C'est toi le dieu, oui ou non ? Tu permets aux événements de se produire, aux êtres de vivre et de mourir. Montre-leur qui tu es.

— Il a raison. » Oblek scruta la femme. « Montre-lui à quoi ressemble un vrai dieu. »

Alexos les dévisagea. Une lueur d'espoir illuminait son visage.

« Vraiment ? »

Il examina l'œuf cassé, puis le gigantesque oiseau revenu sur son perchoir, immobile, les yeux rivés sur lui, sans ciller, comme si le garçon n'était qu'une minuscule proie à sa merci.

« Je suis désolé, lui lança Alexos avec sincérité. Cela n'aurait jamais dû arriver. Je vais faire de mon mieux, mais certaines choses ne seront jamais recollées, certains moments ne se répéteront jamais. »

L'oiseau émit un long cri rocailleux.

Alexos s'agenouilla au milieu des débris de l'œuf. Il leva les yeux vers la femme.

« Si je réussis, nous laisserez-vous partir ?

— Qui es-tu, petit garçon ? » chuchota-t-elle, la voix étranglée.

Il ne lui répondit pas. Il enfonça sa main menue dans le magma, caressa l'aile tordue de l'oisillon à naître avec une extrême douceur. Du coin de l'œil, Seth vit le Chacal se raidir. Le sourire aux lèvres, Oblek attendait, patient.

Vis. Renais, toi qui n'es jamais né. Parce que les dieux viennent au monde dans l'étrangeté, de manière improbable.

Une plume bougea. Était-ce la brise ?

Seth s'approcha.

Je t'appelle. Depuis le Jardin de la Reine des Pluies, où les arbres sont à jamais en feuilles. Où les ruisseaux s'écoulent dans des mares fraîches, où volent les libellules. Depuis ton refuge sur la plus haute des branches.

L'oisillon remua. La femme plaqua une main sur sa bouche. Un tremblement, une secousse au niveau des membres.

Ils ont besoin de toi. Ils ont besoin de nous. Parce que sans nous, ils sont vides et creux, ils se montent les uns contre les autres. Ils ont besoin de nous pour nous blâmer et nous maudire. Nous aimer et nous détruire.

Le petit être se leva en titubant. Des ailes hideuses se déployèrent, son crâne chauve se dressa au bout de son cou squelettique. L'oisillon ouvrit le bec. Un petit cri résonna à travers la grande salle.

Les traits tirés, les yeux cernés, Alexos recula d'un pas chancelant. Il regarda la femme.

Je vous rends votre divinité.

Puis il se tourna vers Seth et le fixa longuement.

C'est fragile, une divinité.

Le sang de Seth se glaça. Au même moment, le Chacal repoussa les soldats qui l'encerclaient, s'empara de la deuxième étoile et rejoignit son sac qui gisait au milieu de la salle. Il le jeta sur son épaule, en lança un autre à Oblek et souleva le Renard blessé.

« On part ! décida-t-il. Avant qu'ils n'inventent autre chose. »

Oblek se précipita vers Alexos.

« Allez, mon vieil ami. Viens avec nous.

— Je me sens si fatigué, soupira le garçon.

— Laisse-moi te porter. Oblek te portera jusqu'au Puits. »

Le musicien le souleva avec aisance avant de suivre les autres hors de la salle. Seth se rua à leur suite.

« Attendez-moi ! »

Il se tourna sur le seuil. Debout au-dessus de l'oisillon, la femme observait ses mouvements disgracieux. De son perchoir, le grand oiseau examinait sa progéniture d'un œil critique.

« Nous avons autre chose qui vous appartient.

— Pardon ?

— Un œuf en argent. Gravé. Nous l'avons pris au grand homme. »

La Sphère ! Il dévisagea la Reine-Oiseau.

« Souhaitez-vous la récupérer ? J'ai pu constater que vous étiez un peuple dangereux. Vos enfants accomplissent des miracles. Peut-être êtes-vous des dieux ? Nous ne désirons pas devenir vos ennemis. » La femme interpella un Homme-Oiseau. « Va chercher l'œuf.

— Non ! » s'exclama Seth, alors que l'homme se dirigeait vers le nid. Il passa la langue sur ses lèvres. « Gardez-le. Comme présent. » Il avait presque franchi le seuil qu'il fit de nouveau volte-face. « Mais sachez qu'il n'éclora jamais ! »

La femme remit son masque. Son long bec rouge et noir s'inclina vers lui.

« Qui sait ce dont les dieux sont capables ? » murmura sa voix.

Tandis qu'il rejoignait les autres en courant, Seth souriait tout seul. Sans la Sphère, le Chacal ne les abandonnerait plus. À partir de maintenant, lui seul connaissait le chemin.

Personne ne s'opposa à leur fuite. Toutes les grilles étaient levées, les portes grandes ouvertes. Les rues jonchées de statues brisées étaient silencieuses et calmes. Le temps qu'ils grimpent au sommet du réseau de tours détruites et de pylônes renversés, le soleil s'était depuis longtemps couché derrière les montagnes.

Après être descendues maintes fois en piqué, être remontées et retombées, les myriades d'oiseaux amassées en nuages noirs au-dessus de leurs têtes s'étaient installées sur les statues décapitées et gazouillaient à qui mieux mieux.

D'un seul coup, à l'unisson, ils se turent. La nuit était tombée.

La route était silencieuse, les étoiles brillaient au firmament. Mirany avait couru aussi vite que ses jambes le lui permettaient, et à présent, elle boitillait, gênée par un caillou dans sa sandale et par un point de côté. Elle n'avait pas le temps de s'arrêter. Les larmes aux yeux, elle ne voulait pas y croire. Seth était peut-être ambitieux, mais jamais il ne ferait de mal à Alexos. Jamais ! Le poing sur le flanc, respirant un parfum d'armoise et de lavande plantées au bord de la route, elle fut tenaillée par une certitude. Elle ne pouvait être sûre ni de lui, ni de Chryse, ni de Rhetia. Elle faisait uniquement confiance au dieu et celui-ci ne lui répondait pas. Son silence la glaçait d'effroi.

Comme les dieux étaient imprévisibles !

Elle passa sous le haut portique et suivit le sentier sinueux en évitant les nuages de phalènes. Dans le chaud crépuscule, les grillons avaient remplacé les cigales. Au loin, les vagues léchaient la plage. De la fumée s'élevait du Port plongé dans le tumulte. Elle ignorait ce qu'il s'y passait exactement.

Elle gravit les marches en pierre qui menaient à la plate-forme. De là-haut, la mer, sombre, paisible, s'étendait jusqu'à l'horizon. Derrière elle, les Montagnes de la Lune découpaient leurs cimes noires sur le ciel étoilé. À quelle hauteur se trouvaient Seth et ses compagnons ? Avaient-ils atteint le Puits ? Le Chacal avait-il mis la main sur son or ? Ou étaient-ils morts de soif dans le désert, silhouettes immobiles rongées par les fourmis ?

Elle préféra chasser cette pensée de son esprit. Elle s'approcha de l'Oracle.

Tapi dans l'ombre, le gouffre béait.

« Écoute-moi ! Écoute-moi ! » Elle s'allongea sur le ventre, les cheveux dans les yeux. Puis elle plongea la tête dans les brumeuses ténèbres et hurla : « Kreon ! Écoute-moi ! »

Elle ignorait s'il pouvait l'entendre. D'après Seth, la pièce se trouvait à une si grande profondeur que les voix lui parvenaient étouffées, cassées. Jouait en sa faveur le fait que personne n'avait jamais hurlé de cette manière, ne s'était jamais penché ainsi dans la fumée, n'avait jamais été aussi terrifié. Soudain, elle fut prise de vertiges, sa vue se brouilla. Elle ferma les yeux.

« Préviens Alexos ! Seth a reçu l'ordre de le tuer. Tu m'entends ? Montre-moi que tu m'entends. »

Pourquoi ne lui répondait-il pas ? Où était la petite voix quand elle en avait besoin ?

Derrière elle, dans l'Enceinte, retentit le doux bruit du gong, signal de rassemblement des Neuf. Comme leur réunion devait se tenir ici, elle avait du temps devant elle.

« Kreon ! gémit-elle. S'il te plaît ! »

Grattement. Aussitôt, elle bondit sur ses pieds. Un scorpion !

Ses pattes avant émergèrent, suivies de son corps tout entier – grosse bestiole rouge aux pinces serrées qui se précipita vers elle comme si elle l'avait appelé. Si le dieu prenait l'apparence de ses créations, alors oui, elle l'avait bel et bien appelé. Il brillait au clair de lune.

Mirany prit une profonde inspiration. Elle fit un pas en avant, tenant d'une main ferme sa jupe au-dessus du genou. Elle se demanda si les vapeurs du gouffre ne lui étaient pas montées à la tête, ne lui avaient pas brouillé l'entendement, ou bien la vue. En effet, le scorpion portait un objet autour de lui.

La jeune prêtresse courut chercher la vasque en bronze et la lui présenta. Comme tous ses congénères, le scorpion s'approcha, sans doute attiré par son reflet ou le miroitement de ses mouvements saccadés. Dès qu'il fut à l'intérieur, elle l'aida à glisser au fond de la coupe afin de l'examiner de plus près.

Un bracelet. Mince, bon marché, usé. De petite taille, parure de fillette. Grand fut son soulagement. Il appartenait à Telia, elle le portait tout le temps. Telia et Pa étaient en sécurité, là, en bas, dans le royaume de l'Ombre. Tout à coup, elle fut pétrifiée par l'horreur de son acte : elle avait accusé Seth. Avaient-ils entendu ? Qu'en pensaient-ils ?

Elle serra la vasque entre ses mains quand elle entendit des bruits de pas précipités sur les marches derrière elle.

Rhetia portait un châle sombre sur ses épaules. Elle était hors d'haleine.

« Je savais que je te trouverais là ! Que se passe-t-il ? Qu'est-ce que tu manigances ?

— Sommes-nous obligées de comploter les unes contre les autres ? » soupira Mirany. Soudain, elle laissa éclater la colère qui bouillonnait en elle depuis si longtemps. Elle se posta devant la grande fille. « Toi et Jamil, Hermia et Argelin, qu'est-ce qui vous différencie, hein ? Vous vous servez de l'Oracle pour mentir, pour tyranniser le peuple. Dire que tu étais si fière, avant, Rhetia ! Et voilà que, maintenant, tu t'abaisses à de telles traîtrises ! Tu disais être loyale envers l'Oracle, mais c'est faux. Tu es loyale envers toi-même. L'ambition a-t-elle ce prix ? » Sa voix tremblait. Elle pivota et cria en direction des Montagnes de la Lune. « Vaut-elle la peine de tuer ? »

Silence.

« Toi et moi n'avons jamais été amies, n'est-ce pas ? enchaîna Rhetia. Mais j'ai eu l'occasion d'entendre l'Oracle un jour et il a prononcé ton nom. »

Mirany la fusilla du regard.

« Ne viens pas me dire que tu fais tout cela pour moi ! » gronda-t-elle.

Rhetia haussa les sourcils.

« D'accord, je ne le dirai pas. Mais ne comprends-tu pas ? Tu entends le dieu ! Je ne sais pas si j'en suis capable. Je n'ai parlé qu'une fois à l'Oracle et, en guise de réponse, je me suis réveillée plusieurs heures plus tard en découvrant que la Reine des Pluies avait pris ma place. Je veux l'entendre, Mirany. Je veux ce pouvoir, ce savoir. Ainsi, quand je deviendrai Porte-Parole, tu pourras rester Porteuse et nous œuvrerons main dans la main. Si Jamil est victorieux. Dans le cas contraire, si Argelin l'emporte, ni l'une ni l'autre nous ne survivrons. »

Lasse, Mirany la fixa.

« Et en plus, tu es sérieuse. »

Rhetia se renfrogna.

« Il se peut que j'aie fait des compromis, mais je ne mens pas. » Elle se tourna. « Les autres arrivent. »

Les Neuf étaient déjà là – Ixaca et Callia, Gaia qui semblait inquiète, Persis, Tethys, une nouvelle de grande taille. Puis apparut Chryse, dans sa toge rose, suivie de Hermia. Aucune ne portait son masque.

Elles se postèrent en cercle autour du gouffre. Celles qui avaient juste entrevu l'Oracle auparavant lancèrent des coups d'œil remplis d'effroi en direction du trou noir.

Hermia regarda autour d'elle.

« Les nouvelles qui nous parviennent du Port sont incertaines. L'attaque a été repoussée par les hommes du Général et il semblerait que les assaillants soient retournés à leurs navires. Plusieurs rues brûlent encore. J'ignore combien ont péri. »

Le vent chaud gonflait leurs jupes, transportait le doux parfum des roses et du thym.

« J'ai élaboré un plan qui mettra fin à toute cette violence. » Hermia les fixa tour à tour. « Nous bâillonnons l'Oracle. Chacune d'entre nous doit jurer que le Silence de la colère du dieu s'abattra jusqu'à ce qu'il y ait une trêve. Quelles que soient les menaces, nous restons unies. Nous ne brisons pas le cercle, d'accord ?

— Oui », affirma Rhetia.

Si elle fut surprise par sa réponse, Hermia ne le montra pas. Elle se tourna vers Mirany qui déposa avec précaution la vasque au centre du cercle.

Rhetia posa une main hardie sur le rebord. Le scorpion se figea, la queue dressée, tremblante.

« Je jure de garder le Silence », déclara-t-elle d'une voix ferme.

Chaque prêtresse l'imita d'une main fébrile, les yeux rivés sur le scorpion et son étrange collier, prête à bondir en arrière au moindre mouvement de l'animal. Mirany jura à son tour. Chryse vint en dernier.

La terreur se lisait sur son visage.

« Je ne peux pas, dit-elle dans un souffle.

— Pas de geste brusque », lui conseilla Mirany.

Les doigts en avant, elle prêta serment.

« Je jure de garder le Silence. »

Aussitôt, elle s'écarta en poussant un cri. Le scorpion bougea.

Mirany fut la seule à remarquer qu'elle n'avait pas touché la vasque en bronze, même du bout de ses ongles manucurés.

Hermia hocha la tête.

« Merci à vous toutes. Votre loyauté au dieu me réchauffe le cœur. Jamil prétend que cette guerre servira à rétablir l'honneur de l'Oracle. Argelin parle de commerce et d'argent. » Elle leva soudain la tête. « Attendons de voir. »

Lumières. Torches qui lançaient des flammes rouges, résine qui crépitait. Au milieu des oliviers ondulaient des flambeaux, accompagnés de claquements métalliques.

« Des soldats ! Ici ! s'exclama Rhetia. Y aurait-il trahison ?

— Elle ne vient pas de moi », déclara Hermia, le regard perçant, les lèvres pincées.

Les soldats formèrent une double rangée le long des marches et croisèrent leurs lances. Certains esquissèrent des gestes furtifs avec leurs doigts pour se prévenir de la colère du dieu. D'autres jetaient des regards nerveux en direction du trou noir. Hermia fit un pas en avant. Sa voix trahissait son immense courroux.

« Qui vous a envoyés ? Comment osez-vous fouler ce sol ?

— Ils sont avec moi. »

Le pas fatigué, Argelin gravit les marches. Son casque en bronze lui couvrait la majeure partie du visage. Seuls ses yeux luisaient. Il fit face aux Neuf.

« Je suis ravi que vous soyez toutes présentes.

— Aurais-tu décidé de poster un garde du corps derrière chacune d'entre nous ? »

Le ton de Hermia était glacial.

« Certaines le mériteraient depuis longtemps. » Il regarda Mirany. « Comme vous le savez peut-être déjà, l'assaut est terminé. Cette fois-ci, nous avons pu repousser les attaquants. La Porte du Désert a cédé, mais mes hommes l'ont reprise à l'ennemi, qui a regagné ses navires. La prochaine fois, nous n'aurons peut-être pas cette chance. J'ai besoin d'argent, Hermia. Pour acheter des mercenaires, faire fondre nos réserves de métal, obliger les marchands et les aristocrates à payer les réparations. Nombre d'entre eux seraient ravis que je perde cette guerre. Les plus fous pensent que l'Empereur baisserait les impôts. »

Hermia le fixa.

« Je ne vois pas en quoi nous pouvons t'être utiles.

— Vous possédez des stocks de blé et de nourriture, des milliers de trésors et d'offrandes au dieu. J'en ai besoin maintenant ou nous sommes perdus. »

Elle secoua la tête avec impatience.

« Prends-les. Mais la nourriture doit être distribuée gratuitement au peuple. »

Il s'avança.

« Ce n'est pas tout. L'Oracle doit parler. Voilà ce que tu déclareras : le dieu confirme que je suis le seul à pouvoir sauver le Port. Il doit leur ordonner de m'obéir quoi qu'il arrive. » Il prit les mains de Hermia dans les siennes. Le clair de lune se réfléchissait sur son armure en bronze. « En résumé, l'Oracle doit proclamer que je serai couronné Roi. »

Consternées, les prêtresses n'en croyaient pas leurs oreilles. Seule Hermia semblait calme et sereine. Tandis qu'elle regardait la Porte-Parole, Mirany comprit : il ne faisait aucun doute que ces deux-là en avaient discuté auparavant, qu'ils avaient planifié cet instant ensemble.

Loin d'être dupe, Rhetia était verte de colère. Alors qu'elle s'apprêtait à prendre la parole, Hermia répondit :

« Roi ? Pourquoi pas Archonte ?

— Nous avons déjà un Archonte.

— Oui, c'est vrai. Et ce titre signifie que tu devrais donner ta vie.

— Je suis prêt à la donner, rétorqua-t-il sans sourire.

— Ce pays n'a jamais eu de Roi. »

Hermia ne quittait pas Argelin des yeux. Il lâcha ses mains.

« L'heure est parfois désespérée, affirma-t-il d'une voix teintée d'impatience.

— En effet, Seigneur Général. En effet. »

Les ongles manucurés de Hermia tapotaient son énorme collier orné de lapis-lazuli et de jade.

« Bon... Tu... Le dieu parlera ? » Mirany lut de l'inquiétude sur son visage. Il sentit le danger. Comme s'il était soudain las de faire semblant, il recula d'un pas et souleva son casque. Une légère coupure saignait sur son front. « Cesse de me tourmenter, Hermia. Que se passe-t-il ? Nous étions d'accord...

— Les choses ont changé. »

Elle lui lança un regard imperturbable.

« Changé ? Comment ?

— Le dieu est apparu. Tu l'as vu. Nous l'avons tous entendu. Maintenant, le dieu décrète que l'Oracle demeurera muet. Aucun mot n'émanera de lui tant que la paix ne sera pas rétablie. » Elle s'approcha de lui et essuya son front ensanglanté avec le bord de sa manche. Il ne bougea pas. Il la dévisageait avec une incrédulité stupéfaite qui glaça Mirany.

« Tu me ferais ça ?

— Je le dois.

— Je t'aimais, Hermia, souffla-t-il, après un silence douloureux.

— Je sais, Monseigneur, répliqua-t-elle, glaciale.

— Notre alliance... »

Sans se départir de son calme olympien, elle lui sourit.

« Notre alliance est rompue. »

HUITIÈME OFFRANDE

Le silence

Les hommes ne savent pas à quoi servent les étoiles.

Ou l'arc-en-ciel. Ou les roses.

La nuit dernière, j'étais allongé dans le désert et je comptais les étoiles. Chacune d'entre elles m'appartient. Chaque point lumineux représente un souvenir.

Toutes ont bénéficié d'une réflexion soutenue – couleur, chaleur, rôle à jouer dans l'histoire de l'univers. Et si je ferme les yeux, je continue de les voir, car les étoiles sont minuscules, elles tombent sur mes paupières comme de la poussière.

Mon voyage m'a tant fatigué que j'en ai pleuré.

La Reine des Pluies est venue me chanter une berceuse.

Ils sont poursuivis par leurs rêves

Ils étaient dans les montagnes depuis trois jours.

Après la cité des oiseaux, le paysage s'était transformé en une pente accidentée, semée de caillasse coupante d'une étrange couleur rouge. Tout avait la teinte de la rouille, y compris leurs mains quand ils grimpaient. Ils respiraient cette poussière brique par le nez et la bouche. Le crâne chauve d'Oblek était recouvert de traces de doigts. La tunique d'Alexos était sale et tachée.

Mais là-haut, il faisait merveilleusement frais grâce à d'agréables brises. Au fur et à mesure qu'ils escaladaient les éboulis acérés qui roulaient sous leurs pieds, ils se débarrassaient de leurs écharpes et les fourraient dans leur sac. Le Chacal se hissa au sommet d'un escarpement et prit le temps de respirer de grandes bouffées d'air pur.

Il scruta le désert qui s'étendait à ses pieds.

« Je vois les Animaux ! s'écria-t-il. De larges formes, parfaitement claires d'ici. »

Coincé dans une cheminée rocheuse, Oblek se débattait et poussait des jurons.

« Tant qu'ils ne nous pourchassent pas... »

Les cheveux blonds du Chacal ondulaient au gré du vent.

« Nous ne sommes pas suivis », affirma-t-il.

Intrigué par le ton de sa voix, Seth leva les yeux. Le Renard se redressa, mais sentant le regard de Seth posé sur lui, il détourna la tête.

Alexos, qui grimpait toujours avec une grande agilité, était assis en tailleur sur la falaise et secouait sa tunique pour en faire tomber les insectes.

« Tu croyais qu'Argelin viendrait ? » lui demanda le garçon.

Le sang de Seth se glaça dans ses veines.

« Attiré par l'or ? Comment connaîtrait-il le chemin ?

— Il a plus d'un tour dans son sac, Seth, affirma Alexos.

— Je ne vois personne. Ni chameaux, ni caravanes, ni oiseaux féroces. » Le Chacal se tourna vers ses compagnons. « Nous sommes seuls, aux confins de la Terre. »

Et ce n'était pas qu'une impression. Seth se plaça à côté du pilleur de tombes et frotta ses mains éraflées l'une contre l'autre. Il regarda vers le bas. Le désert, vaste désolation d'un gris pâle, s'étendait jusqu'à l'horizon, jusqu'à une tache bleue – peut-être la mer, ou le ciel, ou l'endroit où ces derniers se rejoignaient, là où le grand serpent encerclait le monde et se mordait la queue. Oui, lui aussi voyait les Animaux. Il fut stupéfait devant la complexité des formes qui se dessinaient sur le sable. Il y avait d'autres lignes, par centaines, qui s'entrecroisaient, et ces immenses gribouillis ressemblaient à des mots, étalés sur des kilomètres. Ils avaient traversé un paysage d'histoires sans être capables d'en lire aucune, sans même s'en être rendu compte.

« Un livre des dieux », marmonna-t-il.

Le Chacal opina du chef. Il plissait les yeux devant le spectacle.

« En effet. Et sur ses pages, nous rampons telles des mouches. » Il leva les yeux vers Alexos. « Sait-il ce qu'elles racontent ? »

Seth demeura silencieux. Depuis que l'oisillon était revenu à la vie, aucun d'entre eux ne s'était senti à l'aise auprès d'Alexos, même si le garçon se comportait de manière identique, était toujours aussi espiègle, curieux, et se fatiguait au point qu'Oblek devait le porter sur son dos pendant des heures. *Nous avons peur*, pensa Seth. *De ce qui vit en lui. De ce dont il est capable.* Au Palais de l'Archonte ou sur l'Île, pendant les rituels compliqués, le dieu était contenu, amadoué par des cadeaux, contrôlé par des rites. On lui parlait de façon formelle à travers l'Oracle. Mais ici, il n'y avait ni rite, ni code de conduite. Ici, le dieu était affranchi de toute contrainte, il était libre, dangereux ; personne ne pouvait prévoir son prochain geste. Et il n'y avait pas d'autre moyen de lui parler qu'en tête à tête.

« Demande-le-lui. »

Le Chacal lui lança son sourire désabusé.

« Je dois te confesser, scribe, que je n'ose pas. Mieux vaut laisser de tels êtres à ton amie, la prêtresse Mirany. Sache qu'une seule chose m'intéresse : l'or. »

Il se tourna vers le sud et scruta l'horizon.

« Qu'est-ce que c'est ? » interrogea Seth, le doigt pointé.

Le lit sec d'une rivière descendait des collines d'ouest en est, fissure dont les affluents taris ressemblaient à des veines dans le paysage.

« Le Draxis. Ce fleuve traversait le Port autrefois. » Le Chacal fronça les sourcils. « Quand l'Archonte Rasselon a volé les pommes d'or, la Reine des Pluies a tari le cours d'eau.

— Votre ancêtre était donc un voleur lui aussi. »

L'homme lui lança un regard mauvais.

« Nous sommes tous des voleurs. Nos crimes nous poursuivent, nous et nos descendants. Même si nous croyons pouvoir leur échapper. »

Il fit soudain volte-face. Seth ne bougea pas, il regardait les ombres qui s'allongeaient, pensif.

Mirany. Il se demanda comment elle s'en sortait. Si Pa et Telia étaient à l'abri. Il ne pouvait le demander à Alexos, car il aurait fallu lui expliquer pour quelle raison ils couraient un grand danger. Mais, de toute manière, le dieu était au courant... Pourquoi ne le serait-il pas, puisqu'il était un dieu ? Ces contradictions insolubles le hantaient. Las, il s'éloigna.

Ils campèrent à l'abri d'un surplomb, un peu plus loin. À cette hauteur, les nuits étaient très froides. En outre, ils n'avaient pas grand-chose à brûler, mais le Renard fouilla les parages et revint avec des branches mortes. Il était un expert dans l'art d'allumer un feu, ce qui ravit Seth. Ils mangèrent des olives sèches et burent de leur précieuse eau. La dernière source était loin derrière eux. Il leur restait trois jours de réserve et le prochain point d'eau serait le Puits lui-même, s'ils le trouvaient...

Le Chacal allongea ses longues jambes.

« Bien, commença-t-il d'une voix douce. Peut-être pourrions-nous savoir à quelle distance nous sommes de notre but, Seigneur Archonte. »

Alexos bâilla.

« Je l'ignore. Nous le découvrirons quand nous l'atteindrons. »

Oblek grimaça. Le Chacal regarda Seth avec aigreur.

« Et le gardien des secrets de la Sphère perdue, qu'a-t-il à nous dire ?

— Nous continuons de monter en direction du pic le plus élevé, celui au sommet fendu.

— Celui dans lequel pénètre le soleil, grommela Oblek.

— Ou derrière lequel il disparaît. »

Le musicien suça une olive amère.

« Il y a là-bas un abîme sans fin. Brûlant. Le soleil descend à l'intérieur et les chevaux du dieu lui font traverser les entrailles de la Terre. Est-ce exact, mon vieil ami ?

— Si tu veux, Oblek.

— Pourtant le soleil ne se couche pas au même endroit selon les saisons. La lune non plus », intervint le Renard. Sa voix sèche et pointue surprit Seth.

« Vraiment ? »

Le voleur borgne cracha.

« Et on appelle ça un scribe ? Il ne lève jamais le nez de ses rouleaux fripés, ma parole !

— Quel gouffre immense ce doit être ! » Le Chacal dévisagea Oblek. « Une fissure au bout du monde. »

Le colosse cracha son noyau.

« Dis ce que tu as à dire, Seigneur Chacal. »

Celui-ci haussa les sourcils, puis s'appuya avec élégance contre un rocher.

« Tu es plus perspicace que tu en as l'air, hein ? Et pourtant, il m'est difficile de t'imaginer en train de jouer.

— C'est un bon musicien », marmonna Seth.

Oblek sembla étonné par le compliment. Le Chacal hocha la tête.

« Voici ce que j'ai à dire : le Renard et moi sommes... touchés... que vous ayez ressenti le besoin de nous secourir. » Il sirota un peu d'eau. « Bien entendu, nous nous serions échappés sans votre aide, mais votre intervention a été appréciée à sa juste valeur. »

Oblek renifla.

« Nous aurions peut-être dû attendre et voir de quelle manière vous vous en sortiez.

— Vous auriez appris quelque chose.

— Comment être dévoré avec dignité ? »

Les yeux du Chacal étaient dénués d'expression.

« Détecterais-je un soupçon de doute ?

— Sale pourriture ingrate. Nous aurions dû laisser cette mouette surdimensionnée vous picorer les entrailles », déclara Oblek avec calme.

Alexos sourit. Seth prit la parole.

« Où sont les étoiles ?

— Ah oui ! » L'enfant bondit sur ses pieds. « Mes étoiles !

— *Mes* étoiles », rectifia le Chacal. Il renversa son paquetage, ramassa deux petits paquets qu'il défit l'un après l'autre. De la lumière émanait des pierres, blanche et bleue, d'une brillance surnaturelle. Alexos tendit la main pour les toucher. La lueur éclaira les contours de son visage, plongeant ses yeux dans l'obscurité. « Elles sont si belles ! »

Le garçon leva la tête.

« N'oubliez pas qu'il en existe une troisième. Et nous devons la trouver.

— Je suis d'accord avec toi. Mais si jamais tu as l'intention de les jeter au fonds d'un puits, le menaça le Chacal qui se dépêcha de les envelopper, alors tu te méprends, Archonte. Elles m'appartiennent, et si nous ne découvrons pas d'or, ces pierres seront mon seul profit. » Il toisa le garçonnet. « Pour quelle raison les veux-tu, déjà ? »

Alexos prit une profonde inspiration, hésita.

« Le Puits est gardé », finit-il par admettre.

Silence.

« Par quoi ? marmonna le Renard.

— Des êtres terrifiants.

— Quels êtres ?

— Des créatures fantastiques d'une grande puissance. »

Le Renard jura dans sa barbe.

« Pourquoi ne nous l'as-tu pas dit plus tôt, mon vieil ami ? » s'enquit Oblek.

Alexos s'allongea et tira une couverture sur lui. Il rabattit les bords avec soin.

« Je ne voulais pas t'effrayer, Oblek. »

Frappés de consternation, ils le regardèrent fermer les yeux.

« On n'en attendait pas moins d'un dieu. »

Le ton du Chacal était très amer.

Cette nuit-là, Seth rêva de la Reine des Pluies. Elle parcourait les allées entre les pupitres, dans le Bureau des Plans. Sa robe dégoulinait, les éclaboussait. Des filets d'eau couraient entre les pavés. Elle posa la main sur le rouleau sur lequel il travaillait. Des algues étaient entortillées entre ses doigts mouillés ; elle portait des bagues en corail et en or, des bracelets faits de cauris polis.

Il leva les yeux, la plume serrée dans sa main.

Son visage ressemblait à celui de Mirany. Mais ses cheveux longs et bouclés retombaient sur ses épaules.

« J'ai du travail, chuchota-t-il.

— Un travail que tu ne souhaites pas accomplir. » Elle le prit par les poignets et l'obligea à se lever. Son étreinte était glaciale et humide. « Suis-moi. »

Ils se rendirent dans la Cité et montèrent sur les remparts. Les Archontes les surplombaient. La Reine des Pluies le conduisit le long de la rangée jusqu'à la statue de Rasselon. Ils gravirent les marches et s'assirent sur les genoux de l'immense sculpture au torse bombé, et dont le large visage et les yeux de pierre étaient tournés vers les montagnes.

« S'il pouvait, murmura-t-elle, il pleurerait des rivières pour son peuple.

— Les pierres ne peuvent pas pleurer.

— Non ? » Elle sourit. « Je suis capable de les faire

pleurer. Je peux comprimer, contracter, ébranler les montagnes. Je peux me glisser le long des veines du monde, fleurir le désert, transformer des terres arides en jardin. Je peux faire jaillir des sources au milieu de nulle part. Si tu me le demandes.

— Mon père est-il sain et sauf ? chuchota-t-il. Et Mirany ? »

La Reine des Pluies posa un index sur ses lèvres et sourit. Seth perdit courage, il savait qu'elle ne lui dirait rien.

« Regarde-le, poursuivit-elle. Sa chair s'est changée en glace. »

Pendant une seconde affreuse, il crut qu'elle parlait de Pa. Non, elle regardait Rasselon.

La statue luisait. Tout à coup, elle ne fut plus que glace, une masse pétrifiée, creusée de minuscules galeries, de tunnels d'eau fondue, et dont l'intérieur s'effondrait lentement, gouttait, glissait... Ses bras devenaient moignons, son visage perdait peu à peu de son relief, se lissait...

« Le remords est une montagne de verre », murmura-t-elle de ses lèvres fraîches à l'oreille de Seth. « Glissante, impossible à gravir. Mais en son centre réside une étoile de feu. »

Soudain, il vit, au cœur de la statue, ensevelie dans la glace, une lumière rouge, ardente. Il tendit le bras mais heurta la surface froide et lisse.

À cet instant, la main de l'Archonte s'empara de la sienne et ne la lâcha plus.

Le Chacal semblait rêver, lui aussi. Oblek suçait un caillou en regardant s'agiter le pilleur dans son sommeil.

« On le réveille ? » demanda-t-il.

Enroulé dans ses couvertures, le Renard haussa les épaules.

« Laissons-le dormir. S'il se réveille au milieu d'un rêve, il s'en souvient.

— Hum... J'ai eu de tels cauchemars, dans le désert... Je marchais en plein délire. Des bêtes rampaient autour de moi, des monstres, des femmes que j'avais connues, des hommes que j'avais trahis. » Il poussa un grognement désabusé, lança des brindilles dans le feu. « Aucun de nous n'a eu une belle vie, Renard. »

Le rouquin se frotta le visage avec la paume.

« Peu ont cette chance. Mais au moins, quand tu trahis les vivants, ils ne viennent pas te hanter.

— Parce que les morts... commença le musicien, poussé par la curiosité.

— Oui. Les morts hantent le Chef. Ils sont trop sensibles, ces aristocrates. Au bout de trois ou quatre tombeaux, la plupart d'entre nous s'habituent. À l'odeur, au silence, à l'air vicié... aux bruissements inexplicables. En général, le problème est de sortir les objets, d'éviter les pièges... Certains sont diaboliques ! J'ai vu un homme être découpé en morceaux par un système rouillé qui est sorti du mur en tournoyant. Le type était juste devant moi ! »

Il grimaça, cracha avant de poursuivre.

« Il a eu un chouette enterrement. Le Chef était si furieux qu'il a demandé à ce que l'Archonte soit jeté à bas de son cercueil et que Melas prenne sa place. Il a eu un enterrement de Roi. Mais *lui*, il ne s'y est jamais fait », fit le rouquin en désignant leur compagnon endormi. « Ce ne sont pas les corps qui le gênent, non. Ce sont les pillages, le dépouillement des morts. Comme si le jour où il a décidé de se retourner contre sa classe, il avait délibérément pris la place du plus vil des vilains. D'ailleurs, il a adopté le nom d'un animal que tout le monde déteste. On dirait qu'il se hait. Voilà pourquoi il fait des cauchemars.

— Il les voit ? l'interrogea Oblek.

— Qui sait ? Il en parle rarement. Il voit quelque chose. Il les appelle les Furies. Tu sais... ces bêtes aux ailes en étain dans les pièces de théâtre. »

Le feu crépita. Comme s'il l'avait entendu, le Chacal marmonna et se tourna dans son sommeil. Le Renard fronça les sourcils.

« Le jour viendra, selon lui, où ils lui rendront la monnaie de sa pièce. Croyez-moi, dans cette cage, je croyais que l'heure des comptes avait sonné. »

La porte s'ouvrit. Une esclave entra avec un plateau qu'elle posa sur une petite table en bronze. Derrière elle se tenait un soldat, lance au poing.

Mirany sursauta.

« Sophia ! Que se passe-t-il ? »

La fille haussa les épaules et lui lança un regard hagard, désespéré.

« Elle n'a pas le droit de vous parler. Ce sont les ordres. »

Le soldat chassa la jeune fille sous les yeux courroucés de Mirany.

« C'est une honte ! Ignores-tu qui je suis ? J'exige de voir la Porte-Parole... »

La porte claqua. La clef tourna dans la serrure. Elle demeura seule, enragée.

La mort dans l'âme, elle s'effondra sur son lit et fixa la fenêtre. Comme l'autre, elle était obstruée par des planches clouées à la va-vite. Seuls de minces rais de lumière parvenaient à la traverser. Pris au piège, un papillon voletait pour trouver une sortie. Elle s'enroula dans son châle, malheureuse.

Les Neuf étaient enfermées dans leurs chambres depuis deux jours. Elle avait eu l'occasion de voir les autres au Rituel de l'Aube, uniquement parce qu'il fallait le respecter, mais chacune d'entre elles était masquée. Puisqu'elles étaient surveillées de près par des soldats, il leur était impossible de transmettre le moindre message, ni même de murmurer.

De son côté, Hermia avait prononcé les mots consacrés d'une voix forte, comme pour leur montrer que rien n'avait changé, que le Silence était toujours de mise.

Mirany s'avança jusqu'au plateau. Elle n'avait pas faim, mais cela l'occuperait quelques minutes. Elle mourait d'ennui.

Elle grignota un morceau de fromage. Il fallait que cesse cette comédie. Argelin avait déversé toute sa colère sur Hermia. Furieux, il avait blasphémé et manqué la frapper, tandis que Hermia gardait son calme. Il n'y aurait plus de message de la part du dieu, avait-elle décrété, jusqu'à ce qu'une trêve soit signée.

Elles avaient toutes promis. Elles se serreraient les coudes.

Mirany s'interrogeait. Certaines tiendraient parole, mais d'autres étaient faibles. Chryse, que faisait

Chryse, seule dans sa chambre, sans personne avec qui jacasser ?

Elle posa son fromage, prit le petit pain blanc qu'elle rompit.

Un minuscule morceau de papyrus en tomba.

Stupéfaite, Mirany le fixa quelques instants avant de s'en emparer et, vite, le déplia.

MIRANY. IL ESSAIE DE NOUS DIVISER. IL M'A DEMANDÉ DE DEVENIR PORTE-PAROLE. JE LUI AI DIT QUE JE N'ACCEPTAIS PAS SES CONDITIONS. IL A DIT QUE HERMIA AURAIT UN ACCIDENT. IL A PEUR DE TOUT PERDRE. NE LUI FAIS PAS CONFIANCE. SOIS FORTE, MIRANY. GARDE LE SILENCE. J'AI PRÉVENU JAMIL. IL ARRIVE.

Le message était signé : RHETIA.

Mirany le lut par deux fois. Était-il authentique, ou s'agissait-il d'une ruse d'Argelin ? Auquel cas, il était très bien imité. Rhetia était une jeune femme intelligente. Ses esclaves lui étaient dévouées. Quant à refuser de devenir Porte-Parole ! Une place qu'elle convoitait tant ! Mirany l'admirait – mais elle admirait Rhetia depuis le début, sa force, sa certitude d'avoir toujours raison. Ce devait être si pratique d'avoir confiance en soi...

Des bruits de pas. Dans la loggia.

Aussitôt, Mirany écrasa le message dans sa paume et l'enfouit dans ses sous-vêtements. Au moment où elle se retournait, la porte s'ouvrit. Koret, l'Intendant, entra et fit la révérence.

« Dame Mirany...

— Eh bien ? demanda-t-elle, le souffle court. Sommes-nous libres ? »

Il jeta discrètement un coup d'œil derrière lui. Une phalange armée occupait la terrasse.

« J'ai peur que non, ma Dame. Le Seigneur Argelin veut vous voir. »

C'était une montagne de glace, comme l'avait prédit la Reine des Pluies. Seth et Alexos contemplaient ses flancs lisses, ses pentes escarpées, impossibles à escalader. Lorsqu'il entendit les autres les rejoindre tant bien que mal, Alexos fit volte-face.

« Regarde, Oblek ! Regarde ! »

Le Chacal passa devant. Il avança avec mille précautions sur des éclats de roche acérés, s'accroupit et les examina avec attention.

« On dirait du verre.

— De la glace ? hasarda le Renard.

— Non, intervint Oblek. Nous ne sommes pas assez haut.

— Ça s'est produit récemment, déclara le Chacal. »

Le site entier semblait avoir été brisé en morceaux, avoir brûlé, puis fondu avant d'être reformé. Une chaleur terrible avait dû vitrifier le paysage, créer des escarpements dentelés, creuser d'énormes trous. Le visage des Montagnes de la Lune avait été pulvérisé puis s'était transformé non en roche, mais en un minéral noirâtre, charbonneux, incassable.

Le Chacal frotta la couche noire à ses pieds, la sentit, la lécha. Puis ses longs doigts explorèrent les sillons et les fissures du sol, ses curieuses facettes, ses surfaces luisantes.

« Renard, ton couteau, s'il te plaît. »

Le voleur borgne choisit son arme la plus pointue et la plus fine, et la lui tendit. Le Chacal s'en empara et gratta le sol. Aucune marque. Lorsqu'il tenta d'en extraire un morceau, la lame se plia. Comme le Renard tiquait, il lui rendit son couteau sans un mot. Il se releva et se frotta les mains sur sa tunique.

« Je vous répète que c'est du verre, s'impatienta Oblek. Dites-moi, au nom du dieu, comment nous allons escalader ces parois ? »

Le Chacal lança un regard oblique à Seth. Ses yeux pétillaient d'une lueur étrange.

« Félicitations ! lança-t-il.

— Pardon ?

— Nous sommes tous très riches. Nous sommes plus fortunés que l'Empereur en personne, même si nous ne dépenserons pas un seul shekel de notre magot. » Il contempla la montagne à pic, puis dévisagea Alexos. « Peut-être le dieu sait-il de quoi je parle ? »

Alexos prit une profonde inspiration. Seth décela en lui un léger malaise.

« Le sais-tu ? »

Alexos haussa les épaules.

« Je sais que la montagne est très dure.

— Dure ? » Oblek s'approcha et lui passa un bras autour des épaules. « Ça, nous pouvons tous le constater, Archonte. »

La vérité frappa Seth tel un coup de poing.

« Il veut dire que la montagne est en diamant, Oblek. Un énorme diamant. »

Dans le silence absolu, une brise légère fit claquer la toge rayée du Renard.

Il n'y avait rien à ajouter.

S'il n'y avait pas d'Oracle...

L'Île était méconnaissable. Une barricade avait été érigée pour bloquer le Pont. La route était gardée. Des soldats étaient postés devant chaque bâtiment de l'Enceinte et même les immenses portes du Temple avaient été fermées, ce qui, de mémoire d'habitant, ne s'était jamais produit.

Nul ne marchait ni ne riait dans les jardins. Le bassin était vide. Son eau salée n'ayant pas été changée depuis des jours, un mélange d'huile et de pétales flottait à sa surface. Les esclaves semblaient avoir abandonné les lieux. Balayées par l'air brûlant, les terrasses étaient désertes et les fleurs écarlates dépérissaient par manque d'eau. Elle chassa les insectes qui bourdonnaient autour d'elle, heureuse de sentir le soleil lui caresser les bras et le visage, après deux jours passés cloîtrée dans sa chambre aux fenêtres obstruées.

La phalange se referma sur elle et, sous bonne escorte, elle gravit les marches qui menaient à la plus haute terrasse surplombant le Port, au-dessous du Temple. À première vue, Argelin avait installé ses quartiers là. Il était assis sous un auvent sur un siège en bronze qui appartenait à Hermia. Devant lui était disposé un bureau recouvert de plans. Des hommes allaient et venaient, des messagers couraient, des officiers présentaient leur rapport.

Durant son attente, elle étudia le Port.

Hors de portée, les bateaux de Jamil étaient ancrés loin dans la baie. Le Prince ne patienterait plus très longtemps. Bientôt, l'eau, les vivres manqueraient. Ce serait l'ultime attaque et le Port tomberait.

« Ma Dame », l'interpella le sous-officier.

Mirany se redressa. Elle se sentait sale et regrettait de ne pas avoir mis sa robe blanche, de ne pas avoir l'air plus digne. Ses cheveux avaient également besoin d'être coiffés. D'un geste nerveux, elle repoussa une mèche qui lui barrait les yeux.

Argelin se leva, la regarda, puis fit signe aux soldats de s'écarter. Il se tourna ensuite vers le sous-officier.

« Je ne veux voir personne, jusqu'à nouvel ordre.

— Mon Général...

— Quoi qu'il se passe, charge-t'en ! »

Alors qu'Argelin la poussait en avant sans ménagement, Mirany se dégagea. Il se posta sur le balcon et scruta la mer. Ne sachant que faire, elle le suivit.

« Je devrais brûler cet endroit », marmonna-t-il.

Épouvantée, elle fixa son dos. Il fit volte-face.

« S'il n'y avait ni l'Oracle ni les Neuf, je serais écouté.

— Vous ne pouvez pas brûler le dieu.

— À quoi sert un dieu si personne ne peut l'entendre ? Je crois que j'en serai capable, Dame Mirany.

— Vous... Le peuple se soulèvera...

— Oh ! Je ne blâme pas le Prince Jamil. Il se pourrait que son intervention me rende service. Le peuple mettra ses soldats en charpie à mains nues. Ensuite, quand l'invasion sera repoussée, je remplacerai les Neuf. »

Il s'humecta les lèvres. Quelques perles de sueur brillaient sur son front et dans sa barbe.

« Qui m'arrêtera, Mirany ?

— L'Archonte... »

Il éclata de rire, un rire cruel.

« L'Archonte est très certainement mort à l'heure qu'il est et aucune recherche ne sera entreprise pour trouver son successeur. Je serai à la fois Archonte, Général et... Roi. Oui, Roi.

— Et Hermia ? »

Une ombre passa sur son visage.

« Elle a signé elle-même son arrêt de mort. J'ai toujours cru qu'elle était forte. Je savais qu'il y avait quelque chose en elle que jamais je ne pourrais atteindre, mais cette obstination, cette trahison soudaine me surprennent. Notre collaboration était pourtant si fructueuse... »

Il s'interrompit pour dévisager Mirany, qui frissonna.

« Quant à nous, ma Dame, nous ne pouvons toujours pas nous entendre, n'est-ce pas ? À chaque tournant, vous m'avez mis des bâtons dans les roues. Aujourd'hui, les choses ont changé. J'ai besoin d'une Porte-Parole de toute confiance.

— Vraiment ? » fit-elle dans un souffle.

Il lui décocha un sourire mielleux.

« Vous ne le savez que trop bien. Et j'en ai choisi une. »

Estomaquée, elle déglutit.

« Vous ne pouvez... »

Il l'interrompit d'un geste de la main. Puis il pointa un doigt par-dessus son épaule. Mirany se retourna.

À l'autre bout de la terrasse, une jeune fille était assise sur la balustrade. Blonde, vêtue d'une robe rose et flambant neuve, elle donnait à manger à des colombes apprivoisées. Elle leva les yeux et, l'air heureux, lui fit signe de la main.

« Oh ! Mirany ! Je savais que tu entendrais raison ! »

Mirany eut un haut-le-cœur.

« Vous comprenez ? » susurra Argelin. Il s'empara d'une jarre dorée et se versa du vin qu'il coupa avec de l'eau.

Engourdie, elle se contenta de hocher la tête. Elle prit la coupe qu'il lui tendait et but goulûment, sans y prêter attention.

« J'ai besoin de quelqu'un qui fasse exactement ce que je lui dis, quand je le lui dis. Peut-être est-ce elle ? Jolie petite Chryse... Il n'a pas fallu longtemps pour la convaincre. Ce n'est pas la plus intelligente des filles, contrairement à vous, ou à Rhetia la revêche, mais elle est... débrouillarde. Elle sait ce qu'il y a de mieux pour elle. Je ne rencontrerai aucun problème avec elle quand elle sera Porte-Parole. »

Mirany posa sa coupe.

« Pensez-vous ? »

Argelin lança un coup d'œil à la jeune blonde.

« Oui.

— Alors, vous vous trompez. » Elle lui lança un

sourire de glace. « Je connais Chryse. Elle se place du côté du vainqueur, quel qu'il soit. Si vous perdez cette guerre, elle vous remettra à Jamil sans sourciller. Elle prétendra que l'Oracle a exigé votre mort. Croyez-moi. »

Le Général but à son tour.

« Il ne gagnera pas.

— L'Empire le soutient. Mettez ses navires en déroute et d'autres viendront. Vous ne pouvez pas les chasser. Seul le dieu peut mettre un terme à ce conflit, et Chryse n'entend pas le dieu.

— Je ne veux pas qu'elle l'entende. »

Elle secoua la tête et tenta le tout pour le tout.

« Et vous ne voulez pas d'elle comme Porte-Parole, n'est-ce pas ? Car, au fond, vous ne lui faites pas confiance. »

Agacé, il posa d'un geste brusque sa coupe sur le plateau. Un soldat lui lança un regard nerveux. Argelin la fixa avec colère.

« Non, je ne lui fais pas confiance. Ce n'est qu'une sale petite égoïste. Mais je ne vois personne d'autre. Une solution serait que les Neuf périssent ensemble au cours d'un malheureux incendie. »

Il veut que ce soit toi, Mirany. Il essaie de te menacer.

Elle s'attendait si peu à entendre sa voix que le choc faillit lui arracher un cri. La stupéfaction fit aussitôt place au soulagement.

« Où étais-tu ? »

J'étais occupé. Avec des œufs, des diamants et des étoiles.

Elle se tourna et regarda la mer bleue à ses pieds.

« Quelle décision prendre ? Chryse ne peut pas devenir Porte-Parole ! »

As-tu confiance en moi, Mirany ?

Elle esquissa un signe de tête.

Alors fais exactement ce que je te dis. Annonce-lui que tu seras la prochaine Porte-Parole.

Elle agrippa la balustrade en marbre blanc. La pierre était douce et fraîche sous ses doigts. Les mots du dieu lui brisèrent le cœur. Elle pensa au serment que les Neuf avaient prêté au-dessus de la vasque en bronze, au mot griffonné par Rhetia. « Sois forte. Garde le silence. » Elles seraient persuadées de sa trahison.

« Je ne peux pas ! Je ne peux pas ! »

Loin de moi l'idée de te forcer, Mirany. Je voulais juste savoir si tu me faisais confiance.

« Bien... » Argelin l'observait avec curiosité. « Vous voyez où je veux en venir.

— Pourquoi moi ? Vous avez vous-même affirmé que...

— Parce que je sais que vous ne me condamnerez pas à mort le jour venu, alors que d'autres n'hésiteraient pas une seule seconde. Parce que les gens croient ce que vous dites, ils croient que vous entendez le dieu. Que cela soit vrai ou faux, vos déclarations auront une certaine... intégrité. »

Il s'approcha d'elle et la toisa.

« Vous serez Porte-Parole et vous annoncerez la disparition de l'Archonte, ainsi que mon élévation au rang de Roi. Il ne sera fait aucun mal aux Neuf, si vous coopérez. Nous aurons besoin d'une nouvelle fille... que je choisirai, bien entendu. Le Temple et l'Île ne seront pas brûlés, l'Oracle conservera sa pureté, Hermia sera gardée en lieu sûr. Si vous faites une proclamation dont nous ne serions pas convenus auparavant, elle sera tuée et l'Oracle détruit. Compris ?

— Elle sera retenue en otage ? Vous lui feriez subir ce sort ? »

Argelin répondit, tendu :

« Hésiterait-elle, si les rôles étaient inversés ?

— Mais vous l'aimiez. »

Ses yeux noirs la fixèrent.

« Peut-être que je l'aime encore. L'amour est si difficile à comprendre. »

En effet, elle ne le comprenait pas.

Les trahissait-elle ? Leur sauvait-elle la vie ? Elle ne savait plus. À présent, une seule voix importait et c'était celle du dieu, où que celle-ci la mène.

Elle regarda au loin.

« Renvoyez Chryse dans ses appartements. » Le menton levé, elle lui fit face. « Désormais, je suis la Porte-Parole. »

Seth s'accrochait à la corde. Ses pieds glissaient et dérapaient sur la paroi vitreuse, bien qu'il eût ôté ses bottes pour avoir une meilleure prise. Au sommet, le Chacal ricanait.

« Allez ! Moi qui croyais que tu gravissais les échelons à la force du poignet ! »

Loin là-haut, le Renard étouffa un rire et tira sur la corde tendue.

Seth poussa un juron. Il avait les mains rêches. Jamais plus il ne serait capable d'utiliser un stile. En contrebas, horriblement loin, Oblek lui criait des encouragements et, à quelques centimètres de son visage, le soleil faisait apparaître de magnifiques arcs-en-ciel dans le cœur poudreux du rocher en diamant. Il escaladait ce qu'il désirait le plus au monde.

Après un dernier effort surhumain, il se hissa, souleva un bras, puis l'autre. Tous ses muscles lui faisaient mal, il ne sentait plus ses mains. L'ascension de la paroi abrupte lui avait brisé les genoux. À bout de forces, il s'étonna de pouvoir encore mettre un pied devant l'autre. Finalement, le long bras du Chacal surgit et l'attrapa par la tunique. Il fit un bond disgracieux qui le déséquilibra.

« Bien. Dénoue la corde et donne-la-moi », ordonna le pilleur de tombes tout en regardant en bas. « À toi, mon garçon ! »

Hébété, Seth obéit.

« J'ai failli tomber !

— Balivernes ! » Le Renard vérifia les nœuds avant de jeter la corde à Alexos. « Tu ne t'es pas mal débrouillé pour un écrivaillon. »

Seth palpa ses mains endolories. Un instant, ce compliment lui fit chaud au cœur. Puis une colère soudaine s'empara de lui. *Écrivaillon !* Quand il serait questeur, on le respecterait et... Si Alexos rentrait au pays, il ne serait jamais questeur.

Le garçon commençait son ascension. Avec facilité et légèreté, il grimpait à la manière du Renard – même si aucun des deux ne possédait l'adresse du Chacal. Son escalade, précise et souple, la corde par-dessus l'épaule, avait été incroyable. Il s'aidait de fissures et de lézardes à peine visibles. Avec témérité, il allongeait et soulevait son corps au-dessus des surplombs et des crevasses de l'effrayante paroi.

« Prends ton temps. » Le Chacal se pencha en avant. « Renard, attrape la corde qui nous reste. Elle ne sera pas de trop pour le gros. »

Le rouquin fouilla dans les sacs. Il en sortit un couteau, une gourde vide.

Pendant ce temps, Seth était seul à côté de l'épaisse corde. Elle remuait à peine au fur et à mesure que le garçon grimpait – petits à-coups autour de la pointe en diamant qu'elle encerclait.

« Tu y es presque. » Le Chacal se pencha davantage. « Encore quelques mètres. »

Seth se baissa. Le couteau gisait à ses pieds. Il le ramassa. Sa lame aiguisée luisait au soleil. Fasciné, il l'approcha de la corde.

Maintenant.

Pareille chance ne se représenterait pas. Le manche était chaud, rugueux dans ses paumes engourdies. Le Renard lui tournait le dos. Il serra l'arme dans sa main en pensant à Pa, à Telia. Où se trouvaient-ils ? S'il les savait en sécurité... Il n'en demandait pas plus.

« Dis-le moi ! Dis-le moi ou je te tue ! »

Seul le silence lui répondit.

« Sauve ta peau ! Réponds-moi ! »

Rien.

Lentement, la main tremblante d'hésitation, priant pour que quelqu'un le voie, lui hurle d'arrêter, il approcha la lame de la corde. Usée, elle s'effilochait. Il suffisait de pas grand-chose.

« Seth ! » La voix posée du Chacal le fit sursauter. « À quoi est-ce que tu joues ? »

La corde claqua comme un coup de fouet qui le cingla au niveau de la poitrine. Il fut projeté contre le Chacal. Celui-ci glissa, cria : « Renard ! », avant de basculer dans le vide.

Chryse demeura bouche bée.

« Ce n'est pas juste ! Ce devait être moi ! »

Mirany faillit la gifler.

« Je n'arrive pas à le croire ! Tu allais te ranger à ses côtés !

— Oh ! Mirany ! » La jeune femme blonde esquissa un pas en arrière. « N'est-ce pas ce que tu es en train de faire ? Mais moi, c'était pour le berner. Cela n'aurait eu aucune signification. Je voulais juste sortir de cette horrible chambre. Dès que j'aurais été Porte-Parole, j'aurais observé un grand silence, comme Hermia. Et puis j'aurais essayé toutes ses robes. »

Tout à coup, Mirany fut prise de vertige. Elle avait l'impression de regarder au fond d'un immense précipice. Elle s'effondra sur le banc en pierre.

« Apporte-moi de l'eau, Chryse. »

Celle-ci fit la grimace.

« Si tu crois pouvoir me donner des ordres maintenant que tu...

— Dépêche-toi ! »

Les yeux écarquillés, Chryse la dévisagea avant d'obtempérer.

Mirany scruta la mer.

« Que se passe-t-il ? »

Je tombe.

Elle le sentait. Le vide en dessous, au-dessus. Une main, qui serrait fort.

Retiens-moi, Mirany. Les dieux ne peuvent pas tomber, n'est-ce pas ?

Il semblait perdu, terrifié. Sa voix était si faible qu'elle l'entendait à peine. Elle tendit la main, en toute hâte, par-dessus la balustrade en marbre. Des mouettes tournoyaient autour d'elle.

Mirany lui prit la main. Une main petite, qui serrait fort. Il n'y avait aucun poids au bout, juste le dieu apeuré, mais la jeune prêtresse tint bon au milieu de la multitude d'oiseaux blancs qui l'assaillait en hurlant, des papiers qui s'envolaient du bureau d'Argelin, des cris, de l'auvent claquant sous la brise, des hurlements de Chryse qui l'attrapa par sa robe gonflée par le vent.

Au loin dans la baie, les navires oscillaient, tiraient sur leur ancre. Les éléphants enfermés dans leur enclos de fortune bâti sur la plage barrissaient de peur.

« Ne tombe pas, chuchota-t-elle. Si tu tombes, que deviendrons-nous ? »

Seth lâcha le couteau et plongea. Le Chacal avait réussi à s'accrocher au rocher ; il l'attrapa par le bras, mais faillit être entraîné par son poids. Soudain, le Renard enserra sa taille, tout en crachant des injures. Pendu dans le vide, Seth tenait bon. En dessous, le Chacal avait agrippé Alexos. Au pied de l'escarpement, Oblek renversait un visage terrifié.

« Tire ! »

Le Renard hissait le scribe, centimètre après centimètre. Mais le poids du garçon et du voleur se faisait énorme.

« Aide-moi ! » lâcha-t-il dans un souffle.

Un dieu n'était-il pas capable de sauver sa peau ?

Alors, il se passa quelque chose. Quelqu'un les avait rejoints. Une main secourable. Légère et puissante. Seth tira de toutes ses forces. Le Chacal se cramponna à lui. Lentement, le Renard et le scribe hissèrent le pilleur de tombes, puis l'enfant à sa suite. Enfin, les quatre compagnons purent s'affaler sains et saufs, au bord du précipice, hors d'haleine. Saisi de frissons, Alexos s'était couché en chien de fusil. La main du Chacal saignait. Trempé de sueur, Seth tremblait de tout son corps.

Le couteau gisait entre ses pieds. Il le fixa.

Puis il peigna ses cheveux en arrière avec ses doigts, se leva et s'éloigna. Il se sentait malade, affaibli ; et il y avait une chose dont il était sûr désormais.

Il ne serait plus jamais question d'un poste de questeur.

« Nous n'en avons pas terminé, scribe, lui lança le Renard d'un ton sec. Il reste le gros à monter. »

Seth ne répondit pas. Il regarda la montagne qui se dressait au-dessus de lui, avec ses pentes pulvérisées et roussies, la grande fissure à son sommet où les vents violents soulevaient un léger panache de cristaux de neige.

Non loin derrière, la voix du Chacal s'éleva.

« On dirait que je dois à nouveau te remercier.

— Vous n'avez pas lâché le garçon.

— L'instinct. Difficile de laisser tomber un dieu, pas vrai ? » Au bout d'une seconde, il lui demanda : « Que s'est-il passé ?

— Rien. La corde a cassé. » Puis : « Le direz-vous à Oblek ?

— C'est à toi de le lui dire. »

Seth ne répondit pas. Son regard était fixe, concentré.

« On touche au but.

— Là haut ? demanda le Chacal, piqué par la curiosité. Que vois-tu ? »

Sa voix était enrouée par la fatigue, il tremblait de froid et de soulagement. Il se recroquevilla.

« Je vois l'étoile. La troisième. »

« Qui peut dire non à un dieu ? »

Elle était bien enfoncée.

L'étoile s'était écrasée dans la montagne et avait creusé un grand sillon en son cœur. La collision avait dû vaporiser la roche et créer une grande blessure qui s'ouvrait devant eux, telle une route, large et lisse, fumant encore.

Elle les conduisait à l'intérieur. Épuisé, le Chacal passa le premier ; sa grande silhouette avançait dans le tunnel, reflétée par les parois lisses et transparentes. Leurs propres fantômes dansaient entre les roches enchâssées dans le cristal. Des petits insectes y étaient emprisonnés, et on y voyait courir des filons – peut-être d'or, car le Chacal avait stoppé un long moment devant l'un d'eux, la main posée à plat sur la paroi, le regard fixe. Puis il avait haussé les épaules et continué son chemin.

« Trop loin, avait-il marmonné dans sa barbe.

— Vous ne pourrez pas l'extraire », avait déclaré Seth.

Le Chacal l'avait regardé d'un air pensif.

« Dame Mirany avait peut-être raison. L'or n'était qu'une excuse. Le Renard s'est déjà rempli les poches de petits diamants. »

Oblek portait Alexos. Depuis sa chute, le garçon paraissait exténué, apathique. À présent, il se contentait de s'agripper au dos du colosse, la joue collée contre son crâne chauve, les bras serrés autour de son cou. Au fil de leur marche, Oblek chantonnait – la petite mélodie résonnait autour d'eux.

Le tunnel qui traversait ce monde en diamant était silencieux. Les murs se paraient d'innombrables nuances de bleu – celui de la mer et du ciel, des coquilles d'œuf et des nuages lointains, du lapis-lazuli et du saphir, de l'orage, de la robe aqueuse de la Reine des Pluies, de ses vagues, de ses moussons, de ses tempêtes. Le bleu d'un petit chariot que Seth avait fabriqué pour Telia. Le bleu de la robe portée par Mirany quand elle était sortie du tombeau.

La pente ascendante était raide, si bien que le Chacal dut se pencher et donner la main à Oblek. Essoufflé, croulant sous le poids du garçon, le musicien lui lança un sourire mauvais. Sous leurs pas s'ouvraient des trous de plus en plus gros. Ils marchaient sur une suite d'alvéoles, une immense éponge rocheuse, une colline explosée.

Comment une étoile si petite a-t-elle pu causer autant de dégâts ? se demanda Seth.

L'étoile brûlait à l'intérieur de la montagne. Cela faisait des heures qu'ils avançaient pas à pas dans sa direction. Elle dégageait une chaleur ardente. Plus ils approchaient, plus la roche s'empourprait, se teintait de violet et d'écarlate – brasier flamboyant. Maintenant qu'ils étaient si près du but, comment la toucheraient-ils ? Comment pourraient-ils supporter la douleur ?

Au bout de la galerie, le Chacal marqua un temps d'arrêt. Tous stoppèrent derrière lui. Ils arrivaient dans une cavité, de la taille d'une chambre, aux parois facettées et polies comme un bijou par le terrifiant impact de l'étoile. Par terre, aussi rouge qu'une braise, la troisième étoile les attendait.

Elles l'avaient coiffée et, à présent, elles lui apportaient la toge. Mirany avait si souvent vu Hermia dans ce vêtement... C'était à son tour de s'en vêtir.

Elle se leva. Sa robe de lin blanc et plissé ondula. Engourdie, dépourvue d'émotion, elle tendit les bras.

La robe de cérémonie de la Reine des Pluies était lourde. Bleue, elle bruissait comme la mer. Les milliers de gouttes de cristal cousues à sa surface se balancèrent à l'unisson. Chacune possédait un arc-en-ciel en son cœur.

Elle se tourna. L'esclave attachait la robe sans se préoccuper de Mirany.

Aucune esclave ne la regardait, ni ne lui parlait.

Cela faisait partie du rituel, avait déclaré Koret. Pleine lune, marée haute, silence absolu. Ne pas manger, ne pas parler, ne croiser le regard de personne. Douze heures de sommeil, seule dans le Temple. Baignée de la tête aux pieds dans trois bassins lustraux – eau de mer dans du basalte noir, eau douce dans du marbre rose, précieuse eau de pluie distillée dans le dernier, un bain en or, si petit que l'eau lui arrivait à peine au menton.

Hermia avait suivi ces mêmes rites. Où était-elle, maintenant ? À quoi pensait-elle ? Mirany frissonna. La colère des Neuf serait terrible.

Elle se laissa faire pendant l'exécution des rituels – onction avec les neuf huiles, transmission des neuf bagues, des neuf fragiles colliers d'argent. Elle n'avait plus la même odeur, sa peau lui semblait différente. *Je suis toujours la même*, se répétait-elle. Cette pensée lancée dans le vide ne suscita pas de réponse. Elle n'en avait reçu aucune depuis que la petite main lui avait glissé entre les doigts. *Fais-moi confiance*, avait-il dit, mais, pour l'instant, elle était terrifiée. Elle voulait leur crier : « Arrêtez ! J'ai changé d'avis ! » S'il ne lui parlait plus, serait-elle obligée de faire semblant toute sa vie ? Deviendrait-elle une autre Hermia ?

Elle se retourna.

Les yeux sombres du masque de la Porte-Parole la fixaient depuis son support. Cristaux en forme de boucles, plumes et lapis-lazulis, visage magnifiquement calme, serpents enroulés sculptés dans ses joues. De légers courants d'air pénétraient dans sa bouche ouverte.

« Je n'aurais jamais cru que ce serait toi, la traîtresse, Mirany. »

Pendant un instant horrible, elle se demanda si le murmure venimeux émanait du dieu.

Jusqu'à ce qu'elle pivote et se retrouve nez à nez avec Rhetia.

Mirany !

Seth fit volte-face.

Alexos avait marmonné son prénom. Les yeux grands ouverts, le garçon s'accroupit, mal à l'aise. Sentant leurs regards rivés sur lui, il se frotta le visage d'une main fatiguée.

« Nous devons nous dépêcher.

— Aurait-elle des ennuis ? »

Comme s'il n'avait pas entendu, Alexos montra l'étoile du doigt.

« La voilà, Seigneur Chacal. Si vous la voulez, allez la chercher.

— Elle est rouge comme de la braise, Archonte. Cela ne t'a pas échappé !

— Elle ne vous fera aucun mal. Je vous le promets. »

Le Chacal avança. Le rougeoiement se refléta sur son visage quand il se baissa. Tous voyaient l'air surchauffé trembler au-dessus de l'étoile, véritable charbon ardent. Il tendit la main avant de la retirer.

« Je préfère garder mes doigts, déclara-t-il d'un ton sec. J'ai tendance à les trouver utiles.

— Cette tâche t'incombe donc, Seth », enchaîna Alexos.

Le jeune scribe s'approcha du garçon.

« Qui leur parle ? Toi ou moi ?

— Nous ne sommes pas obligés de les informer. »

Alexos semblait malheureux.

« Nous informer de quoi ? » grogna Oblek.

Tourmenté, Seth se tordait les mains.

« Argelin m'a fait une offre avant de partir. Il m'a proposé un poste de questeur. »

Le Chacal ne broncha pas, mais il parut soudain accablé de lassitude.

« En échange de quoi ?

— Connaître notre itinéraire. Et l'assurance que l'Archonte ne reviendrait pas. »

Pendant une seconde, personne ne bougea. Puis Oblek le prit par les épaules.

« Sale petit traître ! Tu as accepté ? »

Seth haussa les épaules.

« On ne peut pas dire non au Général. »

Le Chacal l'examinait avec attention.

« Nous savions qu'ils t'avaient choisi. Pas d'autre promesse ? Pas de menace ? »

Le scribe s'humecta les lèvres.

« Mon père et ma sœur. »

Silence.

« Tu n'aurais pas dû m'empêcher de tuer Argelin, Archonte », tempêta Oblek.

Seth dévorait des yeux le garçon accroupi à leurs pieds.

« Sont-ils sains et saufs ? Peux-tu me dire s'ils sont sains et saufs ? »

Alexos fixa le sol.

« Si les gens savaient tout, Seth, ils n'auraient plus besoin des dieux. Sache aussi que l'Oracle est silencieux, ajouta-t-il sur un ton triste.

— Tu le savais, mon vieil ami ?

— Mirany m'avait mis en garde. »

Cette nouvelle dévasta Seth. Il évita le regard d'Oblek, mais le colosse était curieux.

« As-tu envisagé de passer à l'acte ? »

Seth se tourna vers le Chacal. Les yeux sauvages du voleur étaient rivés sur lui, mais il ne dit rien.

« Oui, j'y ai pensé. J'ai tenu le couteau au-dessus de la corde. Pendant une minute, j'ai songé à la couper. Quand, soudain, elle a claqué et tout a claqué avec elle. » Seth leva les yeux, rouge de honte et de désespoir. « Si vous voulez me punir, n'hésitez pas ! Si vous voulez que je parte, je partirai. »

Nul ne parla, jusqu'à ce qu'Alexos s'adressât à lui d'une voix pleine de douceur.

« Oh ! Seth ! Ils ne le veulent pas, et moi non plus. Tu sais ce qu'il te reste à faire. La Reine des Pluies te l'a expliqué. »

Seth déglutit, puis il hocha la tête avant de se diriger vers l'étoile. La chaleur qui s'en dégageait était impressionnante, les pierres qui l'entouraient grésillaient. Il se pencha et obligea sa main à se refermer sur l'étoile. Quand il s'en empara, il découvrit qu'elle était froide et pure au creux de sa paume. Tous scrutèrent la matière rouge.

« Si Argelin touche à un cheveu de Telia, grommela Seth, il me le paiera. »

« Tu aurais préféré que ce soit Chryse ? » Mirany fut elle-même surprise par le ton effronté de sa question. La tête haute, elle s'approcha de Rhetia. « Parce que c'était le seul et unique choix. Chryse, qui aurait dit oui à tout, qui nous aurait vendues pour un nouveau bracelet ou le dernier châle à la mode. Aurais-tu préféré que ce soit elle ?

— Ne sois pas ridicule ! Tu as juré !

— Oui, j'ai juré de garder le silence. Et je tiendrai ma promesse.

— De quelle manière ? Il retient Hermia en otage. Tout l'amadou amassé sur l'Île est prêt à brûler. Si la cérémonie ne se déroule pas comme prévu, si l'Oracle ne le désigne pas Roi, j'ignore comment il réagira. Je suis convaincue qu'il détruira l'Enceinte, Mirany ! Il se moque de la colère du dieu. Hermia était la seule personne à qui il tenait. »

Elle hocha la tête, troublée.

« Je sais. Je sais ! » Mirany leva les yeux. « Et Jamil ? Peux-tu le contacter ? Lui dire ce qui se trame ? »

Rhetia fronça les sourcils.

« Une de ses conditions était que la Porte-Parole change. Grâce à toi, elle est remplie », ajouta-t-elle sur un ton dégoûté.

Mirany demeura silencieuse. Puis elle lui tourna le dos et croisa les bras, les yeux rivés sur son image dans le grand miroir en bronze. Soudain, elle ne ressentit plus que de l'étonnement.

« Regarde-moi. Mirany, la petite souris timide de Mylos. Je ne me reconnais pas moi-même. Je crois que si mon père se trouvait dans cette pièce, il ne saurait pas qui je suis. » Elle pivota. « Ce n'est pas ce que je veux, Rhetia, mais le dieu me l'a demandé. Oui, il me l'a demandé. Qui peut dire non à un dieu ? »

Elle parlait d'une voix étranglée. Comme elle ne voulait pas pleurer devant Rhetia, elle se tut, brusquement.

« Personne, répondit sa compagne d'une voix sèche. Je suppose. »

De l'autre côté de la salle, plusieurs brèches s'ouvraient dans la montagne. Ils en empruntèrent une qui donnait sur l'extérieur. La nuit était tombée. Seth leva les yeux au ciel. À une trentaine de mètres au-dessus d'eux, la cime était couverte de glace. Devant lui se déroulait une pente abrupte et enneigée. Son haleine formait des petits nuages. Il ne s'était jamais rendu à une telle hauteur, n'avait jamais connu un froid pareil.

« Je sais où nous sommes ! » Alexos criait de joie. « Je suis déjà venu ici ! » Il prit la grosse main du musicien et le tira vers les rochers instables. « C'est ici, Oblek ! Nous y sommes presque ! J'entends déjà le Puits des Chansons !

— Dans ce cas, mon vieil ami, fais attention ! » Oblek l'obligea à se tenir tranquille. « Je passe le premier.

— Oui, s'il te plaît, Oblek. » Avec fierté, Alexos poussa le colosse en avant. « Après tout, c'est moi qui vous ai emmenés jusqu'ici.

— Tu m'as emmené ? » Il afficha un air désabusé. « J'admets qu'à un certain moment j'étais un poids mort, mais j'estime avoir fait ma part, Archonte.

— Bien sûr, mon ami. Jamais je n'aurais réussi sans toi. Sans vous. » Soudain, Alexos s'arrêta, le visage figé par une expression d'égarement et de consternation. « Oh, attendez ! Attendez ! »

Ils le fixèrent.

« Quoi encore ? grogna le Chacal.

— Je viens de réaliser... qu'il n'y a que trois étoiles. » Il tendit les mains avant de s'effondrer sur le sol. Il se ramassa sur lui-même, secoué de sanglots.

Au bout d'un moment, Oblek s'approcha de lui et passa un bras autour de ses épaules. « Explique-toi, petit dieu. »

Désespéré, Alexos articula péniblement :

« Vous êtes quatre. Il y aura donc quatre gardiens. Et nous ne possédons que trois étoiles ! »

Oblek interrogea le Chacal du regard. Le voleur s'accroupit devant le garçon qui se cachait la figure dans ses mains. Ses longs doigts se refermèrent sur ses poignets.

« Les étoiles sont des armes ?

— En quelque sorte, renifla Alexos, les joues noyées de larmes. Vous ne comprenez pas ? L'un de vous n'en aura pas ! L'un de vous n'aura rien du tout ! »

NEUVIÈME OFFRANDE

Une vie

Un dieu naît, mais ne meurt pas.

Il change de forme et de corps, il bouge d'un masque à l'autre.

Parfois, je suis si silencieux que personne ne détecte ma présence. D'autres fois, j'enrage et je tempête.

Les dieux sont des rivières qui se jettent dans la mer et ne finissent jamais.

Des histoires qui commencent, s'enchevêtrent, s'entrelacent, ne font qu'une.

Le soleil qui se lève, se couche, se lève.

Voilà pourquoi nous descendons parmi vous. Pour connaître le chagrin. L'amour.

Il choisit d'être désarmé

La coutume voulait que la Porte-Parole soit ointe et masquée dans les Grottes du Python. Gigantesques et sombres, elles trouaient les falaises qui formaient autrefois les berges du fleuve Draxis, avant son tarissement. Il s'agissait d'un lieu sacré, où personne ne pénétrait jamais, sauf lors de la mort de la Porte-Parole ou l'avènement d'une nouvelle. Les grottes s'enfonçaient dans les entrailles obscures de la Terre. Dans la première, la plus grande, était né le dieu, selon la légende, plusieurs millénaires auparavant – dieu jumeau de la lumière et de l'obscurité, du soleil et de l'ombre. Pendant mille ans, la Reine des Pluies avait œuvré sur la pierre vivante. L'eau ruisselante l'avait érodée, usée, jusqu'à ce qu'au matin du monde la roche éclatât dans un fracas énorme, le dieu surgît et prît trois apparences. D'abord celle d'un scorpion, petit et rouge. Puis d'un serpent, mince et rapide, cascade d'écailles. Et enfin d'un garçon, beau, nu. Il s'était hissé à la surface et s'était tenu debout à l'entrée de la caverne. Quand il avait appelé, le soleil s'était levé, au loin, au-dessus de la mer, puis le sourire aux lèvres il avait tendu les bras pour se réchauffer à la lumière de l'astre. Derrière lui, son ombre était sortie d'une fissure, grande et mince, incolore. Elle s'était postée près de son épaule, en silence.

La brèche se trouvait toujours là. Des petites bougies brûlaient sans cesse autour d'elle. Des femmes enceintes apportaient des fleurs vite fanées que le gardien de ce lieu de pèlerinage disposait sur la lézarde.

À présent, les Neuf formaient un cercle autour de la fissure, silencieuses et masquées, un sourire figé sur leurs visages de métal. Derrière chaque masque bouillonnait un mélange de colère, de consternation et d'incrédulité.

Chryse croisait les bras. Rhetia se trouvait non loin. L'une des filles était nouvelle, mais, de sa position, Mirany ignorait laquelle.

Accablée par le poids de sa toge, Mirany marchait à pas lents.

Il faisait nuit. La pleine lune miroitait dans le ciel. Sa splendeur nouvelle se reflétait dans les gouttes de cristal qui cliquetaient, s'entrechoquaient. Le chemin qui menait à la grotte était bordé de soldats muets. Sur les hauteurs, au sommet des falaises, des brandons se consumaient, les gens patientaient. Elle aurait cru qu'ils seraient moins nombreux, qu'ils n'auraient pas osé s'éloigner de la relative sécurité qui régnait derrière les murs du Port, mais le peuple était au rendez-vous – foule tranquille où se mêlaient femmes, marins, mendiants, marchands. Ils la regardaient avancer.

L'odeur âcre des éléphants, parqués près de la plage, parvenait jusqu'à elle. Et hors de portée des canons, loin en mer, elle aperçut les bateaux de Jamil, cercle lumineux qui assiégeait son monde.

Mirany repoussa une mèche qui s'obstinait à lui barrer les yeux. Même rassemblés en un chignon sophistiqué, ses cheveux se détachaient, indisciplinés. Ses nouvelles sandales étaient raides, leurs semelles glissaient sur le sentier rocailleux, qui serpentait parmi les armoises et les ajoncs rabougris. Un lézard traversa devant elle. La nuit vibrait du crépitement des feux, du clapotis des vagues, du chant des grillons. Elle pensa à sa première journée en tant que Porteuse. C'était quelques mois auparavant seulement. Mirany n'en revenait pas.

« Je t'ai dit ce que j'allais faire, chuchota-t-elle, tendue. Est-ce bien ? Est-ce ce que tu désires ? »

Il n'était pas là.

Il était loin et ne l'écoutait pas.

« Tu devrais être ici. Tu devrais être partout ! » La faim lui donnait des vertiges, le poids de sa robe l'épuisait. Elle trébucha. Elle se rattrapa à un buisson, et des dizaines de papillons de nuit s'envolèrent.

Surgi de nulle part, Argelin lui tendit la main.

Elle l'ignora, se redressa et pénétra dans la caverne.

Mis à part un petit feu qui brûlait dans un brasero, l'immense grotte était plongée dans le noir. Essoufflée, elle fit une pause sur le seuil et regarda derrière elle. En contrebas s'étendait le lit sec de la rivière, craquelé par la chaleur.

« Entrez, lui chuchota Argelin à l'oreille. Approchez-vous du lieu de naissance du dieu. Et souvenez-vous de ce que je veux. Le destin de l'Oracle est entre vos mains. »

Il faisait si froid ! Jamais il n'aurait pensé qu'un tel froid pût exister. La pierre était gelée. Tandis qu'il grimpait, ses mains restaient collées à la paroi, ses genoux étaient meurtris par la glace. Au-dessus de leurs têtes, la grotte s'ouvrait, obscure, au sommet du monde. Il prit une profonde inspiration avant de regarder autour de lui – le Renard avançait avec peine à sa gauche ; les autres pics, blancs et inexplorés, s'étendaient sur des kilomètres de chaque côté. Au loin, tel un shekel fiché dans le ciel, la lune exhibait sa rondeur parfaite. Elle devait offrir le même spectacle au-dessus de l'Île, dans le Port et la Cité. Il se demanda si Mirany admirait elle aussi l'astre en cet instant.

Devant lui, telle une araignée noire, le Chacal progressait avec facilité. Il ne portait pas de sac. En effet, Alexos les avait contraints à abandonner leur paquetage au pied de la pente. Ils ne devaient rien apporter au Puits. Pas d'armes. Uniquement eux et les étoiles.

Tandis qu'il escaladait les derniers mètres, il pensa au geste du Chacal. Le voleur s'était levé et avait regardé Seth.

« Prends l'étoile rouge. Tu en auras besoin.

— Deux d'entre elles m'appartiennent, avait marmonné le scribe entre ses dents. J'ai payé la première deux cent cinquante shekels.

— Tu as fait une bonne affaire, avait remarqué le pilleur. Maintenant, c'est moi qui les ai et je me sens d'humeur généreuse. Renard ! »

Son comparse lui avait lancé le sac, d'où il avait sorti la première étoile. Quand il avait enlevé le tissu qui l'enveloppait, une lumière blanche les avait tous éblouis. Puis, d'un geste gracieux, il l'avait lancée à Oblek.

Pris au dépourvu, le musicien aux mains agiles avait failli ne pas l'attraper.

« Pourquoi moi ? avait-il demandé.

— Toi aussi, tu auras besoin de toute l'aide nécessaire.

— Et pas toi ? » avait rétorqué le musicien.

Le pilleur de tombes avait souri. Ses yeux brillaient d'un éclat farouche. Ensuite, il avait saisi la deuxième étoile, la bleue, et l'avait présentée au Renard.

« N'ayez pas peur pour moi, Chef. » Le borgne avait tapoté la rangée d'armes accrochées à sa ceinture. « Aucune bête, aucun démon puant n'aura raison de moi.

— Je crains, Renard, que tes couteaux ne soient d'aucune aide dans la lutte contre ce qui nous attend là-haut. Par ailleurs, le garçon a dit de ne pas les emmener.

— C'est exact, avait renchéri Alexos. Tu dois déposer tes armes, Renard.

— Depuis quand on écoute les gamins ? avait marmonné le rouquin.

— Nous écoutons le dieu », avait répondu le Chacal, avec un haussement d'épaules.

À ce moment-là, le Renard avait jeté ses couteaux par terre d'un air dégoûté. Puis le Chacal lui avait tendu l'étoile bleue.

« Je ne peux pas. C'est vous, le patron.

— C'est donc moi qui donne les ordres. Et je ne mène pas mes hommes dans une bataille que je ne pourrais moi-même gagner. Prends !

— Chef...

— Prends ! Tu me couvriras.

— Ce qui vous laisse désarmé.

— De nous tous, avait dit le Chacal, les bras croisés, je suis le plus compétent, le plus habile, le plus intelligent et le mieux élevé. C'est un choix logique.

— Et le plus borné », avait marmonné Oblek.

Le Renard avait fini par prendre l'étoile bleue.

Seth parvint hors d'haleine à l'entrée de la grotte. Il peina à se redresser. Les quatre autres l'attendaient, épaule contre épaule. Alexos s'écarta et fit deux pas en avant dans l'obscurité.

Le Puits des Chansons se tenait devant eux.

Elle regarda à ses pieds le lieu où était né le dieu.

Il y a toujours eu des brèches et des passages dans la Terre, lui avait-il dit un jour. *Les dieux s'en servent pour se déplacer, pour remonter les torrents, pour venir des entrailles de la Terre et de l'obscurité.*

Comme l'Oracle. Comme le Puits que l'Archonte était parti chercher.

Cette brèche-ci était large et dentelée. Les yeux écarquillés, elle s'agenouilla et posa son front contre le sol. Le tissu raide de sa toge bruissait autour d'elle.

« Nous pouvons commencer », murmura Mirany.

Soudain, elle releva la tête.

« Mais d'abord, déposez vos armes. »

Mal à l'aise, les soldats interrogèrent Argelin du regard.

La prêtresse demeura imperturbable.

« Vous vous trouvez dans un endroit sacré, à une heure sacrée. Je ne veux pas qu'il soit pollué par des instruments de mort. Il s'agit d'un lieu de naissance. Sortez-les d'ici ! »

Argelin fit un rapide signe de la tête. Les soldats jetèrent leurs lances en toute hâte. Le sous-officier ramassa le tas qu'il fit évacuer.

Le regard de Mirany croisa celui d'Argelin.

« À votre tour, mon Général. »

Il la fixa avec une raideur toute maîtrisée, puis il dégaina son épée et la lança hors de la grotte. Derrière lui, ses hommes l'imitèrent. Dans l'ombre, elle aperçut les dignitaires de la Cité des Morts, quelques marchands, les prêteurs sur gages les plus influents, ses complices.

Venus comme témoins, sans doute. Choisis avec soin.

Hermia se trouvait parmi eux.

Sous le choc, Mirany demeura bouche bée.

Hermia était vêtue d'une longue robe de cérémonie noire. Elle avait enlevé tous ses bijoux et défait ses cheveux. Elle ne portait pas de khôl sur les yeux et ses lèvres étaient pâles. Elle se tenait droite, son visage intelligent ne trahissait aucune expression. Le dos trempé de sueur, Mirany fut parcourue par un frisson de peur. La nouvelle Porte-Parole recevait le masque des mains de celle qui la précédait. Elle avait oublié ce détail.

Or, Hermia tuerait plutôt que de céder sa place

Mirany se releva lentement.

L'heure était venue et aucun événement ne s'était produit qui l'aurait sauvée. Le dieu attendait-il de voir si sa confiance était bien placée ? Elle se tourna et écarta les bras. Les gouttelettes de cristal tintèrent. Tambours et crécelles se mirent à battre et crépiter, doucement, dans un coin. Elle ouvrit la bouche pour prononcer les mots de l'Ouverture.

À cet instant précis, quelqu'un hurla.

Argelin fit volte-face, sur le qui-vive. Ses gardes l'encerclèrent.

Un homme apparut sur le sentier menant à la grotte. Barbu, il était vêtu d'une toge rouge et portait une lourde boîte. Avant que les soldats aient pu l'intercepter, il la posa avec mille précautions par terre et se redressa tant bien que mal.

« Un gage de paix.

— De paix ? » Argelin écarquilla les yeux. « De la part de Jamil ?

— De Monseigneur le Prince.

— Comment ! Il n'a jamais été question de trêve.

— Si, Seigneur Général, intervint Mirany. Elle commence maintenant. Pendant la Création de la Porte-Parole, toute violence est interdite. » Elle ne lui laissa pas le temps de répondre. « Votre prince est-il venu ? Est-il ici ?

— Il attend en bas, ma Dame.

— Qu'il monte. »

Ignorant la colère d'Argelin, elle regarda la silhouette du Prince des Perles qui se tenait à l'entrée de la grotte. Il était accompagné de sa suite, des hommes vêtus de soieries cousues de fils d'or et parées de perles.

Il s'inclina devant elle et devant les Neuf.

« J'ai eu votre message. » Ses yeux noirs la scrutèrent. « La première condition de l'Empereur serait-elle remplie ? Une nouvelle Porte-Parole aurait-elle été choisie ?

— Si le dieu le veut, répondit-elle.

— Si j'en suis témoin, paix il y aura. Parce que la cause de notre dispute n'est pas le commerce, ou la manière de gouverner du Seigneur Argelin, mais la pollution de l'Oracle. L'Oracle appartient à tous. C'est ce que nous croyons. »

Mirany hocha la tête. Sans ajouter un mot, elle commença la prière de l'Ouverture, et, après une brève hésitation, les Neuf se joignirent à elle. La lune était haute dans le ciel, mais sa pâle lumière blanche emplissait la caverne. Dans cette étrange clarté, une brume légère semblait s'élever de la fissure dans le sol.

Une fois la prière finie, Mirany s'approcha du bord et regarda au fond.

De l'eau.

Rêvait-elle ?

Était-ce bien de l'eau ?

Des marches descendaient jusqu'au Puits d'où se dégageait de la vapeur : immense bassin sacré d'eau chaude. Des statues étaient plongées jusqu'à la taille dans le liquide vert, d'une profondeur inconnue. Sur les parois de la grotte poussaient des fougères et des algues d'un vert jaunâtre. L'eau fumait, se condensait, gouttait. D'anciens objets de bois sculpté gisaient çà et là, des vestiges flétris de guirlandes desséchées bordaient le bassin. Le plus impressionnant étaient les masques.

Accrochés à des perches au milieu de l'eau, ces visages en décomposition observaient les étrangers.

Au moment où la brume s'écarta, Seth vit que leurs yeux et leurs pommettes étaient en écorce et en bois, en papier et en argent, en cuivre corrodé, en bronze souillé. Il s'agissait des masques des Archontes ayant précédé Rasselon, jusqu'à ce que le Puits fût perdu.

Le calme était saisissant. Seul un goutte-à-goutte irrégulier venait briser le silence.

Épuisés, ils s'avancèrent. La chaleur était agréable. Seth enleva les haillons qui lui entouraient le visage et respira à pleins poumons. Ses muscles engourdis se relâchèrent.

« Et maintenant ? » murmura-t-il.

La grotte s'empara de ses mots, les fit rouler sous sa voûte, les multiplia en écho ronronnant. Le Renard jeta un regard nerveux vers l'entrée.

Alexos continua seul. Il posa les mains au bord du grand bassin et se pencha en avant, au-dessus de la vapeur chaude.

« Cela fait si longtemps que je ne suis pas venu ! » chuchota-t-il.

Le Chacal se posta à côté de lui.

« Où sont ces effroyables gardiens, Archonte ? »

Le visage du garçon se leva vers lui. Tous furent surpris de lui voir les yeux mouillés. Lorsqu'il se tourna à nouveau, une larme roula le long de sa joue et tomba dans l'eau.

« Approche, Seth. Venez tous. »

Seth jeta un coup d'œil à Oblek. Il appuya ses mains sur la roche qui s'effritait. Il regarda au fond du Puits.

Des volutes de fumée s'élevaient. Soudain, le liquide vert s'ouvrit, comme si la larme de l'Archonte y avait creusé un trou. L'obscurité grandit jusqu'à chasser les brumes.

Un visage les observait. Beau, l'œil vif et amusé, il était brûlé par le soleil. Mais il s'agissait d'un masque et, derrière, la ténèbre rôdait, un vide terrifiant l'attendait. Seth fit un bond en arrière. Ce visage était le sien.

Figé, Oblek fixait l'eau.

« Qui sont-ils, Archonte ? demanda-t-il dans un souffle horrifié.

— Les Gardiens, Oblek.

— Demeurent-ils ici ?

— Oh non ! Nous les avons emmenés avec nous. »

Le garçon surprit le regard dégoûté du Renard. Quant au Chacal, il scrutait le bassin sans ciller.

L'eau se souleva, bouillonna, puis enfla. Seth entraîna Oblek en arrière. Alexos se dépêcha de sauter sur une saillie. Des profondeurs verdâtres jaillit une paire de mains agiles, tachées d'encre – celles de Seth. Elles s'accrochèrent au rebord et une créature se hissa hors de l'eau. Elle portait le visage de Seth comme un masque dégoulinant, couvert d'algues.

À son côté se dressa une chose qui ressemblait à Oblek, immense, bouffie, aux intentions meurtrières, puis un être à tête de Renard, cruel et sournois. Pour finir émergea lentement une forme grande et mince, aux yeux rusés et froids, dénués de toute pitié.

Le Chacal fit un pas en arrière.

Sans un mot, les quatre compagnons firent face à leurs doubles.

De Porte-Parole à Porte-Parole

Elles se faisaient face. Hermia tenait le masque entre ses mains. Les disques en or et les plumes d'ibis lui drapaient les bras. Le visage parfait aux pommettes gravées fixait les ombres dans les profondeurs de la grotte.

Mirany ne bougeait pas d'un cil. Elle comprit soudain qu'à l'instant où Hermia placerait le masque sur elle, elles échangeraient leur rôle. Mirany tromperait l'Oracle, rapporterait des paroles mensongères.

Aide-moi ! supplia-t-elle. *Sans toi, je suis aussi fourbe qu'elle.*

Mais les mots lui furent retournés, tel un écho brisé, depuis les abysses ancestraux.

Au lieu d'élever le masque, Hermia éleva la voix.

« Avant que la nouvelle Porte-Parole ne soit masquée, j'ai quelque chose à déclarer. »

Les Neuf se crispèrent. Argelin parut furieux. Elle dressa un doigt manucuré et le désigna.

« Je dénonce cet homme. Le Général a comploté en vue d'assassiner l'Archonte. » Elle cria si fort que ses mots résonnèrent à travers toutes les grottes, si bien que les badauds attroupés sur les falaises l'entendirent clairement. « Il a soudoyé l'un des compagnons de l'Archonte pour qu'il le tue. Je l'ai vu et entendu. Je suis témoin devant le dieu. »

Un murmure parcourut la foule. Dehors, quelqu'un cria. Dans la caverne, tout le monde épiait Argelin. Ses gardes du corps se lançaient des coups d'œil perplexes.

Le Général, lui, se tenait droit comme un I. Quelques perles de sueur apparurent sur son visage, mais il garda son calme.

« À l'évidence, l'ancienne Porte-Parole est à bout de nerfs, marmonna Argelin.

— C'est une terrible accusation ! » s'exclama Jamil.

Dans l'ombre derrière lui, la voix de Rhetia se fit entendre :

« Si cela est vrai, le dieu se vengera.

— Se venger ? » Argelin eut un sourire glacial. « Pour quelle raison ? Rien ne l'empêche de se trouver un nouveau corps. N'est-ce pas ce que font les dieux, en général ? » Il les inspecta tour à tour. « La Porte-Parole ne dit pas la vérité. D'ailleurs, n'est-ce pas la raison qui nous réunit ici ? »

Il s'approcha de Hermia et lui murmura d'un ton moqueur :

« Même si cela était vrai, Hermia, qu'est-ce que tes amies et toi pourriez y faire ? Je gouverne. L'armée m'obéit. Je contrôle tout et tous. Regarde par là. En ce moment même, mes ennemis brûlent. »

Jamil se raidit. Puis il se tourna, bouscula quelques hommes et poussa un juron.

Dans l'obscurité du Port, des flammes scintillaient. De la fumée cachait la lune. Sur la plage, les éléphants barrissaient, paniqués.

Mirany porta la main à sa bouche.

« Vous avez envoyé des brûlots [1] sur ma flotte ! Vous êtes fou ? »

Jamil fit volte-face au moment où les hommes d'Argelin s'emparaient de sa suite. Le Général savourait sa victoire.

« Oui, Monseigneur. Et d'ici, vous aurez tout loisir de la voir se consumer. »

Comment peut-on se battre contre soi-même ?

Chaque mouvement était contré, chaque coup intercepté. Alors que Seth croyait le tenir par les poignets, son double le plaqua au sol, le bâillonna de ses mains, l'étouffa, se moqua de lui. Ce n'était pas un être de chair et d'os, mais d'air et d'eau. Bien qu'il ne ressentît aucune douleur, il pouvait tuer. Seth avait beau crier, hurler, se débattre, donner des coups de pied, mordre, il n'obtenait aucun résultat.

Ailleurs, dans cette même grotte, Oblek se battait contre une ombre immense et soûle. Le Renard, lui, était las de tourner autour de sa propre sournoiserie. Seuls le Chacal et son reflet s'observaient dans le calme. Peut-être discutaient-ils ?

---

1. Petits navires chargés de matières inflammables et destinés à incendier les bâtiments ennemis. *(N.d.T.)*

Alexos bondit de son refuge et s'accroupit à côté du bassin. Ses doigts effleurèrent l'eau.

« Je devrais être ici, moi aussi. »

Dans les profondeurs, comme s'il regardait par un trou minuscule, un œil géant l'inspecta.

Jamil était vert de rage.

« Quand l'Empereur entendra...

— Votre flotte peut s'en aller. S'ils ont un peu de bon sens, ils partiront.

— Jamais ils ne m'abandonneront.

— Ces bateaux sont bourrés de poix. Le vent les pousse au large. Ils vous laisseront ici, Prince des Perles. Sachez que je vous garde en otage. » Argelin toisa cet homme plus grand que lui. « Et si l'Empereur veut récupérer son précieux neveu, nous devrons parvenir à un accord. Le dieu, lui et moi ! » Il se tourna vers Hermia. « Maintenant, masque la nouvelle Porte-Parole et tais-toi ! Rien de ce que tu peux dire ne m'intéresse. Rien ! »

Hermia regarda Mirany, puis les Neuf. Pendant une seconde, Mirany fut désolée pour elle. La jeune femme se redressa, souleva le masque, mais au lieu de le placer sur le visage de Mirany, elle s'en para et prit la parole. La voix qui sortit du masque coulait tel un étrange liquide.

« Bien, Monseigneur. Alors cela ne vous dérangera pas que je parle de votre rêve ? »

Argelin écarquilla les yeux.

« Enlevez-lui ce masque ! » siffla-t-il entre ses dents.

Personne ne bougea. Hermia leva la main et effleura son front.

« La nuit dernière, chuchota-t-elle, vous avez rêvé de la Reine des Pluies. Elle vous prenait la main, comme ceci. Elle vous enserrait la taille et vous entraînait vers le bas, au fond de l'eau. Oh ! Vous vous êtes débattu, vous avez lutté, vous avez voulu crier, mais elle vous emplissait les poumons et vous attirait vers les profondeurs. Elle vous a noyé, Monseigneur. Et vous vous êtes réveillé en sueur, le souffle court. Persuadé que vous étiez mort. »

Elle s'approcha pour l'embrasser. Seul le masque glacé lui toucha la joue.

Argelin était blanc comme un linge.

Mirany sentit quelque chose lui frôler la cheville, quelque chose de froid. Elle baissa les yeux et resta bouche bée.

L'eau débordait de la brèche dans la roche

L'étoile ne servait à rien. Morceau inutile de roche froide. Il écarta son double, le traîna dehors, mais qu'en faire ?

« Archonte ! cria-t-il. Au secours ! »

Du coin de l'œil, il aperçut le garçon qui regardait dans le Puits. Il brandit l'étoile.

« Dois-je la jeter ? »

Son reflet éclata de rire.

« La jeter ? Depuis quand jettes-tu quoi que ce soit ? C'est du rubis. Cette pierre vaut une fortune, Seth ! Sers-t'en pour acheter ton salut !

— Non.

— Achète Pa et Telia ! Achète Mirany !

— Je ne... Je ne...

— Si. Tu sais que tu en es capable. » L'ombre lui

tenait la main, essayait de s'emparer de l'étoile. « Tu sais tout de toi. Tu aurais tué le garçon si tu avais pu t'en tirer en toute impunité. Ce couteau... au-dessus de cette corde... Tu voulais qu'elle rompe. Tu voulais qu'elle s'effiloche...

— Non ! »

Il poussa son reflet sur le côté.

« Donne-moi cette étoile ! » murmura son double, la tête penchée de cette manière présomptueuse qui en exaspérait plus d'un. Sachant que les gens détestaient cet air suffisant, il en abusait. « Donne-la-moi ! »

Seth s'humecta les lèvres.

Soudain, il se lança la pierre au visage. En un éclair, elle traversa son reflet. La douleur fut si foudroyante que Seth poussa un cri déchirant, comme s'il s'était incarné dans l'autre. Accompagnée d'un sifflement, l'étoile s'enfonça dans le bassin avant de disparaître.

Personne ne se tenait plus face à lui. Il se sentit vidé.

Comme s'il avait jeté son propre corps.

Argelin s'empara du masque et l'arracha à Hermia. Il tremblait de colère. Le visage de la prêtresse était congestionné. Une lueur brillait dans ses yeux.

Le Général obligea Mirany à prendre le masque.

« Mettez-le ! »

La jeune fille ne bougea pas.

« Mettez-le ! »

Mirany l'ignora. Puis elle se tourna vers Hermia et s'adressa à elle d'une voix posée.

Cela faisait si longtemps que nous ne nous étions pas retrouvés ici, toi et moi.

Le Puits bouillonnait, débordait.

« Jette ton étoile dedans, Oblek ! » rugit Seth.

Le musicien et son image chancelèrent non loin du bord. Au prix d'un effort surhumain, l'un frappa l'autre d'un magistral revers de la main. L'eau frémit, se souleva et, aussitôt, Oblek se retrouva seul. Il s'effondra avant de lancer un regard triomphal à Seth.

« Personne ne peut me vaincre, haleta-t-il. Pas même mon infect et bon à rien de double ! »

Le Renard était en mauvaise posture. Tandis que son ombre le plaquait au sol, il criait et hurlait, il se débattait tant bien que mal. Quand l'étoile bleue roula de sa poche, Seth se précipita pour la ramasser et la jeter au fonds du Puits.

Allongé sur la roche mouillée, seul, le Renard suffoquait.

À présent, il ne reste plus que l'offrande finale, déclara Alexos. Il se leva et sauta sur le rebord du Puits. *Tu dois prendre l'un d'entre nous, Reine des Pluies. C'est toujours toi qui choisis. Jamais je ne te volerai plus.*

Argelin se retourna brusquement.

« Tous à vos armes ! »

Un soldat sortit en courant.

Aussitôt, Mirany interrogea Hermia du regard. La jeune femme s'empara du masque, le souleva et, d'un geste ferme mais appliqué, elle le disposa sur le visage de Mirany. L'obscurité s'abattit sur ses yeux, le bronze froid lui glaça les joues. Elle sentit le dieu l'envahir.

Son mépris la transperça, la submergea, et en dépit du vœu de silence il parla à travers elle. Son impatience était palpable.

Croyais-tu pouvoir me tuer, Argelin ? Croyais-tu pouvoir tuer un dieu ? Je suis vivant et je déclare ceci : tu ne seras pas Roi. Jamais tu ne le seras. Détruis mon sanctuaire, déshonore l'Oracle si tu veux, tu continueras de m'entendre. Je te parlerai dans tes rêves. Méfie-toi de celui qui se dressera contre toi. Quel homme peut résister au scorpion qui rampe en lui ? Au serpent qui s'enroule autour de son cœur ?

Le Chacal croisa les bras.

« T'attends-tu à ce que je me batte contre toi ? Je n'ai pas d'arme pour me défendre. »

Son image masquée lui lança un sourire glacial. Il ne le connaissait que trop bien.

« Les autres se sont comportés de manière triviale. Tu ne réagis pas comme eux. Je m'y attendais. Tu me connais mieux que personne.

— En effet », répliqua le Chacal. Il avança d'un pas. « Ils ont peur de leur ombre. Mais moi, je n'ai pas peur de toi.

— Tu me détestes. Tu te détestes.

— Je déteste l'homme qu'a fait de moi Argelin.

— Personne ne t'a obligé à devenir un pilleur de tombes, si ce n'est toi-même. »

Leurs voix se ressemblaient tant que Seth parvenait à peine à distinguer lequel parlait.

« Tu es un désert, une terre inculte. Je suis descendu dans les profondeurs de ton âme. J'ai creusé dans le sable aride de ton cœur. J'y ai trouvé un corps desséché, paré de dorures, à l'accent raffiné, aux cheveux blonds, aux membres délicats. Autour de ce corps, j'ai vu des trésors empilés qui pourrissaient, s'affaissaient, tombaient en morceaux. Excepté les pierres précieuses et l'or.

— J'ai vu les morts te suivre tels des rats. Leur haine était moins effroyable que la mienne. Que la tienne. »

Seth ignorait qui était qui. Les deux étaient réels, il s'agissait du même homme, enfoncé jusqu'à la taille dans les vapeurs du Puits. L'eau montait, bouillonnait au fur et à mesure que les étoiles explosaient en son cœur. Alexos sauta à terre.

« Vite, Oblek ! Aide-le. Il ne s'en sortira pas tout seul.

— L'aider ? Pourquoi l'aiderais-je ? » Oblek ne bougea pas. « Il nous a laissés mourir dans le désert, Archonte. L'aurais-tu oublié ?

— Tu veux te venger ? Alors sauve-le, Oblek. Jamais il ne te le pardonnera. »

Seth en eut le souffle coupé. L'ombre du Chacal s'était agrippée au pilleur de tombes et le traînait vers le Puits alors qu'il se débattait. Ils luttaient près de l'eau quand, soudain, le double sauta sur le rebord du bassin.

« Finissons-en, déclara celui-ci. Ensemble. »

Et il lui tendit le bras. Lentement, le Chacal saisit sa main et le rejoignit. Nez à nez, ils étaient immobiles sur le bord du Puits.

Seth n'y tint plus : il décida de se hisser à leurs côtés. Il écarta la créature et prit l'homme par la manche.

« Ne l'écoutez pas ! Ne faites plus un geste ! »

L'eau était un mirage. Le Puits était vide.

Le gouffre s'enfonçait, infini, dans les profondeurs de la Terre. Tout au fond brillaient de minuscules points lumineux – les trois étoiles qui dégringolaient. Pendant une seconde, leur chute lui donna le tournis, comme si quelque chose l'attirait, quelque chose de grand et de terrible, situé au-delà des cercles terrestres.

Tout à coup, Seth poussa un cri. La créature avait bondi sur son dos. Ses doigts fins s'accrochaient à lui. Il reçut un coup de poignard, deux. Accablé de douleur, il tituba.

Le Chacal le rattrapa et le poussa vers Oblek. Seth tomba. La douleur se répandait en lui tel un incendie. Au moment où Oblek le tirait à lui, le Chacal riposta, frappa avec mépris et colère. Le coup atteignit son double, lui arracha des mains l'éclat en diamant et le propulsa dans le gouffre.

La créature poussa un cri strident. Elle devint un non-être, un masque flétri, un tas d'os desséchés, un nuage de cheveux blonds qui se désagrégea. Puis elle tomba.

Le Chacal tituba.

Pendant un instant, il faillit s'effondrer à son tour, comme si le terrible duel qui venait de s'achever l'avait vidé de toute son énergie. Le Renard le rattrapa, au bord de l'abysse.

Derrière eux, sifflements et rugissements annoncèrent que le Puits débordait.

« Archonte ! »

Quasiment étouffé par les vapeurs, le cri d'Oblek fit sursauter Seth. Il voulut se lever, mais la douleur était trop forte. Son sang rougissait les eaux. Tandis qu'une obscurité totale s'abattait sur lui, il distingua la voix d'Oblek.

« Il est en train de mourir ! » chuchota le musicien.

Argelin fit face au sous-officier qui arrivait en courant, les bras chargés d'armes. Aussitôt, le Général s'empara d'une épée. L'eau coulait à grands flots. La grotte était inondée.

Rhetia demeura bouche bée.

« La caverne déborde ! D'où vient toute cette eau ? »

Quelqu'un se mit à sangloter. Les gens reculèrent jusqu'à l'entrée. Le cercle des Neuf se brisa.

Argelin brandit sa lame sous le cou de Mirany. Livide, fiévreux, il avait les yeux luisants.

« J'aurais dû le faire depuis longtemps. Plus d'Archonte, plus de Porte-Parole. Je brûlerai l'Oracle. Je tuerai quiconque s'y opposera ! » Sa voix tremblait de colère. « Si vous voulez le silence, vous allez l'avoir ! À jamais ! À jamais ! »

Il prit son élan. Son épée s'abattit en sifflant.

« Qui portera ma parole désormais ? »

***O**blek !*

Un cri sorti d'un ancien cauchemar. Pendant un instant, ce cri les terrifia. En une fraction de seconde, Alexos fut à genoux près de Seth, se balançant d'avant en arrière, haletant.

« Aide-le ! » Le colosse le prit par le bras. « Archonte ! »

Le garçon leva les yeux vers lui. L'angoisse déformait son beau visage.

Qui portera ma parole désormais ? murmura-t-il.

Mirany n'eut pas le temps de crier. L'épée fendit l'air. Alors qu'elle anticipait la douleur intense, le giclement de sang, Hermia s'interposa. Le frisson, le cri, le sang furent ceux de Hermia.

L'épée s'enfonça dans la poitrine de la Porte-Parole, qui s'écroula sans un bruit. Chryse hurlait, hystérique. Mirany se releva, la robe éclaboussée. Les membres engourdis, elle se rendit à peine compte que Rhetia la soutenait.

« Dehors ! Sortez tous ! Maintenant ! » ordonna Rhetia.

La grotte s'était transformée en rivière. L'eau jaillissait entre les rochers, soulevait le bas de la robe de Hermia, tourbillonnait au niveau des genoux d'Argelin qui s'était accroupi près d'elle.

Pétrifiées, Mirany et Rhetia assistèrent à son effondrement, comme si une force invisible l'écrasait. Ses mains hésitantes frôlèrent le visage de Hermia, ses cheveux. Quand il la toucha, un tremblement parcourut son corps. Tous le ressentirent.

« Hermia ! » Sa voix était vide, incrédule. « Hermia ! »

Les yeux de la Porte-Parole s'ouvrirent. Elle tenta de s'accrocher à lui, il prit sa main. Son sang zébrait l'eau qui montait.

« Ne me quitte pas », chuchota-t-il.

Elle émit quelques sons, à peine audibles.

« L'Oracle... Épargne l'Oracle. »

Épouvanté, il secoua la tête.

« Tu t'es toujours plus préoccupée de l'Oracle que de moi. Toujours ! »

Avec frénésie, il essuya le sang, mais plus il s'acharnait, plus la plaie s'ouvrait.

« Pourquoi es-tu intervenue ? Pourquoi as-tu bougé ? Dieu sait que jamais je ne t'aurais fait de mal... »

Elle esquissa un sourire.

« J'étais la Reine des Pluies. Pendant un instant... j'ai prononcé... ses mots. Tu m'as entendue.

— Je t'ai entendue.

— Nous n'aurions jamais dû devenir ennemis.

— Nous ne l'avons jamais été. » Il la releva. Elle avait les yeux fermés, sa tête glissa sur le côté. « Reste avec moi, Hermia. J'ai besoin de toi !

— Je vois... murmura-t-elle. Le Jardin. »

Mirany déglutit. À côté d'elle, Rhetia fit un pas en arrière.

Pendant un long moment, Argelin sembla ne pas comprendre qu'elle était morte. Il la tenait contre lui, tandis que les eaux montaient. Quand il leva enfin la tête, Mirany vit qu'il luttait pour garder le contrôle, cette terrible maîtrise de soi.

Déséquilibré par le poids de Hermia et de ses longues jupes qui ruisselaient, il se mit debout en titubant.

Il les regarda par-dessus le corps inerte de sa bien-aimée.

Sa douleur était pire que n'importe quelle menace.

L'eau était froide. Elle gouttait entre ses lèvres. Il la but. Elle était douce.

Liquide doré, léger, qui le comblait, lui redonnait des forces, le réconfortait comme une musique.

Elle chantait dans son cœur. Et cette chanson, il la connaissait, il l'avait toujours connue, mais il l'avait oubliée. Une chanson que Telia fredonnait parfois, lorsqu'elle jouait avec sa poupée, les chauds après-midi d'été.

Une chanson que sa mère lui avait chantée.

Il ouvrit les yeux. Il se sentit soutenu, entouré de visages flous. Quelque part au loin, la voix du Chacal semblait incrédule.

« Le sang a cessé de couler ! »

Seth se redressa. Il avait mal, il était perclus de douleur, et la chanson résonnait à son oreille.

« Quelqu'un est mort, affirma-t-il. Était-ce moi ? Était-ce Mirany ? Que s'est-il passé ?

— Elle est morte », chuchota le garçon.

Abasourdis, ils écarquillèrent les yeux. Pris de frissons, engourdi, Seth inspira profondément, ne croyant pas ce qu'il venait d'entendre.

« C'est impossible ! Pourquoi l'as-tu laissée mourir ? » enragea-t-il. Il agrippa Alexos et le secoua avec violence. « Elle n'a vraiment aucune importance à tes yeux ?

— Laisse-le, intervint Oblek. Il t'a ramené des morts ! »

Alexos tendit le bras et effleura Seth de sa main frêle. Ce geste fut pour Seth comme la caresse d'une feuille, si légère, et pendant une minute étrange, il songea à une caresse de sa mère – lointain souvenir.

« Pas Mirany, Seth. Mais Hermia. Hermia est morte et Mirany est la nouvelle Porte-Parole. Comme tu l'as toujours souhaité. »

Stupéfait, Seth le dévisagea.

« À t'entendre, on dirait que j'ai provoqué tout ceci.

— Qu'importe, enchaîna le Chacal, on n'y peut rien. Si tu veux boire l'eau de ce Puits magique, Oblek, bois, avant que nous ne mourrions tous noyés. »

Le Puits débordait.

En reculant, ils virent que l'eau était noire, comme si le Néant avait surgi et se déversait dans la grotte, inondée de ténèbres. Seth se sentit soulevé sans ménagement.

« Tu peux marcher ? lui demanda le Chacal.

— Je vais bien. »

Le pilleur de tombes n'en revenait toujours pas.

« Tu devrais être mort à cette heure-ci...

— Bois, Oblek, s'écria Alexos. Buvez tous ! Vite ! »

Un pan de mur s'effondra. Une bouffée d'air chaud s'engouffra dans la grotte. L'eau noire, ténèbre vide, renversait tout sur son passage, telle une terrifiante avalanche. Vite, Oblek se pencha et se mit à laper le liquide sombre au creux de ses paumes. Il but à en perdre la raison, sous le regard d'Alexos, indifférent. Soudain, le garçon éclata de rire.

« Est-ce que cela a bon goût ? »

Oblek déglutit.

« C'est aussi infect que du soufre. Cette eau me donnera-t-elle des chansons ?

— Autant que tu pourras en chanter, Oblek. » Il lui sourit avec fierté. « Comme avant. »

Au grand étonnement de Seth, le Renard buvait lui aussi, à pleines gorgées, comme s'il ne pouvait se rassasier d'eau noire. Elle lui coulait entre les doigts.

« Vous aussi, Seigneur Chacal. »

Le voleur répondit d'un air las :

« Je ne crois pas en la magie, Archonte.

— Ce n'est pas de la magie. » Alexos le prit par le bras et l'accompagna jusqu'au bord du bassin bouillonnant. « S'il vous plaît. Nous avons parcouru un si long chemin. Vous devez avoir soif. »

Le grand homme toisa le garçon.

« J'ai soif, admit-il.

— Alors, n'hésitez pas. Bientôt, il sera trop tard. »

Le Chacal se pencha, plongea ses fines mains dans l'eau et but une gorgée. Tout à coup la terre trembla, la grotte entière vibra.

Le Chacal fit un bond en arrière.

« On s'en va ! cria-t-il. Maintenant ! »

La terre tremblait. Tout le monde s'était enfui. Argelin pataugea jusqu'au seuil de la grotte, portant Hermia.

« Emparez-vous d'elles ! » hurla-t-il.

Les soldats firent demi-tour, dans l'eau qui leur arrivait à la taille.

« Dépêche-toi ! Monte ! » Mirany arracha son masque de Porte-Parole et entraîna Rhetia sur une corniche au fond de la caverne. Il y avait déjà trop d'eau pour gagner l'entrée. De l'autre côté du flot, les soldats leur lançaient des regards désespérés.

« Sautez ! cria l'un d'eux. On vous aidera à sortir !

— Il a raison. On n'a pas le choix ! » Rhetia s'avança, mais Mirany la retint. « Regarde... Regarde dehors. »

Le Draxis montait. Il jaillissait des profondeurs de la terre, renversait les fragiles barrières, ravageait les champs desséchés, déracinait les citronniers et les oliviers. Tel un torrent déchaîné venant de très loin en amont, il moussait, bouillonnait. Il emmenait mille débris dans son sillage – morceaux de constructions, pierres, oiseaux, rats morts... Elle le vit grossir et remplir son ancien lit pour aller se jeter, noir, écumeux, dans l'océan.

Argelin eut beau reculer, l'eau l'encercla, le submergea. Il poussa un cri de terreur.

« Non ! Je ne veux pas qu'elle parte. » Mais l'eau possédait des doigts qui lui arrachèrent Hermia des bras, l'emportèrent dans les profondeurs abyssales.

« Laissez-la-moi ! hurlait-il. Laissez-la-moi ! »

Tout autour de lui se déchaînait la colère de la Reine des Pluies.

« Il va être emporté ! » s'exclama Mirany.

Jamil avait aboyé des ordres et, en guise de réponse, un étrange barrissement avait ébranlé la terre. Les éléphants s'étaient libérés et formaient une longue file ininterrompue, la trompe de l'un accrochée à la queue de l'autre. Le premier s'agenouilla. Jamil attrapa Argelin et le poussa vers l'animal. Ils se retrouvèrent en hauteur, sur le dos du pachyderme, à la fois stable et fort.

Argelin jeta un coup d'œil à la grotte, d'où sortaient les soldats.

« Nous sommes prises au piège, souffla Rhetia. Et il le sait. Il nous abandonne ici.

— Pire que ça. »

Mirany avait compris son regard, vu de quelle manière il avait ordonné qu'on l'emmène au sommet de la falaise, la férocité de son ordre.

Les éléphants s'étaient aussitôt mis en branle.

L'eau les percuta de plein fouet. Chaude et fumante, elle jaillit hors de la grotte, les emportant sur son passage, jusqu'à ce qu'Oblek s'accroche à un affleurement rocheux et réussisse à échapper aux flots. Il tendit un bras puissant et sortit l'Archonte du déluge. Le garçon poussait des cris de joie, tout en se balançant au-dessus de l'eau. Seth et le Renard les rejoignirent, suivis du

Chacal. Une fois parvenus au sommet du rocher, ils s'assirent, tremblants, observant avec incrédulité cette rivière surgie de nulle part.

« Nous avons réussi ! jubila Alexos. Nous avons ramené la rivière ! N'est-ce pas magnifique, Oblek ? »

Le colosse grimaça.

« C'est un miracle, mon vieil ami. »

Le fleuve descendait la montagne en rugissant. Pierres et rochers étaient charriés par les eaux rouges et, déjà, ils l'aperçurent en contrebas, se jetant dans le lit sec du Draxis, se ruant vers la mer. En aval, les eaux déferleraient avec rage, pensa Seth, balaieraient les arbres morts. Puis ce torrent revenu ferait sortir de leurs maisons tous les habitants du Port. Parce que cet acte du dieu était un prodige, une merveille et une horreur à la fois. À certains, il apportait la vie ; à d'autres, la mort. Comme Hermia. Mirany était-elle vraiment la nouvelle Porte-Parole ?

Le Chacal scrutait l'orient. Au loin, le ciel était en feu, zébré de rose. Tandis que le soleil se levait, le désert rougit dans toute sa splendeur. L'eau nouvelle scintillait, bande enflammée qui remplissait affluents, ruisseaux, noyait les dalles craquelées de pierre roussie.

Seth se posta à côté du pilleur de tombes.

« Ce sera le chaos, en bas », chuchota-t-il.

« Nous allons nous noyer ! » gémit Rhetia.

Mirany s'écarta du torrent noir.

« Où es-tu ? haleta-t-elle. Viens vite ! »

La réponse du dieu fut joyeuse.

Nous avons bu l'eau du Puits des Chansons.

« Et la rivière ? »

Les pommes d'or ont été rendues. Il semble que la Reine des Pluies nous ait pardonné.

Un instant, alors que l'eau lui arrivait à la taille, elle rit aux éclats, sachant que la voix du dieu était de retour. Et là, elle vit que Rhetia l'avait entendue, elle aussi. La jeune femme regardait avec des yeux ronds le fond de la grotte.

Il se tenait dans l'ombre. Il était grand et mince. Ses cheveux étaient blancs, sa peau transparente. Il tendit une main et leur fit signe de s'approcher, vite. *Mirany. Suis-moi. Dépêche-toi.*

Mirany poussa Rhetia.

« Avance !

— Est-il...

— Avance, je te dis ! »

La corniche s'enfonçait dans le noir. Le masque de la Porte-Parole sous le bras, Mirany pataugea jusqu'à Kreon. À un moment, elle glissa, l'eau lui couvrit la tête un instant. Elle cria, parce que le liquide était noir et fumait, comme s'il venait d'un endroit situé à une extrême profondeur. Devant elle, Rhetia avait de l'eau jusqu'à la poitrine et peinait à respirer. Arrivé devant la brèche, Kreon stoppa.

« C'est la seule issue. »

Rhetia eut encore la force de renifler avec mépris.

« Par là ? Vous êtes fou ?

— Les grottes conduisent à des tunnels qui sont reliés aux tombeaux. Cette zone ressemble à un nid d'abeilles qui daterait de plusieurs siècles. L'eau n'aura pas submergé tous les couloirs. » Il les regarda d'un air triste. « Vous devez me suivre, Mirany. C'est le seul lieu sûr jusqu'au retour de l'Archonte. Argelin a tué la Porte-Parole, et le courroux du dieu s'abattra sur lui. Plus rien ne sera comme avant.

— Mais Mirany est la Porte-Parole, maintenant. Pourquoi devrions-nous nous terrer dans des tombes ?

— Il n'existe aucun autre refuge. » Il regarda derrière elles. « Voyez ! »

Sur l'Île, dans les premières lueurs du jour, elles virent s'élever une colonne noire, telle la fumée d'un bûcher.

« Il l'a fait. » Rhetia ouvrit la bouche au moment où l'eau atteignait son visage. « Il a détruit l'Oracle ! »

Le soleil se levait. Ses rayons touchèrent la paroi de la grotte au-dessus de leurs têtes. Kreon détourna aussitôt le regard.

« Nous devons partir ! »

La brèche était sous l'eau. Il prit une profonde inspiration et disparut, happé par le liquide noir.

« Bonne chance, lui souhaita Rhetia. Saute avec moi. »

Au-dessus de la mer, au-dessus de la nouvelle rivière qui déferlait, le soleil se levait. Sa lumière éblouit Mirany.

Hermia était morte. Elle était la nouvelle Porte-Parole. Mais une Porte-Parole dans l'ombre, exilée, hors la loi.

« Ils reviendront », murmura-t-elle.

Rhetia haussa les épaules.

« Et que feront-ils ? Un garçon, un gros musicien et un scribe ?

— N'oublie pas le Chacal. » Mirany examina son masque, ses yeux vides qui se remplissaient d'eau, le liquide noir qui coulait par la bouche ouverte. « Ils sont capables de vaincre Argelin. En mémoire de Hermia. »

Rhetia la prit par le bras.

« Hermia n'aurait pas voulu sa défaite. »

Mirany glissa et perdit l'équilibre. Elle leva la tête et s'adressa au soleil.

« Ne sois pas trop long. La vie ne sera pas facile désormais. »

Elle prit une profonde inspiration.

Ensemble, elles sautèrent.

★

Prochain épisode :
Le Scarabée

Cet ouvrage a été imprimé par

FIRMIN DIDOT
GROUPE CPI

Mesnil-sur-l'Estrée

pour le compte des Éditions Pocket Jeunesse
en janvier 2006

POCKET – 12, avenue d'Italie – 75627 PARIS CEDEX 13 – Tél. : 01-44-16-05-00
N° d'impression : 77667 – Dépôt légal : février 2006

Imprimé en France